妹はカノジョにできないのに
IMOUTO ha
KANOJO ni
dekinai noni

Contents

妹はカノジョにできないのに

著──●鏡 遊
画──●三九呂

IMOUTO HA KANOJO NI
DEKINAI NONI

IMOUTO ha
KANOJO ni
dekinai noni
桜羽春太
Sakuraba Haruta
桜羽雪季
Sakuraba Fuyu
月夜見晶穂
Tsukuyomi Akiho
陽向美波
Hinata Minami
冷泉素子
Reizen Motoko

Characters
IMOUTO HA KANOJO NI
DEKINAI NONI

第0話　プロローグ

天井《てんじょう》が近い。

朝、目覚めるといつもそう思う。

幼い頃《ころ》から見慣れた景色、二段ベッドの上の段。

高一にもなった今、さすがに子供の頃《ころ》から使ってる二段ベッドは窮屈《きゅうくつ》になってる。

天井《てんじょう》が近いのは圧迫感《あっぱくかん》もあってイヤだ。

春太《はるた》は毎朝、目覚めると同じことを感じるが、両親に普通《ふつう》のベッドを買ってくれと頼《たの》んだことはない。

枕元《まくらもと》のスマホの画面に触《ふ》れる。

ぱっと液晶《えきしょう》がついて時刻が表示される。六時三十二分。

起きるにはまだ少しばかり早い。

あと三〇分ほど寝《ね》ても、学校には余裕《よゆう》で間に合うのだ。

とはいえ、なぜか今朝はばっちり目が覚めてしまった。

春太はスマホを手に取り、身体《からだ》をくるっと回して二段ベッドのハシゴに足をかける。

身体《からだ》を起こして、ハシゴを一段下りると——

「わっ……⁉」

そこに、女の子がいた。

長いつややかなストレートの茶髪《ちゃぱつ》、シャレた編み込み、赤いヘアピン。

整った顔立ちに、華奢《きゃしゃ》な肩《かた》、大きくふくらんだ胸元《むなもと》とそれを包む白いブラジャー。

下には紺色《こんいろ》のミニスカート。

右足だけ同じく紺《こん》のハイソックスをはいている。

まさに、着替《きが》えの真っ最中だった。

彼女の大きな目がさらにまん丸に見開かれ、すうっと息を吸い込んで——


「きゃあああああああああああああっ！」


「お、おい……！」

悲鳴を上げる少女。

彼女は逃《に》げるようにあとずさって——

「はー、びっくりしました。まさか、お兄ちゃんがこんな早い時間に起きてくるなんて」

女の子は笑顔《えがお》になると、大きく息を吐《は》いて困ったように言う。

「悪い悪い、雪季《ふゆ》。今日は早めに目が覚めたんだ。でも、そこまで驚《おどろ》かなくても」

春太《はるた》は苦笑《くしょう》しながら、ゆっくりとハシゴを下りる。

この八畳《じょう》の部屋は、兄妹《きょうだい》の部屋だ。

二段ベッドと、壁際《かべぎわ》には小学生のときから使っている学習机が二つ並んで置かれている。

本棚《ほんだな》は共用で、並んでいるのは兄の少年漫画《まんが》と妹の少女漫画《まんが》。

戸が開け放たれたクローゼットにはちょうど半分ずつ、兄妹《きょうだい》の服が掛《か》けられている。

「珍《めずら》しいですね。あと三〇分は寝《ね》ていられますよ。起こしてあげますから、もう少し寝《ね》ていたらどうですか？」

「せっかくだからたまには早起きするよ。着替《きが》え中に悪いな」

「あはは、かまいませんよ」

雪季は春太に背を向け、もう片方のハイソックスを屈《かが》みながらはく。

ミニスカートの裾《すそ》から、白いパンツがちらりと見える。

「……雪季、またスカート短くなったんじゃないか？」

「あ、バレました？」

雪季は振《ふ》り向《む》き、ぺろりと舌を出す。

あざといほど可愛《かわい》い仕草だった。

「ほんのちょっと短くしただけなんですが……可愛《かわい》く見える長さを見極《みきわ》めたんですよ。ダメですか？」

「雪季《ふゆ》が可愛《かわい》いのはいいけどさ。少し屈《かが》んだだけで見えてるぞ」

「うーん、ウチの中学、なぜかショーパン禁止ですからね。もう少し長くしてみましょうか」

「そうしろ、そうしろ。まあ、雪季は脚《あし》が長いからミニスカ似合うんだよな」

「ふへへ」

変な笑い声を上げながら、ハイソックスをはいて、くるりと一回転する雪季。

ミニスカートの裾《すそ》がひらりと舞《ま》って、またもや白いパンツがちらり。

「どうですか、お兄ちゃん」

「ああ、可愛《かわい》い可愛《かわい》い」

雪季は自分の可愛《かわい》さをしっかり認識《にんしき》している。

昔から自覚はあったが、中学生になってからは自分磨《みが》きに余念がない。

中二に上がった頃《ころ》に髪《かみ》を茶色に染めたし、薄《うす》くメイクもするようになった。

髪《かみ》や肌《はだ》の手入れにも熱心で、オシャレも研究しているし、下着にも手を抜《ぬ》かない。

「お兄ちゃんに褒《ほ》められると嬉《うれ》しいです。スカートは少しだけ長くするとして……ただ、一つ困ってるんですよね」

「困ってる？」

「ほら、ご覧のとおりまた胸が大きくなってきてるんですよね」

「んん……？　よくわからねぇな」

じーっ、と春太《はるた》は雪季の白いブラジャーに包まれた胸を凝視《ぎようし》する。

雪季はまだ中三。

歳《とし》の割に、お椀《わん》のように形のいい胸は大きくふくらんでる。

ただし、一センチくらい大きくなっても、さすがに違《ちが》いには気づけない。

「ほら、ちょっと触《さわ》ってみたらわかるんじゃないですか？」

「どうだろうなあ、手触《てざわ》りでも難しくないか？」

そう言いつつ、春太は雪季のブラジャー越《ご》しに胸に触《ふ》れてみる。

ブラジャー越《ご》しでも柔《やわ》らかさと、手のひらに収まりきらないサイズ感も伝わってくる。

「ちょ、ちょっと、お兄ちゃん！」

「な、なんだよ」

胸を触《さわ》られ、顔を赤くしてぎろりと春太を睨《にら》みつける雪季。

「雑に触《さわ》りすぎです！　せっかくいい感じにブラを着けたのに、ズレちゃいました！」

「怒《おこ》るのそこなのかよ！」

無遠慮《ぶえんりよ》に胸を揉《も》まれて、さすがに怒《おこ》ったのかと思ったら、全然違《ちが》っていた。

「もー、ブラジャーも綺麗《きれい》に見えるように着けるのは、けっこう大変なんですよ」

「人に見せるわけでもないだろ。だいたい、動き回ってりゃズレてくるんじゃないか？」

「着けるときに、ぴたっと胸をいい感じに収めたいんです」

「そ、そうなのか……悪かったな」

春太《はるた》は謝りつつも、少し呆《あき》れてしまう。

なにをもっていい感じで、今がどう悪いのかまったく判断がつかない。

雪季《ふゆ》は変に几《き》帳面《ちょうめん》なところがある。

ＴＶのリモコンなども置く位置をきっちり決めていて、少しでもズレていると直さずにはいられないタイプだ。

「許します。でも、ブラはまたサイズを上げないと」

「ちょっと前にブラジャー買ったばかりじゃなかったか？」

雪季が買ってきたばかりの白、ピンク、水色のブラをわざわざ一つずつ身に着けて見せてきた記《き》憶《おく》があった。

似合うかどうか兄に確認《かくにん》してほしかったらしい。

「ブラも安くないんだろ。小遣《こづか》いで買ってられないよな。母さんに金出してもらえよ」

「お兄ちゃんも一緒《いっしょ》に言ってもらえます……？」

上目遣《うわめづか》いでお願いしてくる妹。

「わかった、わかった。母さん、なんだかんだで雪季に甘いから大丈夫《だいじょうぶ》だろ」

春太の家では、小遣《こづか》いが平均より多めに渡《わた》されるが、日用品も自腹で買うのが原則だ。

ただ、男子と女子では下着もまた別物。

雪季の貴重な小遣《こづか》いが、すくすくと発育する身体《からだ》のせいで消費されるのは可哀想《かわいそう》だ。

春太が口添《くちぞ》えしてやれば、母は下着代くらいは出してくれるだろう。

もし無理なら、春太が資金援助《えんじょ》してやればいい。

「よかった。ささっと着替《きが》え済ませちゃいますね。今日はネクタイにしようかな。お兄ちゃん、結んでくれます？」

「俺がやると結び目でかくなるんだよなあ」

苦笑《くしょう》しつつ、春太は雪季から渡《わた》されたネクタイを手に取る。

雪季はブラウスを着て、ボタンを留めたところだ。

彼女の中学校では、女子の制服はネクタイかリボンが選べる。

雪季なら、どちらも似合うが、密《ひそ》かに春太はネクタイのほうが可愛《かわい》いと思っている。

妹の細い首元にネクタイを巻きつけ、さっさっと結ぶ。

「うーん、やっぱり結び目がいびつなような……」

「いいですよ、これで。ちょっとラフなくらいが可愛《かわい》いです。可愛《かわい》いんですよ」

「うおっ」

雪季がぴょんと春太に抱《だ》きついてくる。

「お、おい、せっかく結んだのに形が崩《くず》れちゃうだろ！」

「朝のハグですよ、朝の。忘れてました」

ぎゅーっと抱《だ》きついてくる雪季《ふゆ》。

毎朝妹と抱《だ》き合《あ》う習慣などないのだが……雪季は、思いつきで甘えてくることが多々ある。

春太《はるた》は苦笑いしながらも、雪季の華奢《きゃしゃ》な身体《からだ》をぎゅっと抱《だ》く。

細いけれど、縦にはずいぶん大きくなった。胸も。

それでも、やっぱりどこかで彼女は小さな妹のままだ。

物心ついた頃《ころ》から知っている、可愛《かわい》い妹のまま――

「じゃ、朝ご飯つくりますね。お兄ちゃん、今朝の卵はなにがいいですか？」

「昨日は目玉焼きだったから、スクランブルエッグがいいかな」

「任せてください。トロトロで美味《おい》しいヤツをつくりますね」

雪季は不敵に笑い、ぐっと拳《こぶし》を握《にぎ》り締《し》める。

可愛《かわい》い上に、朝食までつくってくれる。

こんなによくデキた妹が他にいるだろうか。

春太は朝から世界一幸せな兄だった。

このときは――世界一幸せだった。

第1話　妹は告られたくない

桜羽家《さくらばけ》は、四人家族。

父親が十五年前に思い切って買った一軒家《いっけんや》で慎《つつ》ましく暮らしている。

大黒柱の父はごく平凡《へいぼん》なサラリーマン、母も子供たちが小学校に上がってからは職場復帰して働いている共働き家庭だ。

兄の春太《はるた》は高一、妹の雪季《ふゆ》は中三。

妹は〝雪の季節〟と書いて、〝ふゆ〟だ。

ずいぶんロマンチックなネーミングだ。

その割に、一人目の子のほうにはシンプルな名前をつけているが、当の本人である春太は気にしていない。

雪季――真っ白な肌《はだ》と、透《す》き通《とお》るような美貌《びぼう》を持つ妹にはぴったりな名前だと思っている。

妹がいい名前をつけてもらえた。

それだけで、春太には不満などなかった。

一つ違《ちが》いの兄妹《きょうだい》の仲は極《きわ》めて良好で、思春期にありがちなギスギスなど見当たらない。

家庭内が険悪な空気にならないのは、大変けっこうなことだった。

「よし、こっち一人やった！　ふん、裏取りなんかさせるかよ」

「さすがです、お兄ちゃん。私、前線を押し上げますね」

　ある日の夕方――

　二人は、自室でゲームに興じている。

　この慎《つつ》ましい桜羽家《さくらばけ》の間取りは３ＬＤＫ。

　一階はリビングダイニングとキッチン、風呂《ふろ》とトイレ、それに夫婦《ふうふ》の寝室《しんしつ》。

　二階には洋室が二つあって、兄妹《きょうだい》が一つの部屋を使っている。

　部屋が一つ余っている状態だ。

　両親の計画としては、小学生のうちは子供たちは一部屋で生活。

　兄が中学に上がったら、部屋を分ける予定だった。

　いや、実際に春太《はるた》の中学進学を機に部屋を分けたことがあった。

　両親は子供たちの机や棚《たな》を移動させ、二段ベッドも二つに分割《ぶんかつ》してそれぞれの部屋に置いたのだが――

　雪季《ふゆ》は、この家庭内引《ひ》っ越《こ》しに無言で抗議《こうぎ》した。

　自分の部屋を無いもののように振《ふ》る舞《ま》い、完全に兄の部屋に居座《いすわ》った。

　雪季は兄の部屋で遊び、宿題をして、眠《ねむ》った。

　大きくもないベッドに二人では眠《ねむ》りづらかったので、春太が床《ゆか》で眠《ねむ》るハメになった。

両親は苦笑《くしょう》しつつ二段ベッドを元に戻《もど》し、学習机も元通り並べて置いた。

それから、春太《はるた》が高校に上がったこの春も、兄妹《きょうだい》はまだ同じ部屋で寝起《ねお》きしている。

ゲームを遊ぶのも同じ部屋、ゲーム機は兄妹《きょうだい》共用だ。

「お兄ちゃん、私も1キルです！　敵、地雷《じらい》を仕掛《しか》けてました。壊《こわ》しましたが、またやるかも。気をつけてください」

「マジか。このマップ、地雷《じらい》を見落としやすいんだよな」

学校から帰ってきた二人は、自室のTV前に並んで座り、コントローラーを操作している。着替《きが》えもせず、春太はキャメルのブレザー、雪季《ふゆ》は白のブレザーという制服姿のままだ。

二人が遊んでいるのは、FPSと呼ばれる、主観視点で銃《じゅう》を撃《う》ち合《あ》うゲームだ。

昨今のFPSではバトルロイヤルが流行《はや》りだが、桜羽家《さくらばけ》ではシンプルな6vs6のチーム戦がメインのゲーム〝CS64《コールサインシックスフォー》〟、略して〝シーロク〟を遊んでいる。

元々、雪季が先にハマって春太が巻き込まれた形だったが、今や兄のほうもどっぷりだ。

昔から、春太と雪季はゲームの趣味《しゅみ》が合う。

「わっ、自動機銃《セントリーガン》！　やんっ、痛《いた》たたた！　撃《う》たれてます撃《う》たれてます！」

雪季が、身体《からだ》をぐいーっと傾《かたむ》けながら必死で操作して機銃掃射《きじゅうそうしゃ》から逃《に》げている。

傾《かたむ》いた妹の頭や胸が、ガンガンと春太に当たっている。

「おい、慌《あわ》てなくていいから物陰《ものかげ》から撃《う》ち返《かえ》せ！　こっちのフォローは間に合わない……って、

くる。

「こらこら、ぶつかってくんな！」

「す、すみません！」

「いいから、落ち着いて撃《う》てばいい」

妹の髪《かみ》からいい香りがして、むにむにと胸のふくらみが何度も春太の身体《からだ》に押しつけられて
くる。

雪季はゲームをしながら身体《からだ》が動くタイプだ。

おまけに攻撃《こうげき》されると、「痛い！」とか思わず悲鳴を上げてしまう。

「よーし、自動機銃、破壊《はかい》しました！　もー、痛かったです！」

「よくやった、雪季。もうすぐ、そっちに合流する！」

「了解《りょうかい》！　あっ、お兄ちゃん、NE方面、倉庫二階の窓にスナイパー！　乱射で牽制《けんせい》してください、私が回り込みますから！」

「了解《りょうかい》！　無理に突《つ》っ込《こ》まずにグレネード投げ込め！」

「はぁい、お兄ちゃん！　投げます……あっ！　逃《に》げられました！　でもヒット、アーマー割りました！　たぶん瀕死《ロー》！」

「OK！　馬鹿、逃《に》がすかよ！　よっしゃ、仕留めた！　コソコソ狙《ねら》いやがって、ざまぁ！」

「ざまぁです！」

一瞬《いっしゅん》だけコントローラーから片手を離《はな》してハイタッチ。

兄妹《きょうだい》ならではの息が合った連携《れんけい》だった。

CS64《シーロク》は基本チーム戦で、ソロでの参加もできるが、ガチでやりたいならパーティを組んで固定されたメンバーで戦うことが多い。

兄妹《きょうだい》で別チームに分かれて対戦することもあるが、春太《はるた》はこうして雪季《ふゆ》と一緒《いっしょ》に戦うほうが楽しい。

連携《れんけい》が成功して敵チームを追い込んで勝利すると、脳内で幸せになれる汁《しる》がドバドバと溢《あふ》れるのを感じる。

「よーっし、ウチらの勝ちだ！　おっと、俺がトップスコアじゃん」

「あー、私は三位でしたー。ちょっとキルしきれませんでしたね」

「いや、雪季は自動機銃《セントリーガン》も壊《こわ》したし、ポイント稼《かせ》いでるな。やべぇ、先にSに戻《もど》られる……」

CS64は、勝利数やキル・デス比——要するに総合的なプレイ内容からランクが決められる。

SSがトップで、S、A、B、C、Dと続く。

春太たちは揃《そろ》ってSとAを行ったり来たりしているあたりで、普通《ふつう》よりは少し上手《うま》いくらいの腕前《うでまえ》だ。

「でも、今日はちょっと動き悪かったな、雪季。体調でも悪いのか？」

「身体《からだ》は絶好調なんですけど、ただ……聞いてくださいよ！」

くわっ、と雪季がいきなり目を見開く。

「な、なんだよ。聞くから、ちょっと落ち着け」

春太は妹をなだめつつ、二段ベッドの柵《さく》にもたれかかった。

雪季もコントローラーを置いて、春太の隣《となり》に座り直し、頭を兄の肩《かた》に乗せてくる。

「今日ですね、お昼休みに男子に呼び出されて告られたんですよ」

「また？　三年に上がってからずいぶん多いな」

春太の記憶《きおく》では、雪季が中三に上がってから今日までの数日で、三回は告られている。

雪季は、淡《あわ》く染めた茶色の髪《かみ》はさらさら、小顔で目鼻立ちがすっきり整った美人。

今朝見たとおり、胸も中三にしては立派なほうだ。

さらに、つい先日の身体測定では身長は168センチ。ちなみに体重は46キロ。

中三女子にしては長身で、全体にスリムでありつつ、実はほどよく肉もついている。

これだけ華《はな》やかな外見なら、モテないほうが難しいだろう。

実際、去年までは春太も雪季と同じ中学に通っていたが、同級生の男子どもの間でも雪季の人気はずば抜《ぬ》けていた。

「バスケ部の山下《やました》くんって人です」

「あー、そいつ知ってるわ。今、バスケ部でエースなんじゃねえ？」

春太はバスケ部とは縁《えん》があり、その山下くんとも中学時代に顔を合わせたことがある。

彼は長身で、なかなかのイケメンだった。

「そうです。まあ、お断りしたんですけど。よく知らない人ですし」

「さすがにお安くないですな、姫《ひめ》」

「姫《ひめ》って言わないでください。でも、山下《やました》くんって……要するに、私の身体目当てですよね？」

「おまえ、なんつーこと言うんだ⁉」

たまに、このいかにも清純そうな妹はぎょっとすることを言う。

「だって、山下くんとはほぼ話したこともないし、私の性格なんて知らないでしょう。それに、考えてもみてください」

「なにを？」

「私って成績悪いし、運動も絶望的ですよ。バスケなんて、シュート打ってもゴールに届いた試《ため》しがないくらいなんです」

「そんなことを堂々と言われても」

だが実際、雪季《ふゆ》は勉強もスポーツもまったくできない。

テストは平均点を超《こ》えるほうが少ないし、スポーツも個人種目はほぼビリ、チームではお荷物になる。

見た目がキラキラした美少女だけに、意外に思う者も多いようだ。

「はっきり言って、私って見た目以外に取り柄《とえ》はないです」

「それで身体《からだ》目当てとか言ってんのかよ」

だが、確かに山下とやらは雪季を見た目だけで好きになった可能性は高い。

「私はまだ、身体《からだ》目当ての人とかはいいです。お兄ちゃんとゲームやってるほうが楽しいですから」

「お子様だな、雪季は」

「そうですよ、私がまだ恋愛《れんあい》もできない子供だって、告ってくる男子たちはわかってないんです。ＯＫをもらうとか、それ以前の問題です。小学生に告白してるのと変わりませんよ」

「ロリコンだらけの中学とか、終わってんな」

春太《はるた》の母校は、気づかない間に残念な男どもの巣窟《そうくつ》になっていたようだ。

「でもまあ、雪季」

「はい？」

「告られて振《ふ》るのを悪いと思うことはない。一方的に告ってくるのもそいつらの勝手、断るのも雪季の勝手だ」

「……お兄ちゃん、私の心を読まないでください」

雪季は春太の肩《かた》から頭を上げると、頬《ほお》をふくらませて睨《にら》んできた。

表情は怒《おこ》っているが、目は笑っている。

雪季はたまに突拍子《とつぴようし》もないことを言うが、優《やさ》しい。

たとえ知らない相手でも、振《ふ》られて凹《へこ》んでる男を見ると心が痛むのだろう。

ゲームの調子がよくなかったのも、それを気にして集中できなかったに違《ちが》いない。

春太《はるた》は妹の優《やさ》しさが好きだが、そこまで優《やさ》しくなることもないと思っている。

「……おっと、ＬＩＮＥか」

「女ですか！」

「ち、違《ちが》うって。なんだよ、女って」

今度は、表情だけでなく目も怒《おこ》っているようだ。

春太はスマホを覗《のぞ》き込《こ》もうとする妹を制しながら、届いたメッセージを読む。

「まあ、女ではあるかな。母さんからだよ。今日は遅《おそ》くなるから先にメシ食っとけってさ」

「あれ、またですか？」

雪季《ふゆ》は可愛《かわい》く小首を傾《かし》げる。

「最近、ママ帰りが遅《おそ》いですね。パパも相変わらずですし……」

「親が忙《いそが》しいのはいいことじゃね？　残業手当で儲《もう》かれば、俺たちの生活も潤《うるお》うだろ」

「ドライな考え方ですね、お兄ちゃん」

半分冗談《じょうだん》だったのだが、妹に呆《あき》れられてしまった。

両親が忙《いそが》しいのは事実で、ここ一年ほどは二人とも帰りが遅《おそ》い。

父親に至っては、日付が変わってから帰宅することも珍《めずら》しくないのだ。

「ふむ、親はしばらく帰ってこないか……よし、雪季」

「はい？」

「脱《ぬ》げ」

「えぇっ⁉」

現在、午後六時過ぎ。

わざわざＬＩＮＥしてくるくらいだから、母の帰りも深夜になるのだろう。

それまで、可愛《かわい》すぎる妹と二人きり――この時間を楽しまない手はない。


「はっ、はぁっ……お、お兄ちゃん……激しすぎです……」

「雪季はもっと体力つけないとな。あ、でもすっげー胸揺《ゆ》れてたな」

「も、もー、クラスの男子じゃないんですから……はぁ、んん……でも、まだドキドキが止まりません……」

妹は、兄を切なそうな顔で見つめている。

「ああ……やっぱり、私の身体《からだ》は激しい運動には向いてないんですよ。ちょっと走っただけでこれですから」

ふーっ、と雪季は豊かにふくらんだ胸元《むなもと》を押さえてため息をつく。

春太《はるた》と雪季《ふゆ》の兄妹《きょうだい》がいるのは、バスの車内。

自宅そばのバス停に向かう途中《とちゅう》、ちょうどバスが来ていたので慌《あわ》てて飛び乗るようにしたばかりだ。

本人が言うとおり、妹の華奢《きゃしゃ》な身体《からだ》にはいきなりのダッシュは負担が大きい。

それから、五分ほどバスに乗り――二人は目的地の停留所で降りた。

「さ、行くか」

「はい、お兄ちゃん――あ、そうです。これ、まだ感想聞いてませんでしたね」

雪季は、ぱっと両手を広げて兄に姿を見せつけるようにしてくる。

出かける前に、制服から私服に着替《きが》え済みだ。

当然のように、兄の目の前で着替《きが》えていた。

春太が「脱《ぬ》げ」と言った意味を誤解していたようだったが。

「ああ、可愛《かわい》い。その服、初めて見たな」

着替《きが》えた服装は、薄《うす》いピンク色の花柄《はながら》模様が入ったワンピースに、グレーの上着。

ロングの茶髪《ちゃぱつ》はポニーテールに結び、前髪《まえがみ》をピンクのヘアピンで留めている。

「おろしたてですから。ふふふ、お兄ちゃんの好きそうな服を選んでみました」

雪季は浮《う》かれて笑い、くるくると回ってみせる。

確かに、雪季にはちょっと少女趣味《しゅみ》な服装がよく似合うし、春太も好んでいる。

「あはは、やだ可愛《かわい》いー。お姫様《ひめ》だー」

「モデリングしてゲームに取り込みたい美少女だねぇ」

兄妹《きょうだい》のそばを、女子大生らしい二人組がくすくす笑いながら通りすぎていく。

「あっ……！」

雪季は真っ赤になって、さっと春太の後ろに隠《かく》れてしまう。

妹は、家族やごく親しい友人以外にはなかなかのコミュ障だったりする。

「照れずににっこり笑ってやればいいのに」

「えぇ～……わ、私もああいうお姉さんになる頃《ころ》には、コミュ強《きょう》になれるでしょうか」

「無理だな」

「そんな、きっぱり！」

雪季は、幼い頃《ころ》から初対面の人と話すときはこうして兄の背中に隠《かく》れていた。

この性格を治すのは至難の業《わざ》だろう。

「さっきの二人、髪《かみ》が赤いほうはゲーマーかな。モデリングがどうとか言ってたな」

「モ、モデリングされちゃいますか、私。うう、可愛《かわい》い服は着たいですけど、目立ちたくはないジレンマが……」

「好きな服を着ればいいだろ。つーか、せっかく可愛《かわい》い格好してるんだから、堂々としてりゃいいんだよ」

「そ、そうします。なにかあっても、お兄ちゃんの背中が安地ですからね」

「兄を弾《たま》よけにすんなよ」

春太《はるた》は笑いつつ、妹が兄の背中を頼《たよ》りにしてくる限りはいくらでもかばうつもりだった。

「まあ一応、図体《ずうたい》だけはでかいからな」

妹も中学生女子にしては背が高いが、実は兄のほうも負けていない。

パーカーにジーンズというラフな格好だが、長身なので見栄《みば》えは悪くない。

身長は181センチ。体重は66キロ。

父親も優に180センチを超《こ》えているし、春太もその遺伝子を引《ひ》き継《つ》いだらしい。

すらりとして脚《あし》も長く、まるで外国人のようなスタイルだと言われることもある。

ややクセのある髪《かみ》も外国人っぽいが、顔つきは平凡《へいぼん》なのでモデルにはなれそうにない。

「背が高いだけじゃないですよ。お兄ちゃん、なに着ても似合います」

「そうかな。ま、どうせ近所に買い物にきただけだ。俺はオシャレなんか必要ないな」

二人が降りたバス停の目の前にあるのは、巨大《きよだい》なショッピングモール〝エアル〟。

食料品や日用品はもちろん、電化製品や家具の店、それに雪季《ふゆ》のようなオシャレ女子も満足できるブティックまで並んでる。

さらに、最近では珍《めずら》しくなったゲームショップもあって品揃《しなぞろ》えも充実《じゆうじつ》しているのがゲーマーの桜羽《さくらば》兄妹《きようだい》には嬉《うれ》しい。

「まず食料の補充《ほじゅう》ですね。お兄ちゃん、なにか食べたいものあります？」

「うーん……」

桜羽家《さくらばけ》では、料理は主に雪季が担当している。

「いや、メシもここで済ませちまおう。たまには外食しても、母さんも文句言わないだろ。雪季とだと、牛丼《ぎゅうどん》とかラーメンってわけにもいかないかな」

「わ、お兄ちゃんとお外で食事ですか。牛丼《ぎゅうどん》かラーメンでも全然いいですよ！」

「どうするかな。まず軽くブラつきながらどこで食うか決めるか。食料は最後でもいいだろ」

「はい、お兄ちゃん」

雪季は笑顔《えがお》で頷《うなず》いて、腕《うで》を絡《から》めてきた。

たいていはカップルでも手を繋《つな》ぐくらいだろうが、雪季は遠慮《えんりょ》なくくっついてくる。

春太も別に気にしない。周りの視線が恥《は》ずかしいとも思わない。

モールの客のほとんどは、ただのバカップルだと思うだけだろう。

兄妹《きょうだい》デートを堂々と楽しめばいい。

春太と雪季は真っ先にゲームショップに向かい、新作ゲームの棚《たな》の前で今後なにを遊ぶか真剣《しんけん》に話し合う。

ＣＳ64《シーロク》は続けるとしても、近々大型のタイトルが何本か発売される。

予算には限りがあるので、なにを買うかは重要な課題だ。

それから、雪季《ふゆ》はワゴンの特売コーナーを真剣《しんけん》な顔で覗《のぞ》き始《はじ》める。

数百円から、高くても二〇〇〇円ほどのソフトばかりだ。

春太《はるた》は、特売品への興味は薄《うす》い。売れなかっただけの理由があると考えてる。

一方、雪季は「世に出たからには良《い》いところはあるはず」という考えらしい。

雪季はしばらく悩《なや》んでから、携帯《けいたい》ゲーム機用の古いソフトを二本買った。

この妹は毎日、春太と一緒《いっしょ》にゲームをしているのに、特売品もいつの間にかクリアまでやり込んでいる。

こいつ全然勉強してねぇな、と春太は困ったものだと思っているが。

クリアしたゲームの感想を楽しそうに報告してくる笑顔《えがお》を見ていると、黙《だま》って聞いてやりたくなってしまう。

甘すぎる兄だった。

「お兄ちゃん、お待たせしてすみません。そろそろ、ご飯行ったほうがいいですよね」

「そうだな、適当に空《す》いてる店に――」

「おーいっ、春太郎《はるたろう》！」

「ん……？」

飲食店エリアに向かおうとすると、突然《とつぜん》馬鹿でかい声が響《ひび》いた。

ジャージ姿の長身の男が、軽《かろ》やかに走って近づいてきている。

「ああ、松風《まつかぜ》か。一瞬《いっしゅん》、誰《だれ》かと思った」

「こんなデカい野郎《やろう》、そうはいないだろ。春太郎もけっこうデカいけどな」

ニコニコと笑いながらそう言ったのは、松風陽司《まつかぜようじ》。

短く刈《か》り込《こ》んだ赤毛っぽい髪《かみ》に、すっきりした顔立ち。

一見ほっそりしてるが、よく見ると厚みのある身体《からだ》つきと、190センチ近い長身。

嫌《いや》でも目立つこの男は、春太の幼い頃《ころ》からの友人だ。

小学校中学校が同じな上に、この春には春太と同じ高校でクラスまで一緒《いっしょ》になった。

腐《くさ》れ縁《えん》にしても、ずいぶんと長くなっている。

わざわざ、本名より長い〝春太郎〟などと呼んでくるのも昔からだ。

「俺は部活帰りだけどさ、そっちは買い物か？　ああ、桜羽《さくらば》さんも久しぶり」

「お久しぶりです、松風さん」

雪季は兄に絡《から》めていた腕《うで》をゆっくり離《はな》すと、ぺこりと松風に頭を下げた。

松風は小学校、中学校の先輩《せんぱい》だったのだから、当然雪季とも面識がある。

松風は、後輩《こうはい》でもある雪季を〝桜羽さん〟と苗字《みょうじ》にさん付けで呼ぶ。

中学時代、春太の他の友人たちは、有名な美少女である雪季を友達の妹であるのをいいことに、馴《な》れ馴《な》れしく〝雪季ちゃん〟などと呼んでいた。

一方で、松風だけは例外だった。

いるのだろう。

春太《はるた》はその理由を尋《たず》ねたことはないが、〝友人の大事な妹〟を彼もまた大事に扱《あつか》ってくれて

松風《まつかぜ》はいかにも体育会系な見た目のせいで雑そうに見られることも多いが、丁寧《ていねい》な気配りができる男だ。

「松風さんは、高校でもバスケを続けられてるんですよね？」

「まー、他に取《と》り柄《え》もないしね。高校はやっぱレベル高くてキツいわ。家に帰り着くまで、腹がもたなくて。ここのフードコート安いし、天国だな」

ははははは、と松風は雪季《ふゆ》ににこやかに笑いかける。

「それで寄り道してんのか」

松風の家は、いわゆる郊外にあって、エアルからもずいぶん遠い。

高校からの帰り道の中間地点にあるこのモールが、補給地点になっているのだろう。

「コンビニよりここのほうがコスパいい食い物が揃《そろ》ってんだよ。春太郎《はるたろう》たちは――」

「おーい、マッツー《松風》。おまえ、一人でどこへ――おおっ？　桜羽《さくらば》じゃんか」

「あ、ホントだ。桜羽くんだー」

「えーっ、なんか女の子連れてるー」

ドヤドヤと制服姿の男女の集団が、近づいてきた。

全員が春太と同じ高校で、何人かは春太も知った顔だ。

「北条《ほうじょう》もバスケ部だったか？」

「いんや、俺はバレー部。帰りに松風と一緒《いっしょ》になっただけだ。雪季ちゃんは久しぶりだなあ」

「あ、はい……」

最初に声をかけてきた男——北条も、春太や松風とは同中《おなちゅう》で、雪季のことも知っている。

他の数人は別の中学出身の連中ばかりだ。

「えー、この子って桜羽くんの妹さんなの？　うわぁ、めっちゃ可愛《かわい》くない？」

「うんうん、背ぇ高いし、脚《あし》も長いし……外国のモデルさんみたい！」

「もしかして、読モとかやっちゃってる？」

「い、いえ、そんな……」

女子高生数人に囲まれて、雪季は戸惑《とまど》っている。

「悪いな、妹はちょっと人見知りするんだ。お手柔《てやわ》らかに頼《たの》む」

春太は女子の輪の中に割り込み、雪季をかばうように立つ。

「おー、出たぁーっ！　あはは、ウチの中学じゃこの兄妹《きょうだい》は有名だったんだよ。毎日一緒《いっしょ》に登下校するわ、日曜には二人でデートするわで、仲良すぎなんだよな、おまえら！」

北条がケラケラと笑いながら言う。

「あ、もしかしてシスコンってやつ？」

「えー、高校生にもなったら、あんま妹なんてかまわなくない？」

「めっちゃ妹かばっちゃってるし。ねー、晶穂《あきほ》?」

「…………」

そのときになって、春太《はるた》は気づいた。

女子の集団に隠《かく》れるようにして、小柄《こがら》な同級生が一人いることに。

月夜見晶穂《つくよみあきほ》だ——春太は少しばかり動揺《どうよう》してしまう。

「んー……」

晶穂は、春太と雪季《ふゆ》を大きな瞳《ひとみ》でじっと凝視《ぎょうし》している。

彼女は別中学出身のクラスメイトだ。

手にスタバのカップを持っていて、時々すすっている。

かなり小柄《こがら》で、身長は150センチ程度だろう。

ストレートの黒髪《くろかみ》ロング、長めの前髪《まえがみ》で左目がやや隠《かく》れていて、どこかミステリアスな感じもある。

顔立ちは幼さが残りつつも、ずいぶんと整っている。

キャメルのブレザーの下に大きめのイエローのパーカー、それにミニスカートに黒ニーソックスという服装だ。

軽音楽部所属らしく、肩《かた》にギターケースを担《かつ》いでいる。

晶穂は小柄《こがら》だが飛《と》び抜《ぬ》けて可愛《かわい》いので、人気は高く、春太も少し気になっていた。

「まあ、キモいね」

「………………っ」

その晶穂が、ぼそりと言った。

春太だけでなく、雪季もびくりと反応する。

他の女子たちもやかましいが、あまりにストレートすぎる一言だった。


「あはは、やっぱ晶穂もそう思うよね」

「ちょっとねー。桜羽《さくらば》くん、教室じゃクールなのに意外ー」

「だろだろ。中学の頃《ころ》とか、こいつ学校でも妹とイチャついてたんだよな」

「おい、北条《ほうじょう》……」

「なんだよ、マッツー。別にいいじゃん。桜羽たちだって堂々としてたんだし」

女子や北条たちの無遠慮《ぶえんりょ》さを見ていられなくなったのか、松風《まつかぜ》が止めに入ってくれた。

春太は強《し》いて反論するつもりはない。

なにか言えば、この手合いは余計に面白《おもしろ》がるだけだ。

「まあ、キモいけど――」

と、不意に晶穂がまた口を開いた。

「妹がこんだけ可愛《かわい》かったらシスコンになるのも当然じゃない？　馬鹿にするようなことでもないでしょ」

「………」

しーん、と女子たちも北条《ほうじょう》も静かになる。

晶穂《あきほ》の口調が、意外なほどに強かったからだろう。

「ん？　あれ、あたし変なこと言った？」

「い、いや……」

周りが黙《だま》っているので、仕方なく春太《はるた》が答える。

「まー、可愛《かわい》いからシスコンになるっていうのが余計にキモいかもしれないけど」

「月夜見《つくよみ》さん、フォローしてるのか、してないのかどっちなんだ？」

「どっちでもないよ。あたしは、思ったことを言うだけ」

晶穂は、ちゅーっとカップの飲み物を吸う。

春太は、晶穂のことをあまり知らなかったが、かなりマイペースな性格らしい。

「でもまあ、人の家のことを茶化すもんじゃないでしょ。誰《だれ》だって、家族のことをわーわー言われたくないんじゃない？　あたしん家《ち》だって、ちょっと人様に言えない話あるし。なんならここで言ってあげようか？　ドン引きするよ？」

「…………」

ますます、ずーんと空気が重くなってしまう。

この晶穂というクラスメイト、マイペースどころか空気をまったく読めないようだ。

独特な雰囲気《ふんいき》があり、声もよく通るせいか、晶穂の言葉一つで周囲の空気が変わってしまう。

「そ、そうだ、俺らエネルギー補給に来たんだろ！　フードコート行くぞ、フードコート！」

松風《まつかぜ》がわざとらしくハイテンションで言って、北条や女子たちを先導して歩き出す。

なぜか、晶穂だけは立ち止まったままだ。

「悪かったね、桜羽《さくらば》くん、妹さん。お邪魔《じゃま》しちゃったよね」

「……別に、慣れてるよ。北条も性格がクソなだけで、悪いヤツじゃないしな」

「そういうのを悪いヤツというのでは」

「ま、そうかな。シスコン呼ばわりも北条のクソさにも慣れてるってことだよ。月夜見さんも変なことに巻き込んで悪かったな」

「あたし、一人っ子だから仲の良《い》い兄妹《きょうだい》ってちょっと面白《おもしろ》いよ」

「面白《おもしろ》い？　そこは憧《あこが》れるとか言ってくれよ」

春太は苦笑《くしょう》し、晶穂も軽く笑う。

「別に憧《あこが》れはしないから。嘘《うそ》は言えないね」

「月夜見さんは少しは嘘《うそ》も覚えるべきだな」

彼女が言った〝人様に言えない話〟は気になるが、そこは突《つ》っ込《こ》む場面でもないだろう。

「嘘《うそ》ねぇ……ま、努力してみるよ。でもさ」

「うん？」

晶穂《あきほ》は春太《はるた》ではなく、雪季《ふゆ》のほうをちらりと意味ありげに見た。

雪季も軽く驚《おどろ》いて、きょとんとしている。

「桜羽《さくらば》くんって、ちょっとデカくてもっとデカい人とつるんでる人ってイメージだったけど」

「だいたい、そのとおりじゃないか。ていうか、見たまんまだな」

春太は教室では、ほぼ松風《まつかぜ》と一緒《いっしょ》にいる。

晶穂とはほとんど話したこともないので、その程度の印象しか持ちようがないだろう。

「イメージ変わったよ。ヤバいくらい可愛《かわい》い妹がいる人ってイメージに」

「それ、イメージっていうのか？　まあ、シスコンじゃなくてなによりだ」

「や、シスコンはシスコンだけど。本人の前で何度も言わないよ」

「言ってる、言ってる」

真顔なところを見ると、晶穂は一応気を遣《つか》っているらしい。

「ああ、そうだ。あたし、月夜見晶穂《つくよみあきほ》。妹さんもよろしく」

「あ、はい……桜羽雪季《さくらばふゆ》です。えーと、スノウの雪に季節の季で、〝ふゆ〟です」

人見知りの雪季は、おろおろしつつも自己紹介《しょうかい》に成功する。

「へえ、雪季さんか。いい名前だね。あたしは——ほら、これあげるよ」

晶穂はカバンから厚みのある小さな紙片を取り出して、雪季に渡《わた》した。

「なんですか、これ？　あ、名刺《めいし》ですか？」

「そう。しょうがないから、桜羽くんにもあげよう」

「俺はついでかよ」

苦笑《くしょう》しながら、春太も名刺《めいし》を受け取った。

名刺《めいし》をもらうこと自体が初めてだが、まさか相手がクラスの女子だとは。

その名刺《めいし》には、〝AKIHO〟と名前が書かれ、その横にピンクのペンで〝月夜見晶穂《つくよみあきほ》〟と本名が併記《へいき》されている。

名刺《めいし》自体は印刷なのに、本名は手書きだ。

「ツイッターとインスタのID……ふうん、フルネームとLINEのIDだけ手書きか」

「そ、本名とLINEは誰《だれ》にでも教えないからね。その二つは信用できそうな人に渡《わた》すとき用に手書きにしてんの」

「UCube《ユーキューブ》のURLも書いてますね。月夜見さん、UCuber《ユーキューバー》やってるんですか？」

「晶穂でいいよ。雪季さん、よかったらチャンネル登録よろしくね。なにしろ、三〇〇人くらいしか登録されてなくてさ」

晶穂が照れくさそうに笑う。

春太もUCubeの動画は観《み》るし、登録者三〇〇人はそう多くないことも知っている。

「月夜見《つくよみ》さん——晶穂《あきほ》さんなら、もっと登録されそうですけど。どんな動画なんですか？」

「基本、歌だね。ほら、これ」

晶穂は肩《かた》に担《かつ》いでいるギターケースをぽんぽんと叩《たた》いてみせる。

「軽音はヘルプで、動画のほうがメインなんだよ。あたし、人前で歌うとか苦手で。でも、全然登録伸《の》びないんだよね。やっぱ、おっぱいとか見せたほうがいいかな？」

晶穂は、ぽんと制服の上から胸を叩《たた》いた。

男子の間では密《ひそ》かに話題になっているが、晶穂は小柄《こがら》な割に胸はかなり大きい。

今、春太《はるた》たちのクラスの体育は男女ともにグラウンドで陸上をやっている。

晶穂が大きな胸をぶるぶる揺《ゆ》らしながら走っている姿は、男子の注目の的だ。

「桜羽《さくらば》くんも普段《ふだん》、あたしの胸、ガン見してるよね」

「ガン見じゃないって、チラ見くらいで……！」

「お兄ちゃん……」

「ああ、妹さんの信頼《しんらい》が崩《くず》れ去《さ》っていくのが見えるよ」

「…………」

春太は、妹のジト目にショックを受ける。

長年かけて築き上げてきた妹との関係も、崩《くず》れるのは一瞬《いっしゅん》らしい。

「なんてね。別に見られても減らないし、お好きにどうぞ。悪いと思うなら、チャンネル登録してねっ♪」

晶穂は笑って節をつけるように言うと、手を振《ふ》って去って行った。

松風《まつかぜ》たちとは別方向に行ったので、一人で帰るつもりかもしれない。

「……可愛《かわい》い人でしたね」

「あんなクセのあるヤツだとは知らなかったな」

「おっぱいしか見てないから、わからなかったんですよ」

「おい」

「ま、お兄ちゃんも男の子ですからねー。私は理解のある妹ですよ」

「……そりゃよかった」

妹にまでキモいとか言われたら、立ち直れないところだった。

とはいえ、雪季《ふゆ》は口先ほど気にしていないわけでもなさそうだ。

「メシ行くか」

春太が自腹を切って、妹が好きな寿司《すし》でも食わせたほうがよさそうだ。

それで雪季の機嫌《きげん》が良くなるなら安いものだろう。

第2話　妹は兄を頑張《がんば》らせたくない

食事と買い物を終えて家に帰ると――

春太《はるた》のスマホに母からまたＬＩＮＥが届いた。

キッチンでエコバッグを置いてから、スマホを確認《かくにん》する。

［先に寝《ね》ていてください］とのことで、要するに終電コースというわけだ。

父親の終電帰りは多いが、母がこんなに遅《おそ》いのは珍《めずら》しい。

つい先日まで「年度末は忙《いそが》しい」と疲《つか》れ果《は》てた顔をしていたが、新年度の始まりも多忙《たぼう》なようだ。

「大丈夫《だいじょうぶ》でしょうか、ママ……」

好物の寿司《すし》ですっかり機嫌《きげん》が直った雪季《ふゆ》が、兄のスマホを覗《のぞ》きながら心配そうにしている。

「そういやこの前、身体《からだ》キツいから転職したいとか言ってたな。意外と冗談《じょうだん》じゃないのかも」

「え、そんなこと言ってるんですか。ママ、お兄ちゃんにはけっこう大事なこと言いますもんね。パパよりお兄ちゃんを頼《たよ》りにしてるまでありますよ」

「そこまでではないだろ。あー、でも職場復帰するときも相談された記憶《きおく》があるな」

春太がまだ小学二年生のときだ。

母親はだいぶあとになって、「春太がイヤと言ったら復帰しなかったかも」と言っていたものだ。

幼い息子《むすこ》の意思を尊重しすぎではないだろうか。

「けど、辞《や》めるんじゃなくて転職なんだな。早く俺が稼《かせ》いで、楽をさせなきゃダメか」

「桜羽家《さくらばけ》はバイトも禁止ですけどね」

「それな」

春太は高校に上がって、さっそくバイトを始めようとしたのだが、両親の——特に母親からの強い反対に遭《あ》った。

バイトは大学からでもできる、高校生のうちはたくさん遊べ、というのが母の主張だった。

なんなら小遣《こづか》いの増額もやむなし、という話になりかけたが、春太は断った。

ただでさえ、多めの小遣《こづか》いをもらっているのだから。

「金がほしいというより、単純にバイトをやってみたいんだよなあ」

「仕方ありません。ママの実家は厳しかったみたいですからね」

「闇《やみ》が深いからな、あそこ」

と言いつつも、春太も雪季も実は母方の親戚《しんせき》とは会ったこともない。

母は多くを語らないが、かなり厳しい家で、高校からは学費もバイトで稼《かせ》がされたという。

実家に経済的余裕《よゆう》がないわけではなく、むしろ裕福《ゆうふく》だったそうだ。

家の方針で子供を厳しく育てるために、早くから労働を経験させていたらしい。

その反動なのか、母親は息子《むすこ》と娘《むすめ》には金のことで無理をさせず、自由でいてほしいようだ。

「ママ、子供にも敬語で話すくらいですしね……どんな躾《しつけ》を受けてきたんでしょう？」

「気になるよな。雪季《ふゆ》もその母さんの影響《えいきょう》受けまくってるけど」

雪季の敬語は母親譲《ゆず》りだが、強制されたわけではなく、自然とそうなっていた。

母親が仕事に復帰する前、雪季はかなりのママっ子だったからだろう。

「まあ、俺たちはできる範囲《はんい》で母さんたちの手伝いをすればいいのか。といっても、俺はなにもできてないが」

「あ、ダメですよ。〝やっぱ俺も家事手伝うよ〟とか言うつもりでしょう。そうは問屋が卸《おろ》しませんからね？」

「珍《めずら》しい言い回しをする中学生だな」

この妹のボキャブラリーは、たまに兄にも謎《なぞ》だ。

「中学生ですけど、家事はできますから」

「そうなんだが……俺はほとんどなにもしてないってのがなあ」

実は、桜羽家《さくらばけ》の家事は八割ほどを雪季が担当している。

料理、掃除《そうじ》、洗濯《せんたく》――ほぼ全部と言ってもいいくらいだ。

休日は母親が家事をすることもあるが、基本的には雪季が一手に引き受けている。

勉強もスポーツもできなくても、家事がこなせるだけで妹は充分《じゅうぶん》に凄《すご》い。

「私がやりたいからやってるんですよ。私たちの部屋の掃除《そうじ》も、洗濯《せんたく》も、お兄ちゃんが食べる物の料理も、全部自分でやりたいんです。たとえお兄ちゃんでも譲《ゆず》りたくないんです」

「そ、そうだったな」

春太《はるた》には、何度となく聞いてきた話だ。

兄には従順な妹も、この話になると一歩も退《ひ》かないので説得はあきらめつつある。

「パパとママも、お兄ちゃんには勉強頑張《がんば》ってほしいんですよ。もちろん、私もです」

「甘やかされてんなあ、俺」

「たくさん甘やかしますよ。あ、ママたちが遅《おそ》いなら先にお風呂《ふろ》入っちゃってください」

雪季は、キッチンそばにある給湯器の操作パネルで風呂《ふろ》に湯を張り始める。

春太は先に風呂《ふろ》を済ませてから、じっくり勉強するのが習慣なのだ。

二人で補充《ほじゅう》してきた食料品を冷蔵庫や戸棚《とだな》にしまい、リビングのＴＶで動画サイトを眺《なが》めたりしていると、風呂《ふろ》の準備が整った。

「じゃあ、先に風呂《ふろ》もらうな」

「はーい」

春太は一度自室に戻《もど》って、着替《きが》えやタオルなどを用意して風呂《ふろ》に向かう。

桜羽家はこぢんまりとした一軒家《いっけんや》で、風呂《ふろ》も決して広くはない。

春太《はるた》は狭《せま》い風呂場《ふろば》に入り、頭と身体《からだ》を丁寧《ていねい》に洗う。

このあと、妹も両親も入るので汚《よご》れを残したまま風呂《ふろ》に浸《つ》かっては申し訳ない。

最後に念入りに身体《からだ》を洗い流して――


「いいですか、お兄ちゃん？」


「ふ、雪季《ふゆ》……!?」

突然《とつぜん》聞こえた声に、春太が振《ふ》り向《む》くとそこに全裸《ぜんら》の美少女がいた。

身体《からだ》にタオルを当ててはいるが、大きな胸のふくらみや真っ白なお腹《なか》や太ももは隠《かく》し切《き》れていない。

春太は振《ふ》り向《む》いたまま、じっとその身体《からだ》を凝視《ぎょうし》してしまう――

「ダメ……ですか？」

「ダメって……」

春太は、妹のすらりとした肢体《したい》を見つめつつ――

「ちょっと、びっくりした。そろそろ、二人で入るのは狭《せま》いからやめとこうって言ってなかったか？」

「たまにはいいじゃないですか♡」

あっさりと前言を翻《ひるがえ》す妹だった。

妹はあまり家のことで不満は言わないが、風呂《ふろ》が狭《せま》いことには文句があるらしい。

風呂《ふろ》好きなので、身体《からだ》を伸《の》ばして入れない湯船が気に入らないようだ。

それで、つい先日二人で一緒《いっしょ》に入ったときに、「もう一人で入ることにしますか」などと言っていたものだ。

妹は、その数日前の発言はもう忘れたらしい。

「それに、最近は一緒《いっしょ》に入れるチャンスも少ないですし。今日はパパもママも遅《おそ》いの確定だから、ゆっくり二人で入れます」

「まあなあ……」

「さすがに、中三と高一の兄妹《きょうだい》が一緒《いっしょ》にお風呂《ふろ》入ってたら、親も怪《あや》しみますからね」

「別にそんなんじゃないのにな」

春太も雪季も、常識は知っている。

高一の兄、中三の妹が一緒《いっしょ》に入浴することを当たり前だとは思っていない。

親にバレたら、余計な心配をかけることも理解している。

だが、二人の意識では特殊《とくしゅ》なことではないのだ。

二人は、幼い頃《ころ》から一緒《いっしょ》に風呂《ふろ》に入ってきた。

春太の身体《からだ》が縦に伸《の》びてがっしりと分厚くなり、雪季の身体《からだ》が胸がふくらんで腰《こし》がくびれてきたというだけだ。

「ですよね。あ、私も身体《からだ》洗っちゃいますね」

雪季《ふゆ》はタオルを外して、その中学生離《ばな》れしたスタイルを兄の前に晒《さら》す。

大きな二つのふくらみと、頂点の桃色《ももいろ》の突起《とっき》。白いお腹《なか》にへそ、くびれた腰《こし》。

その下と——ほっそりした太もも。

雪季はすべてを惜《お》しげもなく兄の前で見せながら、長い茶髪《ちゃぱつ》を洗い、身体《からだ》も隅《すみ》から隅《すみ》まで丁《てい》寧《ねい》に洗っていく。

春太《はるた》は妹のその姿をぼーっと眺《なが》めている。

美人になったなあとは思う。

だが、あくまで妹だ。

たとえば月夜見晶穂《つくよみあきほ》の胸元《むなもと》を見たときのような欲望は感じない。

雪季も晶穂《あきほ》に負けずに綺麗《きれい》だし、エロい身体《からだ》つきとは思うが、どうこうしたいなどとは思わないのだ。

「お兄ちゃん、もう少し詰《つ》めてください。お互《たが》い、大きくなりすぎましたね」

雪季は髪《かみ》も身体《からだ》も洗い終えると、ニコニコ笑いながら湯船に入ってきた。

さして広くもない湯船に、兄妹《きょうだい》は向き合って浸《つ》かる。

さすがにぎゅうぎゅうで、二人は脚《あし》を絡《から》めるようにしている。

「あ、お兄ちゃん。お風呂上《ふろ》がったら、タオルは私の服の上に積まないでくださいよ？　ちゃんとタオル用のカゴに入れてください。入れるときはお兄ちゃんのタオルが下、私のが上ですからね。順番的にそうじゃないとおかしいですから」

「雪季《ふゆ》は細かいな。親も、わざわざ脱衣《だつい》カゴの中なんて覗《のぞ》かないだろ」

「甘いです！」

雪季が、ぐいっと身を乗り出してくる。

二つのたわわなふくらみが、ぷるんと揺《ゆ》れる。

「ウチの親は共働きで子供のことなんてろくに見てない——と考えるのは甘々ですよ。意外と親は、子供を気にしてるものなんです」

「雪季に子供がいるとは知らなかったな。俺も早くも伯父《おじ》さんか」

「茶化さないでください」

むうっ、と雪季は頰《ほお》をふくらませる。

「共働きで目が行き届かないからこそ、見える部分は気をつけてるんですよ。特にママは。お兄ちゃん、ちょっと前にトランクスからボクサーパンツに替《か》えたでしょう？　あれ、ママも気づいてましたよ。〝春太《はるた》も色気づきましたねー〟って言ってました」

「へぇ……」

春太には意外な話だった。

洗濯《せんたく》は休日も雪季が担当している。

母親は、春太の洗濯物《せんたくもの》を目にすることすらないと思っていたからだ。

「私たちに後ろめたいことはなくても、親に心配させるのも悪いですから。仕事が大変な上に、子供たちが不道徳な関係だとか疑ってたら倒《たお》れちゃいますよ」

「……やっぱ、一緒《いっしょ》に風呂《ふろ》に入るのをやめるべきか」

「そうですね、絶対にバレない日以外はやめておきましょう」

春太は今後一切《いっさい》やめようかと言ったつもりだったが、妹は別な解釈《かいしゃく》をしたようだ。

「はー、厄介《やっかい》ですね。私たちが一緒《いっしょ》にお風呂《ふろ》入っても、誰《だれ》の迷惑《めいわく》になるわけでもないのに」

「バレたらシスコン扱《あつか》いじゃ済まないだろうな」

春太は、妹の裸身《らしん》を眺《なが》めつつ苦笑《くしょう》する。

「へー、あの晶穂《あきほ》さんに変態扱《あつか》いされるのがそんなにイヤですか。そうですか」

「月夜見《つくよみ》さんの話はしてないだろ⁉」

「ふーん、お兄ちゃんも男の子ですもんね。あの方、可愛《かわい》かったし、私よりおっぱいも大きいですもんね」

「胸のサイズがどうこうって話でもなくてな……」

はっきり言って、雪季も充分《じゅうぶん》すぎるほど大きい。

しかも年齢的《ねんれいてき》に将来性にも期待できる。

そんなことでヘソを曲げられても、兄としては困ってしまう。

「お兄ちゃん、カノジョができたらちゃんと私に教えてくださいよ」

「殺すのか？」

「人をヤンデレ妹みたいに！」

また、頬《ほお》をふくらませる雪季《ふゆ》。

「お兄ちゃんが変な女に騙《だま》されないように、私がチェックする必要があるだけですよ」

そういうのがヤンデレ妹なのではないか、と思うが春太《はるた》は突《つ》っ込《こ》まない。

「じゃあ、雪季もカレシができたら俺に教えてくれるんだな？」

「殺すんですか？」

「身体《からだ》目当てだった場合は、命の保証はできないな」

冗談《じょうだん》めかしているが、兄は真剣《しんけん》である。

「つーか、来年からが心配だな。できれば、徒歩か自転車で行ける高校に進んでもらいたい」

「電車だと痴漢《ちかん》が怖《こわ》いですね……」

「だよな……ああ、そうか。俺と同じ高校に来ればいい。朝も帰りも俺がついていれば、痴漢《ちかん》なんか近づけねぇし」

「お兄ちゃんと同じ高校⁉　そ、それはちょっとキツくないでしょうか……」

学力にまったく自信のない雪季は怯《ひる》んでいる。

いくら重度のブラコンの雪季でも、できることとできないことがあるようだ。

もちろん、春太も冗談《じょうだん》で言っただけだ。

春太が通う高校は、このあたりではかなりレベルが高い。

今の雪季の学力では、合格は不可能に近いだろう。

「でも、それが最適解ではあるんだよな。俺が卒業したあとは免許《めんきょ》取って、車で送迎《そうげい》すりゃいいし」

「そ、そこまで……お兄ちゃんは、本当に私に甘いですね。私が言うのもなんですけど」

「雪季が言うのもなんだな」

「きゃうー♡」

春太は、雪季の頭をぐしぐしと撫《な》でる。

こうして妹を甘やかせる時間も、そんなに長くは続かないだろう。

春太は、雪季の成長した身体《からだ》を見ているとそう思ってしまう。

普通《ふつう》なら、もうとっくに二人で風呂《ふろ》に入れる時期など過ぎ去っている。

春太と雪季は特殊《とくしゅ》な兄妹《きょうだい》だからこそ、数年間の延長期間があるだけだ。

それが間もなく終わることを春太は知っている——おそらく、雪季も。

チャイムが鳴って授業が終わり――教室の空気が緩《ゆる》む。

春太《はるた》も、ふーっと息を吐《は》いて開いていたノートを閉じた。

高校に入って一ヶ月も経《た》っておらず、まだ授業のペースは摑《つか》みきれていない。

とりあえずこれで午前の授業は終了《しゅうりょう》、昼休みだ。

「おーい、春太郎《はるたろう》。メシは？」

「ああ、今日も弁当持ってきてる。松風《まつかぜ》は？」

春太は、近づいてきた松風にカバンから取り出した弁当箱を掲《かか》げてみせる。

もちろん、雪季《ふゆ》の手作り弁当だ。

雪季の中学も弁当なので、毎朝自分と兄の分をつくってくれる。

「そっかー。俺、今日は早弁しちゃったんだよな。購買《こうばい》で買ってくるか」

「今日は、じゃなくて毎日早弁してんだろ」

松風はバスケ部の朝練もあって、昼まで腹がもたないらしい。

「つーか、学食で食ってきてもいいぞ」

「学食は混むし、美味《うま》いけど量がイマイチなんだよな。購買《こうばい》で弁当と惣菜《そうざい》パンをいくつか買うのがコスパ最高なんだよ」

「そんなもんか」

松風は気遣《きづか》いができるタイプだが、春太の昼飯に付き合うためだけに学食を避《さ》けているわけではないようだ。

春太が通う悠凜館《ゆうりんかん》高校は、学食も購買《こうばい》も充実《じゅうじつ》している。弁当と惣菜《そうざい》パンが数種類販売《はんばい》されていて、量も充分《じゅうぶん》だ。

「じゃ、ちょっと行ってくる。春太郎、飲み物買ってきてやるよ。なにがいい？」

「水」

「シンプルだなあ……まあ、了解《りょうかい》」

松風が苦笑《くしょう》して、教室を出て行く。

春太は余計な飲み物の味で、雪季の弁当を楽しむのを邪魔《じゃま》されたくないのだ。

「桜羽《さくらば》くん」

「……ああ、月夜見《つくよみ》さん」

と、不意に春太の前の席に月夜見晶穂《つくよみあきほ》が座ってきた。

今日は、長い黒髪《くろかみ》を三つ編みにしている。

晶穂《あきほ》の髪型《かみがた》は基本はストレートだが、日によって変えているようだ。

「この前はどーも。妹さんはお元気？」

「元気だよ。そうそう、月夜見さんトコのチャンネル登録したとか言ってたぞ」

「おおっ、嬉《うれ》しい。あたしの動画、観《み》てくれたのかな？」

「歌はよくわからんかったらしい」

「おおっ、可愛《かわい》い顔して手厳しいね、あの子」

晶穂《あきほ》が苦笑《くしょう》して、がっくりと肩《かた》を落とす。

「私も動画投稿《とうこう》してみようか、とか言い出してたな」

「それはちょっと嬉《うれ》しいかも。あたしも人を感化させるレベルの歌を出したいんだよね」

「妹は歌じゃなくて、踊《おど》ったりしてみたいらしい」

「まあ、JKはそっちが流行《はや》りだね。あ、あの子はまだJCか」

「ただ、俺は妹に動画投稿《とうこう》はやらせたくないんだよな」

「身バレが怖《こわ》いとか？」

「それもあるが、ウチの妹が人様に見せられる動画を撮《と》れるかどうか」

雪季《ふゆ》は女子としては警戒心《けいかいしん》が薄《うす》い。特に、兄の前では。

間違《まちが》いなく、雪季は動画を撮《と》るなら撮影《さつえい》を兄に頼《たの》んでくるだろう。

目に浮《う》かぶようだ——雪季が制服のままひらひらとスカートを揺《ゆ》らしながら踊《おど》って、パンツをちらちらさせている映像が。

「ああ、月夜見《つくよみ》さんがギター弾《ひ》いてる姿が格好いいってさ。顔も観《み》たかったとか」

「ふーん。そういうご意見、多いんだよね」

「だろうな」

春太《はるた》も、妹に付き合って晶穂の演奏動画を観《み》た。

いわゆるギター弾《ひ》き語《がた》りで、ギリギリ顔が見えないアングルだった。

衣装《いしょう》は、コスプレ用と思われるセーラー服。

セーラー服の上からでも大きさがわかる胸は、演奏に合わせて身体《からだ》が揺《ゆ》れるたびに、たゆんたゆんと弾《はず》んでいた。

巨乳《きょにゅう》ＪＫの歌動画、ということで下劣《げれつ》なコメントもいくつか見られた。

「顔バレを気にしてるわけじゃないんだけどね。顔を見せないほうが、視聴者《しちょうしゃ》さんの想像をかきたてるかなって」

「月夜見さんなら、顔を見せたほうがチャンネル登録増えるんじゃないか？」

「それは妹さんのご意見？　それとも、桜羽《さくらば》くんの？」

「……ご想像にお任せしよう」

春太の意見だが、さほど親しくないクラスメイトに言うことではなかった。

「ま、追及《ついきゅう》しないでおこう。そういや、名刺《めいし》渡《わた》したのに桜羽くんも妹さんもＬＩＮＥ登録してないね？」

「いきなりＬＩＮＥの登録するのも図々《ずうずう》しくないか？」

「めんどくさっ。ＩＤ渡《わた》してんだから、気軽に登録してよ」

晶穂はおかしそうに笑っている。

そう言われても、春太は女子と積極的に交流するタイプでもない。

人見知りする雪季《ふゆ》には、一度会っただけの歳上《としうえ》女子とLINEで繋《つな》がるのはハードルが高い。

「ところで、君はAKIHO弾《ひ》き語《がた》り、観《み》てくれたわけ？」

「あー、観《み》たんだが……俺もあまり音楽聴《き》かないからな。なんと言っていいのやら」

適当に「良かった」と言えばいいのだろうが、それは不誠実な気がしてしまう。

「あー、桜羽《さくらば》くんも今時の子だね。音楽に親しんでこなかったか」

「まったく聴《き》かないわけじゃないが……親父《おやじ》がサブスク契約《けいやく》してるから、流行《はや》ってるヤツをたまに聴《き》いてる」

ゲームのサントラが一番多いのだが、おそらく晶穂《あきほ》の期待している答えではないだろう。

「聴《き》いてるだけまだマシか。あたしの友達でも普通《ふつう》にバンドの曲とか聴《き》くヤツ全然いなくてさ。CDなんて、存在すら知らないんじゃないかと思うよ」

「CDか。ウチの親父《おやじ》はけっこう持ってるな」

「え⁉　マジで⁉」

晶穂が、ぐいっと身を乗り出してくる。

机の上に、その立派な二つのふくらみがどかっと乗っかっている。

「あ、ああ。親父《おやじ》はCD世代なんじゃないか？　よく知らんけど。昔はレコードも山ほど持ってたらしいが、かさばるから処分したとか」

「おー、レコード持ってたってことはガチなのかな。お父さん、音楽やってたとか？」

「バンドはやってなかったけど、アコギってヤツは弾《ひ》けるらしい。昔、聴《き》かされたな」

アコースティックギターという、機械を通さずに音を鳴らすタイプのギターだ。

いつの間にか家から消えていて、今はない。

「へぇーへぇー、桜羽くんのお父さんって、もしかしてオーディオにも凝《こ》ってる？　コンポとかある？」

「コンポ？　あー、音楽聴《き》くヤツか。よくわからん機械がリビングにあったな。アンプとか、あとスピーカーもでかいのが。片付けようと思ってるんだが、親父《おやじ》が抵抗《ていこう》しててそのまんまになってるんだよな。その親父《おやじ》も、最近は全然聴《き》けてないくせに」

「桜羽くん……！」

「な、なんだ？」

晶穂がさらに身を乗り出し、がしっと春太《はるた》の手を両手で摑《つか》んでくる。

摑《つか》んで引き寄せるようにしているので、春太の指先がかすかに晶穂のふくらみに、ぷにっとめり込んでいる。

春太が同級生女子おっぱいのあまりの柔《やわ》らかさと弾力《だんりょく》に固まっていると。

晶穂はその大きな目をらんらんと輝《かがや》かせて——

「今日、桜羽くんの家にお邪魔《じゃま》してもいいかな!?」

繰《く》り返《かえ》しになるが、桜羽家《さくらばけ》はこぢんまりとした一軒家《いっけんや》だ。

家族四人が身を寄せ合うようにして暮らしている。

妹のほうはあまり人を家に呼ぶタイプではないが、春太《はるた》が家に友達を呼ばないのは狭苦《せまくる》しいせいでもある。

春太の友人で複数回家に呼んだことがあるのは、松風《まつかぜ》くらいだ。

松風は礼儀《れいぎ》を心得ているので、両親に遭遇《そうぐう》したときも丁寧《ていねい》に挨拶《あいさつ》して好感を持たれていた。

「ふーん、悪くないじゃん」

新たなる来訪者は、リビングに通されるといきなり品定めを始めた。

春太は落ち着かない気持ちを抑《おさ》えつつ、晶穂《あきほ》をリビングのソファに座らせた。

キッチンに行って、ペットボトルのお茶をグラスに注いでリビングに戻《もど》る。

「ありがと。それで——」

「ああ、そうだったな。えーと……これ、どうやって使うんだっけ？」

リビングの壁際《かべぎわ》に棚《たな》があり、メタリックカラーの機械が二つ縦に並べられている。

その左右に置かれている縦長の木製筐体《きょうたい》がスピーカーだというのは、春太にもさすがにわかるが……。

「上のがＣＤプレイヤーで、下のツマミとかついてるのがアンプ。アンプは音を増幅《ぞうふく》する機械。

ふーん、けっこう古い機種だね。あたしも、詳《くわ》しくはわかんない」

晶穂が棚《たな》の前で屈《かが》んで、キラキラ輝《かがや》く目で機械を見つめている。

「ていうかこれ、本当に触《さわ》っちゃっていいの？」

「親父《おやじ》からは好きに使っていいって言われてるから。むしろ使ってほしそうだったな」

「定期的に使わないと壊《こわ》れるのかな。あ、桜羽くん、ＣＤってある？」

「ああ、こっちこっち」

春太はコンポセットの隣《となり》にある別の棚《たな》を開いた。

そこには、数百枚のＣＤがぎっしり詰《つ》め込《こ》まれている。

「うわっ、思ってたより多い！」

「昔はもっとあって、これでも半分以下まで減らしたらしいな」

春太もこの棚《たな》を開いたのは久しぶりだった。

「これ、見せてもらっていい……？」

「ああ、いくらでもどうぞ」

どうやら、晶穂はだいぶ興奮しているようだ。

ＣＤを抜《ぬ》き出《だ》しては、わーわーと騒《さわ》いでる。

「二十年くらい前の邦楽《ほうがく》が多いね。洋楽はもっと古いヤツばっかり。こっちはお父さんもリアルタイムじゃないんだろうね」

「ふーん……洋楽のほうはバンド名は聞いたことあるな」

春太《はるた》も床《ゆか》に置かれたCDを数枚手に取って眺《なが》めてみた。

世界一有名なイギリスのロックバンドのCDも何枚かある。

「二十年前の邦楽《ほうがく》は、ミリオンセラー連発してたらしいね。今はアイドル系か、ネットでよっぽどバズらない限りミリオンなんてほとんど不可能だけど」

「親父《おやじ》も似たようなこと言ってたなあ。当時は聴《き》きたい曲が多すぎて、レンタルで済ませてたとか」

「今は、CDをレンタルできるお店、少ないんだよね。ウチの近くにも全然ないし」

「CDを借りるって発想がないな。スマホでサブスクで聴《き》く以外の発想がないというか」

高校生の財力では月一〇〇〇円のサブスクもキツいが、桜羽家《さくらばけ》では父親がファミリープランに登録していて、春太と雪季《ふゆ》も好きに聴《き》ける。

「あたし、桜羽くんのお父さんと趣味《しゅみ》合うかも。この時代の音楽が好きなんだよね」

「ウチの親父《おやじ》と？　なんかヤだな……」

女子高生と趣味《しゅみ》が合う父親、というのはいかがなものか。

どちらかというと、晶穂《あきほ》のほうが変わっているのだろうが。

「ね、これ聴《き》いてみていい？」

「いいよ、なんでも好きにしてくれて」

春太はグラスを手に、どっかとソファに座る。

「俺は操作わからないけど、大丈夫《だいじょうぶ》か？」

「なんとか。親戚《しんせき》の家で似たようなのを使ったことあるから」

晶穂はうきうきした様子で、ＣＤプレイヤーを操作し始めた。

ちゃんと電源は入ったようで、ＣＤを挿入《そうにゅう》して――音楽が鳴り出した。

「おーっ、やっぱアンプと大きいスピーカーがあると音が全然違《ちが》うね。音の緻密《ちみつ》さと圧力が凄《すご》いなー」

「ふーん……」

春太は過去に何度も聴《き》いている音なので、特に感慨《かんがい》はない。

だが、晶穂が感動しているのだから、わざわざ水を差すこともないだろう。

「この曲、好きなんだよねー……普通《ふつう》のラブソングなんだけど、ギターが泣いてて切なくてさ。うーん、やっぱウチのスピーカーは音が薄《うす》っぺらくて軽かったんだなー」

「……月夜見《つくよみ》さんの家は、こういうコンポはないのか？　っていうか、話しかけていいか？」

「いいよー。ちゃんと聴《き》いてるからさ。ウチにはコンポはないね。ノートＰＣに安物のスピーカーを繋《つな》いで聴《き》くのが精一杯《せいいっぱい》」

晶穂はコンポの前にぺたりと座って、音を全身で浴びるようにして聴《き》いている。

「ウチの親は音楽好きじゃないしね。むしろ嫌《きら》いなくらいだからコンポなんて持ってないし、

「ギター持ってるだろ？　あれ弾いてもなにも言われないのか？」

「あのギターは友達のお下がりで、安く売ってもらったんだよ。親がいるときは弾《ひ》かないから、文句は言われないね。親のいない隙《すき》を狙《ねら》って、飛び回りながら弾《ひ》いてるよ」

晶穂《あきほ》はぴょんっと跳《と》び上《あ》がり、激しくギターをかき鳴らすマネをして、脚《あし》を大きく上げたり、くるんと一回転したりと派手なアクションを入れてきた。

パーカーの胸元《むなもと》がぶるんっと激しく揺《ゆ》れ、ひらりと揺《ゆ》れたスカートから黒いパンツがちらりと見えた。

いや、黒ということはスパッツかもしれない。

春太《はるた》は深く考えないことにする。

「おっと、初めてのお家《うち》で失礼。つーか、暑くなっちゃった」

「あ、ああ。ちょっとエアコン入れるか」

まだ冷房《れいぼう》を入れるには早すぎる時期だが。

「んっ、それはいいよ。ちょっとこれ脱《ぬ》いじゃうから。んしょっ……」

晶穂はパーカーを勢いよく脱《ぬ》いだ。

その勢いで、たゆんっと大きな二つのふくらみが弾《はず》んで揺《ゆ》れた。

「…………」

パーカーの下は、胸元《むなもと》にレースの縁取《ふちど》りがある白いキャミソール一枚だった。

胸の谷間がくっきりと強調され、暴力的なまでの二つのふくらみも形までわかってしまう。

それは下着なんじゃないのか……と思ったが、春太《はるた》はツッコミを入れられない。

女子に「そのエロいキャミ、下着じゃね？」と尋《たず》ねるのは度胸がいる。

「ん？　やっぱ薄着《うすぎ》すぎる？　人ん家《ち》じゃ失礼かな？」

「いや……別にかまわないが」

考えてみれば、雪季《ふゆ》などはもっと薄着《うすぎ》でウロウロしている。

春太は暑くないが、晶穂《あきほ》が涼《すず》しくなるならそれでいい——そう思うことにした。

「ウチは礼儀《れいぎ》には寛容《かんよう》だからな。気にしなくていい」

「そういや、桜羽《さくらば》くんの家も昼間はご両親いないんだね。親がいない家にクラスの女子を連れ込んでるわけだ」

「音楽に飢《う》えてる女子を、親のコンポをエサにしてな。なかなかの手管《てくだ》だろ？」

春太も、自宅にクラスの女子がいることに緊張《きんちょう》していないわけではない。

特に、晶穂は前から可愛《かわい》いと思っていた相手でもある。

ただ、妙《みょう》に晶穂がサバサバしていて、音楽に興味があるだけというのも明らかなので、緊《きん》張《ちょう》しても仕方ない。

「さくまつコンビって二人とも硬派《こうは》だって噂《うわさ》あったけど、桜羽くんのほうは見境なかったか」

「さ、さくまつ……いつの間にセット扱《あつか》いにされてたんだ、俺と松風《まつかぜ》。だいたい、松風こそ別に硬派《こうは》じゃないぞ。高校入ったばかりで、正体バレてないだけだな」

「あっさり親友の正体バラすね」

「どうせすぐバレるしな。そもそも、あっさりエサに食いつく月夜見《つくよみ》さんもどうなんだ？」

「こんなエサなら、ばくーって食いついちゃうよ。ここん家《ち》の子になりたい」

「コンポどころか、リビングも普段《ふだん》誰《だれ》も使ってないからな。好きなだけ使ってくれていいが、この家の子になるには月夜見さんの誕生日が問題か」

「誕生日？　プレゼントでもくれるの？」

「いや、俺は八月生まれだが、それより早いか遅《おそ》いかだな」

「十月生まれだけど……あっ、そういうこと！」

どうやら、晶穂は頭の回転が速いらしい。

悠凜館《ゆうりんかん》高校に通っている以上、成績はよくて当たり前だが。

「じゅ、十月生まれなんですか……この家の子になることは許されませんね……」

「うわっ、雪季⁉」

リビングのドアのところに、制服姿でカバンを肩《かた》から提《さ》げた雪季が立っていた。

あからさまに穏《おだ》やかではないオーラが漂《ただよ》っている……。

「ああ……ああっ……とうとうお兄ちゃんが女を家に……」

かと思ったら、雪季《ふゆ》はバタンとドアのそばで大げさに倒《たお》れ込《こ》んだ。

スカートがめくれ上がり、純白の可愛《かわい》いパンツが丸見えになっている。

「綿の白パンツ、フロントにピンクのリボン付き、ちょっと面積広めか……あざとすぎだけど清楚《せいそ》でいいね。女子中学生としては一〇〇点満点のパンツだなあ」

「詳《くわ》しく解説すんな」

のんきな晶穂《あきほ》にツッコミを入れ、春太《はるた》は妹のそばに駆《か》け寄《よ》り、スカートを直してやる。

妹に恥《はじ》をかかせないのも、兄の役割だ。

ぽんぽんとスカートを叩《たた》いてから、妹の手を引っ張って立ち上がらせる。

お客が来ているのに、寝転《ねころ》ぶのはさすがに行儀《ぎょうぎ》が悪い。

雪季はなんとか床《ゆか》にぺたんと座り、じいっと春太と晶穂を交互《こうご》に見た。

これは、タダでは済みそうにない雰囲気《ふんいき》だった。

「ああ、そうだ。雪季さん、おかえり」

「……ええ、ただいま帰りました」

「理解したよ。この家には妹は二人いてはならぬってことだね？」

晶穂が視線を向けてきて、春太はソファに戻《もど》りながらうんうんと頷《うなず》く。

そのとおり、妹は他の妹の存在など決して許さない。

晶穂の誕生日が春太より先なら、桜羽家《さくらばけ》の子になることも可能——なんてこともないが。

だが、今はもう妹の人数どころではない。

唯一《ゆいいつ》の妹が、明らかに不機嫌《ふきげん》オーラを発しているからだ。

「なんですか、その薄着《うすぎ》は……それって下着じゃないんですか……？」

さらに、じーっと晶穂のキャミソールの胸元《むなもと》を凝視《ぎょうし》している。

ぶつぶつと小さい声で、晶穂にはよく聞こえていないようだが、春太の耳ははっきりと聞き取っていた。

兄が言えなかったことを、妹は口に出している。

「いえ、晶穂さんのことはいいんです」

雪季は、ぶんぶんと首を振《ふ》ってからキッと春太に視線を向けてくる。

「お兄ちゃん、私がいない隙《すき》に女子を連れ込むとは……まず正座してもらえますか？」

「説教が始まんのか⁉」

「いつまでソファにふんぞり返ってるんです。頭《ず》が高いですよ」

「土下座しろって言ってんのか⁉」

「冗談《じょうだん》です。お兄ちゃん、音楽を聴《き》いてるのに騒《さわ》がしくしちゃ悪いですよ」

「おまえが騒《さわ》がせてるんだが……」

「ていうか、ごめんね。雪季《ふゆ》さんがいない間に上がりこんじゃって」

「いいですよ、ウチのコンポを聴《き》きにきたんですね。いくらでもどうぞ」

雪季はカバンを置くと、春太《はるた》のグラスをさりげなく取って、お茶をごくごくと飲んだ。

「ああ、美味《おい》しい。それにしても、お兄ちゃん。親のコンポをエサに音楽好きの女子を家に誘《さそ》い込《こ》むとは、なかなかの手管《てくだ》ですね」

「さすが兄妹《きょうだい》……同じようなこと言ってるね」

「俺の影響《えいきょう》を受けすぎかな、雪季は」

晶穂《あきほ》と春太が呆《あき》れると、雪季はきょとんとした顔になる。

「私の知らないところで、ずいぶん仲良くなったようですね……別にいいですけど。それじゃ、私はお部屋に行ってますから。お邪魔《じゃま》しました」

雪季はお茶を飲み干してしまうと、春太にグラスを押しつけてリビングを出て行った。

晶穂は、リビングのドアが閉まるのをじっと見ていたかと思うと。

「あーあ、可哀想《かわいそう》に」

「え？」

「一般論《いっぱん》だけど」

「なんだ？」

「普通《ふつう》の妹でも、兄貴がその辺の女にデレデレしてたらイラッとするよ」

「……デレデレはしてないだろ」

もしそう見えたとしたら、薄着《うすぎ》になっている誰《だれ》かの責任ではないか？

まるで、雪季が普通《ふつう》の妹ではないかのような言い回しでもある。

「どうかな。でも、追い出しちゃうのは申し訳ないね。桜羽《さくらば》くん、妹さん呼《よ》び戻《もど》してきて」

「音楽聴《き》きたいんだろ？　雪季がいないほうが静かだろう」

「美少女を愛《め》でながら、いい音楽を聴《き》きたいじゃん」

「……まあ、好きにしてくれ」

春太は、ＬＩＮＥでリビングに戻《もど》るように妹に連絡《れんらく》する。

「戻《もど》りました！」

「早《はや》っ！」

ＬＩＮＥを送信したのとほぼ同時に、雪季が滑《すべ》り込《こ》むようにリビングに入ってきた。

「えっと、それで……私、ここにいていいんですよね？」

「うんうん、むしろいてくれるとありがたいよ。はー、いい音楽と美少女……最高か」

「けっこうなご身分だな、月夜見《つくよみ》さん」

とはいえ、音楽を聴《き》きながら美少女を侍《はべ》らせるのは確かに最高だろう。

「けっこうなご身分はお兄ちゃんでは？」

「……そうとも言うな」

確かに、春太《はるた》から見れば美少女を二人侍《はべ》らせているわけだ。

といっても、一人は妹だが。

「もうなんでもいいわー。あー、この曲もマジでいい……好きになっちゃいけない人を好きになった、とかベタだけど歌詞もいいんだよね。あ、君らも好きになっちゃいけない禁断の関係だよね」

「さらっと、とんでもない話を付け加えないでくれるか⁉」

「あの、私はお兄ちゃんと怪《あや》しい関係ではないんですけど」

「ふーん……おっ、この曲も好き。子供の頃《ころ》はよくわかんなかったけど、かなりエッチな歌詞なんだよね」

「……確かに。この曲、俺も前に聴《き》いたことあるけど、こんな歌詞だったのか」

何十年もヒットを出し続けている有名な邦楽《ほうがく》ロックバンドの曲だ。

子供にはわかりにくいスラングが多いが、かなり過激な歌詞になっている。

「雪季《ふゆ》さんは、お兄ちゃんとエッチしたいとか思わないの？」

「…………っ⁉」

「月夜見《つくよみ》ーっ！　おまえ、妹になにを訊《き》いてんだ⁉」

驚《おどろ》いて真っ赤になる雪季、思わずソファから立ち上がる春太。

「おっ、とうとう呼び捨てにしたね。別にいいよ、同中《おなちゅう》の男子とかフツーに呼び捨てだし」

「……お言葉に甘えさせてもらおう。初めて来た家で、なかなかの大胆《だいたん》発言だな、月夜見」

「晶穂《あきほ》でもいいのに、慎《つつし》み深《ぶか》いね。それで、雪季さんどうなの？　というか、もしかして既《すで》に経験済み？」

「し、してません！　私はまだ中三ですよ！」

「中三ならエッチしてる子、多いでしょ。まあ、意外とヤってない子もいるけどさ。雪季さんも、友達とそういう話するでしょ？」

「し、しな――しないことはないですけど。少なくとも、私はまだお子様ですから」

「ほーほー、エッチな曲を聴《き》きながら恥《は》じらう美少女を堪能《たんのう》……ステキ」

「俺、月夜見のキャラがだんだんわかってきたわ」

この前のエアルでのやり取りでもそうだったが、一ミリも空気を読まないようだ。

「わ、私は妹ですから……お、お兄ちゃんとエッチだなんて……し、しないです」

「ふーん、意外に普通の答えだね」

「おまえは、人の妹になにを期待してんだ」

「あの……そ、そういう晶穂さんはその……け、経験はお有りなんですか？」

「雪季もなにを訊《き》いてんだ」

春太は、正直言ってクラスメイト女子の性体験の話など聞きたくない。

余計な想像をしてしまいそうなのが嫌《いや》なのだ。

「あー、音楽やってると女も男もヤりまくりって思われるんだよね。あ、こっちのアルバムも聴《き》きたい。入《い》れ替《か》えていいよね？」

「……月夜見《つくよみ》の好きにすりゃいい」

春太《はるた》が答えると、晶穂《あきほ》はプレイヤーを操作して、CDを入《い》れ替《か》える。

どうやら、操作にはすっかり慣れたようだ。

アンプのツマミやボタンをいじって、微妙《びみょう》な調整までやっている。

「お兄ちゃん、お兄ちゃん。あの人、ズケズケ訊《き》くけど自分はだいぶ都合のいい耳をお持ちじゃないですか？」

「まあ、俺としては答えてくれないほうがいいかな……」

「そこ、兄妹《きょうだい》でコソコソしない。ほら、この曲もいいでしょ？　イントロのギターのアルペジオが染《し》みるんだよね。まあ、処女だよ」

「さりげなく、とんでもない情報まぜてくるなよ！」

「妹さんにだけ恥《は》ずかしいマネはさせられないでしょ」

「そうっすか」

春太は聞かなかったことにする。

もちろん、松風《まつかぜ》にも誰《だれ》にも話すつもりはない。

ちなみに、春太の性体験の有無《うむ》もここで明かす気はない。

「なんにしてもさ、エッチしてもいない、ヤる気もないならブラコン・シスコンは気にしなくていいんじゃない？」

「その話をするためだけに、えらく遠回りしたな」

「人間、好きに生きるべきだってこと。兄と妹がどんなにイチャついても人に迷惑《めいわく》かけるわけでもないしね」

「ですよね！」

雪季《ふゆ》が嬉《うれ》しそうに頷《うなず》く。

性体験の話などは、もう忘れたかのようだ。

「ていうか、仲良し兄妹《きょうだい》っていいなあ。君らモデルに一曲つくってみようかな」

「……できたら聴《き》かせてくれ」

「もちろん」

晶穂はまた、じゃじゃーんとエアギターを奏《かな》でる。

春太は晶穂を家に招いたのは失敗だったかと思わなくもないが、それなりに楽しめてはいる。

人見知りする雪季も、意外なことに晶穂には懐《なつ》いているようだ。

晶穂のほうもコンポを気に入ったらしいし、また来てもらってもいいかもしれない。

春太は、不思議と居心地《いごこち》のいい空気を感じていた。

第3話　妹はまだ大人になれない

「おい、こら。もっと楽しそうにしろ、春太郎《はるたろう》。後輩《こうはい》たちが見てんだぞ」

「……つまんねー」

「はいはい」

春太《はるた》は松風《まつかぜ》に適当に返事しつつ、練習中のバスケ部員たちを眺《なが》める。

ここは、つい先日卒業したばかりの母校――その体育館だ。

もちろん、懐《なつ》かしさなど一ミリも感じない。

本日は五月頭、GW《ゴールデンウイーク》の真っ最中だ。

春太の通う悠凛館《ゆうりんかん》高校はこの時期、まとめて休みになっている。

だが、この公立中学の休日はカレンダー通りで、平日の今日は普通《ふつう》に授業がある。

なぜ、春太と松風がせっかくの休日に母校の体育館にいるかというと――

「春太郎、気づいたことあるか？　おまえも経験者だろ、後輩《こうはい》にアドバイスくらいしてやれ」

「アドバイスねぇ……」

松風に「おまえ暇《ひま》だろう」と決めつけられ、連れてこられたのだ。実際、暇《ひま》だったが。

実は春太は、中学一年生の間だけバスケ部員だったことがある。

松風に付き合って入部しただけだったが、中一の頃《ころ》から身長が高く、運動神経も悪くなかったので、顧問《こもん》や先輩方《せんぱいがた》にはそこそこ期待されていた。

だが、春太は二年に進級するとあっさりと退部してしまった。

理由は言うまでもなく、雪季《ふゆ》と登下校するためだ。

朝練や放課後の練習があっては、帰宅部の妹と時間が合わない。

そんなとんでもない理由で退部した先輩《せんぱい》が、アドバイスなどしていいものなのか。

「アドバイスというか……なあ、松風。ウチのバスケ部、もっと強くなかったか？　今年、レベル下がってんだろ」

「それを言うな。今はチームに180センチ超《ご》えすらいないしなあ。やっぱ、バスケはデカいヤツいないと厳しいわ」

「だろうな」

一番大きい選手が務めるポジションの〝センター〟も181センチの春太より背が低い。

もっと大きいセンターは中学生でもたくさんいる。

松風が抜《ぬ》けた新チームの先行きは厳しそうだ。

「というか、春太郎、たまに山下《やました》を睨《にら》んでないか？」

「気のせいだ。あいつ、エースなんだろう。その割に動きよくないからだよ」

「気のせいなのか、理由があるのか、どっちなんだよ」

もちろん、春太《はるた》としては妹に告ったというバスケ部エースが気に入らない。

先輩《せんぱい》なので、大人げないことを口に出さないだけだ。

しばらく、後輩《こうはい》たちの練習を眺《なが》めていると——

「お兄ちゃーん」

「ん？　あれ、雪季《ふゆ》か」

振《ふ》り返《かえ》ると、なぜかジャージの上着にハーフパンツという格好の雪季がいた。

体育館に入ってきて、笑顔《えがお》で走り寄ってくる。

練習中のバスケ部員たちが、ざわざわと騒《さわ》ぎ出《だ》す。

有名な美少女、雪季の登場に興奮しているようだ。山下《やました》くんも驚《おどろ》いている。

その雪季は注目されていることにも気づかず、走ってきて——

ジャージの上着のファスナーは胸の下まで下げられていて、Tシャツ越《ご》しにおっぱいがぷるんぷるんと弾《はず》むように揺《ゆ》れている。

「………………」

「お兄ちゃん、ちょっとこれから——ひゃうっ？」

春太は目の前で立ち止まった妹のジャージのファスナーを、ぐいっと強引《ごういん》に閉める。

「ちゃんと閉めとけ」

「え？　は、はぁ」

バスケ部の後輩《こうはい》たちが不満そうな声を上げるが、春太がひと睨《にら》みすると黙《だま》った。

「なんだ、まだ帰ってなかったのか？」

「お兄ちゃんがウチの学校に来てるのに、先に帰るなんて」

もちろん、雪季には母校に行くことは伝えてあった。

春太としては、ついでに雪季の授業風景でも見物したいくらいだったが、さすがに過干渉《かかんしょう》だとぐっとこらえたのだ。

てっきり、雪季はとっくに下校したかと思っていたが——

「ちょっとー、ふーたん、急ぎすぎ！」

「失礼するっすー」

今度は、体育館に別の女子二人が入ってきた。

春太も見知っている雪季の友人二人で、彼女たちも同じジャージ姿だ。

氷川《ひかわ》と冷泉《れいぜん》という二人揃《そろ》って涼《すず》しげな名前。

雪季が桜羽家《さくらばけ》に呼んだことがある数少ない友人でもある。

氷川はショートカット、小麦色の肌《はだ》で活発な印象。

冷泉は赤いフレームの眼鏡に黒髪《くろかみ》ボブと、いかにも文系という感じ。

見た目が対照的なこの二人の後輩《こうはい》も可愛《かわい》く、校内での人気は高い。

「なんだ、その格好？　雪季も……氷川と冷泉も部活やってないだろ？」

「最近、バスケの3on3が女子で流行《はや》ってるんですよ。せっかくお兄ちゃんが中学にいるんですし、たまにはスポーツで遊びましょう」

「遊びましょうって……ゴールは部活で使ってんぞ」

「グラウンドの隅《すみ》にバスケットゴールがあるでしょう。あそこでやってるんです」

「あー、あったな、そんなの」

この中学のグラウンドには、なぜか古びたバスケットゴールが置かれている。

「つーか……氷川《ひかわ》と冷泉《れいぜん》はいいけど、雪季《ふゆ》がいたら実質3on2だろ」

「私、戦力的にはゼロなんですか⁉」

むしろ足を引っ張ってマイナスになるくらいだが、それを言わないのが兄の優《やさ》しさだった。

「いいから、行ってこい、春太郎《はるたろう》。バスケブームなんて最高じゃないか。教えてやって、もっと盛り上げてこい」

「おまえ、適当言ってんだろ」

ちなみにこの中学には、女子バスケ部はない。

春太《はるた》は仕方なく、雪季たち三人とグラウンドへ出た。

確かに、グラウンドの隅《すみ》で何人かの女子たちがキャッキャとバスケを楽しんでいる。

「すみませーん、このあと私たちにもゴール使わせてもらえますか?」

雪季が、ぱたぱたと走って行って先客たちと話し込み始めた。

「おお、あの雪季が交渉《こうしょう》してる……！」

「最近、人見知り治ってきたみたいですよ。氷川たち以外とも遊んでますし」

「三年になってからは、桜羽先輩《さくらばせんぱい》に頼《たよ》れないっすから。ボクらも友人の成長を見守ってるっす」

氷川と冷泉が、ここ最近の雪季について説明してくれる。

兄の知らないところで、妹は成長を見せているようだ。

ちなみに、氷川は一人称《いちにんしょう》が〝氷川〟、冷泉は〝ボク〟だ。

学校一の美少女の友人だけあって、この二人もどこか普通《ふつう》ではない。

「お兄ちゃん、ひーちゃん、れーちゃん、今ちょうど試合終わったところなんで、すぐ使っていいそうです！」

雪季がまた、ぱたぱた走って戻《もど》ってくる。

「あ、お兄ちゃんチームはどうしますか？　誰《だれ》か二人入ってくれますかね？」

「ん？　雪季チーム三人対俺一人でいいぞ？」

「ひーちゃん、れーちゃん、ウチの兄が二人のことナメてますよ？」

「いや、ナメられてるのはボクらじゃなくてフーっす」

「しかも友達の氷川たちでも否定できないから、ふーたん」

妹は言葉を飾《かざ》らない友人たちを持っているようだ。

雪季《ふゆ》は、ぐぬぬと悔《くや》しそうな顔をする。

「つか、俺は経験者で男子で年上だ。それくらいのハンデはいるだろ」

春太《はるた》は、ぐっぐっと身体《からだ》をほぐしていく。

服装はパーカーに、柔《やわ》らかくて動きやすいストレッチジーンズ。着替《きが》えの必要はない。

「じゃ、始めるか」

「あ、はい。桜羽先輩《さくらばせんぱい》、ここでのルールはちょい特殊《とくしゅ》なんすよ。まず――」

冷泉《れいぜん》が軽く説明してくれる。

彼女が、一番ここでのバスケをやり込《こ》んでるそうだ。

眼鏡っ子で文系っぽいが、実は意外と運動神経がよかった記憶《きおく》がある。

「ふーん、了解《りょうかい》。よし、後輩《こうはい》たちに先攻《せんこう》を譲《ゆず》るよ」

ここでの3on3は細かいルールは無視。

重要なところは2ポイントラインの外にボールを持ちだしたチームが攻撃《こうげき》側に回る、という程度らしい。

「お兄ちゃん、私だって、シュートはゴールに届かなくてもドリブルくらいはできますよ！」

なんの自慢《じまん》にもならないことを言いつつ、雪季がドリブルを始める。

春太は雪季の前にゆっくり近づいたかと思うと――素早《すばや》く払《はら》うようにしてボールを奪《うば》い、慌《あわ》てて妨害《ぼうがい》に来た氷川《ひかわ》もかわして、ラインの外へ出る。

あっという間の攻守交代《こうしゅ》だった。

「うわっ、桜羽先輩《せんぱい》、大人げなっ！」

「後輩《こうはい》相手に本気出してるっすよ、この人！」

氷川と冷泉が、ぎゃーぎゃーとわめいている。

弱者の遠吠《とおぼ》えが春太には心地《ここち》よい。

「ふん、俺は女子供には強気だぞ」

「やべー、友達の兄貴だけど前からやべー人だとは思ってたよ」

「さくまつのイカレたほう、って呼び方はガチっすよね」

妹の友人二人も、やはりなかなかいい性格だ。

しかも、中学でもさくまつという通り名があったらしい。

「ヘイヘイ、お兄ちゃん、通しませんよ。私がいたら強引《ごういん》に突破《とっぱ》はできませんよね？」

「…………」

雪季は春太のすぐ前で、両手を大きく広げて立ちはだかった。

なるほど、ドリブルで抜《ぬ》き去《さ》ろうとしたら雪季とぶつかって転ばせるかもしれない。

「よっ」

「きゃあっ⁉」

春太が人差し指で、雪季のおっぱいを軽くつつくと、彼女は反射的に手で胸を押さえた。

その隙《すき》を見逃《みのが》さず、春太《はるた》は急加速して妹の横を通《とお》り抜《ぬ》け、軽くゴールを決める。

「ちょ、ちょっと、れーちゃん！　今のアリなんですか⁉」

雪季《ふゆ》が冷泉《れいぜん》にルールを確認《かくにん》している。

「女子同士のセクハラはむしろ推奨《すいしょう》、男女でのセクハラは永久追放、兄妹《きょうだい》の場合は――フー次第《しだい》っす」

「……ぐぬぬ、推奨《すいしょう》です」

「推奨《すいしょう》なのかよ」

春太も後輩《こうはい》女子たちの前で妹にセクハラするのもいかがなものかと思ったが、本人からの許可があっさり出てしまった。

「あ、桜羽先輩《さくらばせんぱい》、フーは好きにしていいっすけど、ボクたちの胸はダメっす。まあ、お尻《しり》くらいなら、なんとか」

「揉《も》むのはふーたんのおっぱいだけにしてください。こいつ、氷川《ひかわ》たちを差し置いてすくすく成長しすぎなんで……って、ダメじゃん！　揉《も》まれたらもっとデカなるやん！」

「急に関西弁になるな、氷川。とりあえず冷泉は俺に後ろを取られたら覚悟《かくご》しろよ」

「きゃー！　こうなったら、先制攻撃《こうげき》っす！　妹にばっかかまってんじゃねーよアタック！」

「たまには後輩《こうはい》とも遊べタックルやー！」

「ちょっと待て！　次はおまえらのボール――」

春太はドリブルしていた手を止めて、逃《に》げようとしたが遅《おそ》かった。

後輩《こうはい》女子二人が、左右から一気に飛びかかってくる。

かわしきれず、春太は氷川と冷泉に体当たりをくらい、倒《たお》れ込《こ》んでしまう。

「って、それはさすがにファウルだろ！」

「ここのバスケにチャージングもブロッキングもないっす——って、きゃあっ、お尻《しり》！　マジでお尻摑《しりつか》んでる！　痴漢《ちかん》にも触《さわ》られたことないっすよ！」

「ちょっ、先輩《せんぱい》の腕《うで》、氷川のおっぱいに当たってますよ！　Bカップになったの、気づいてたんですね！」

ぎゃあぎゃあと後輩《こうはい》二人は楽しそうに騒《さわ》いでいる。

冷泉のぷりんとしたお尻《しり》の弾力《だんりょく》、氷川の慎《つつ》ましくも確かな胸の柔《やわ》らかさが伝わってきている。

「……なーんてね。先輩《せんぱい》、妹の友達にも優《やさ》しいっすね」

「おまえな……」

ボソボソっと冷泉が、春太の耳元にささやいてくる。

春太が飛びかかってきた二人を支えてやったことに、気づいているらしい。

「と、友達が私を裏切ってお兄ちゃんにちょっかいを……！」

雪季は慌《あわ》てて駆《か》け寄《よ》ってきて、春太から二人の友人を引《ひ》き離《はな》す。

「というか、誰《だれ》の胸もお尻《しり》もダメです！　お兄ちゃん、女子中学生のおっぱいとお尻《しり》を触《さわ》りたいなら妹で我慢《がまん》してください！」

「……なんか、後輩《こうはい》女子たちからの蔑《さげす》みの視線が凄《すご》いんだが」

集まってる二〇人ほどの後輩《こうはい》女子の一部から、ゴミを見る目が向けられている。

春太《はるた》は3on3は負ける気はしないが、ここに来たことが負けだと悟《さと》った。


「はー、今日は疲《つか》れましたね。やっぱり、運動なんてガラじゃないですね、私」

「明日は筋肉痛だろうな」

夕方になって春太と雪季《ふゆ》は家に帰り着き、部屋へと入って荷物を置いた。

「というか、なんで俺にバスケ勝負なんか挑《いど》んできたんだ？」

「え？　だって、バスケしてるかっこいいお兄ちゃんを合法的に見られるじゃないですか」

「……適法か気にしなくても、運動してるトコくらい好きなだけ見せてやるよ」

学校でバスケをしている兄の勇姿を見たかった、ということなのだろうが。

春太は妹に「可愛《かわい》い」と頻繁《ひんぱん》に言っているが、褒《ほ》められる側に回るのは照れくさい。

「かっこよかったですよ！　まあ……私たちフルボッコでしたけどね……」

「悪い、つい本気に……」

といっても、相手が女子中学生とはいえ、三人に取り囲まれたら動きを封《ふう》じられる。

手加減しすぎると、妹にかっこ悪いところを見られてしまう。

春太は仕方なく本気になり、ドリブルでの突破《とっぱ》だけでなく、実は得意なロングシュートまで駆使《くし》してボロ勝ちした。

「でも、盛り上がりましたよ。お兄ちゃんの活躍《かつやく》も見られましたし、私は大満足です」

「ご機嫌《きげん》だな、雪季」

春太は雪季チームに快勝したあと、他の後輩《こうはい》女子チームとも対決した。

彼女たちもバスケ経験者との試合を楽しんでくれたようだ。

春太は、いくつか実戦的なテクニックを教え、冷泉《れいぜん》などはすぐに使いこなしていた。

しばらくは3on3ブームは続きそうだ。

松風《まつかぜ》に頼《たの》まれた女子への布教も無事に果たせただろう。

「ところで、私を踏《ふ》み台《だい》にひーちゃんれーちゃんに近づこうとしてませんよね？」

「するか！」

氷川《ひかわ》と冷泉も、雪季ほどではないが可愛《かわい》い。

だが、春太にとって雪季と同い年の女子中学生は守備範囲外《はんいがい》だ。

「馬鹿言ってないで、さっさと着替《きが》えろ」

「はぁい」

雪季は兄の前で堂々と制服を脱《ぬ》ぎ、白い下着姿になり――

背中に手を回して、ぱちんとブラのホックを外してクローゼットを開ける。

妹はたゆんとおっぱいを揺《ゆ》らし、可愛《かわい》い乳首《ちくび》も惜《お》しげもなく晒《さら》しながら、クローゼットからピンクのワンピースを取り出して、頭からかぶる。

「ふー、ワンピは楽で好きです。もう出かけないし、今日は疲《つか》れたからノーブラデーにします。どうです？」

雪季《ふゆ》は、ワンピースの長い裾《すそ》をひらりと揺《ゆ》らしながら一回転。

子供のような無邪気《むじゃき》な笑顔《えがお》、すらりとした華奢《きゃしゃ》な身体《からだ》、たゆんと弾《はず》む胸。

今はまだ笑顔《えがお》と身体《からだ》つきがアンバランスだが、いつかその笑顔《えがお》も大人びていくのだろう。

そう考えると、春太《はるた》は不意になんとも言えない寂《さび》しさを感じて――

「え？　あれ、どこかおかしいですか？」

「あ、ああ。いや、そうじゃなくてな」

一瞬《いっしゅん》、雪季に見とれながら妙《みょう》なことを考えてしまっていた。

「可愛《かわい》すぎて、頭が思考停止してた。抱《だ》きしめたいくらい可愛《かわい》い」

「お兄ちゃん自慢《じまん》の妹ですから」

「自分で言うなよ」

「はぁーい。どうぞです」

「……なにがだ？」

「抱《だ》きしめたいんでしょう？　どうぞ、がばっと」

「…………」

春太は一歩前に進むと――

妹の華奢《きやしゃ》な肩《かた》を摑《つか》み、腰《こし》に手を回して、横の二段ベッドの下側へと押《お》し倒《たお》した。

「……お兄ちゃん？」

小学校入学から使ってきたベッドに寝転《ねころ》び、妹はきょとんとした顔になった。

長い茶髪《ちゃぱつ》がベッドのシーツに広がり、ワンピースの裾《すそ》も乱れて太ももまであらわになっている。

春太はそんな妹にのしかかるような体勢だ。

「あの、お兄ちゃん。これはハグじゃないですよ？」

「わかってる」

「なんかちょっと……エッチじゃないですか？」

「俺とエッチしたいとは思わないんだろ？」

「可愛《かわい》い妹ですから……」

「形容詞いるのか、そこ」

そうだ、妹だ。

妹とは、兄とは、エッチしたいなんて互《たが》いに思わない。

春太《はるた》は、雪季《ふゆ》にぐっと顔を近づけて——

「まあでも、確かに可愛《かわい》い。今日、バスケしてた女子の誰《だれ》よりも可愛《かわい》かった」

「や、やー、なんか照れちゃいますね、こんなエッチな雰囲気《ふんいき》で言われたら」

冗談《じょうだん》ではないようで、雪季は頰《ほお》をかすかに赤く染めている。

どんなに可愛《かわい》くても、妹は妹——

「え、あの、お兄ちゃん……？　いつまでこのまま……？　え、もしかして？」

なにを誤解したのか、雪季はカァーッと顔を真っ赤にする。

ワンピースの布地は薄《うす》く、ノーブラの胸の頂点の突起《とっき》が浮《う》き上《あ》がっているかのようだ。

「もしかしねぇよ」

「ひゃっ」

春太は雪季の頰《ほお》に軽くキスすると、身体《からだ》を起こした。

「も、もー、なんだったんですか、いったい？　ほっぺにちゅーだけですか？」

「胸にちゅーしてもいいのか？」

「え？　いいですよ♡」

「いいのかよ！」

思っていた以上に兄への警戒心《けいかいしん》ゼロの妹だった。

「ま、イヤでもあと三年くらいは一緒《いっしょ》に暮らして兄妹《きょうだい》やっていくんだ。上手《うま》くやっていこう」

「イヤでもとはなんですか。三年先のことなんてどうでもいいですよ。今、ＧＷなんですよ？

私も、明日からお休みってこと忘れてないですよね？」

「母さんがどっかでもらったホテルのプールのチケットを横流ししてくれた。明日、水着を買いに行って、明後日《あさって》に泳ぎに行くか」

「セクシー水着でお兄ちゃんもワンパンですね！」

「倒《たお》してどうする。ああでも、雪季は筋肉痛だろうからやめておくか？」

「私がどうするかなんて、わかってますよね！」

雪季が笑顔《えがお》で抱《だ》きついてくる。

チケットは母から、水着代も親の金。

それでも、雪季は兄からの誘いに大喜びして抱《だ》きついてくれる。

やはり、雪季は世界一可愛《かわい》い妹だった。

第4話　妹は現実を受け入れられない

五月の連休が終わった。

今年の桜羽家《さくらばけ》は両親が多忙《たぼう》な上に、雪季《ふゆ》が受験生でもある。

なので、特に旅行などはしていない。

春太《はるた》はクラスの友人たちと遊園地に出かけたが、雪季は氷川《ひかわ》たちと買い物してきた程度だった。

ただ、桜羽家ではもちろん兄妹《きょうだい》での近場へのお出かけはあった。

約束通り、ホテルの屋内プールのチケットを使い、二人で遊んできた。

前日に購入《こうにゅう》した、ピンクでフリフリがついたビキニの水着姿の雪季は可愛《かわい》かった。

すらりとした長身で、胸のふくらみも大きい雪季が子供っぽさもある水着を身に着けているアンバランスさが絶妙《ぜつみょう》だった。

雪季は常に、自分を可愛《かわい》く見せることに全力を注いでいる。

さすがのチョイスで、雪季の幼さも残る可愛《かわい》さを絶妙《ぜつみょう》に強調できる水着だった。

そんな妹は周りの注目を大いに集めていたのが、兄としては嬉《うれ》しくもあり少々腹立たしくもあった。

雪季は常に春太にくっついていたので、さすがにナンパされることはなかったが。

妹が特に勉強している様子がないのは気になったが、甘い兄は気づかないフリをして――

あとはひたすら二人でゲームをやり込んだ。

遠慮《えんりょ》なく夜更《よふ》かしして、CS64《シーロク》をたっぷり遊び、春太も雪季も無事にSランクに返《かえ》り咲《ざ》いた。

それどころか、春太は初のSS昇進《しょうしん》が射程に入り、雪季を大いに焦《あせ》らせた。

『ぐ、ぐぬぬ……い、妹として兄に譲《ゆず》るだけですから。私は兄を立てる、デキる妹というだけなんですからね』

ゲームでは負《ま》けず嫌《ぎら》いな雪季は、妹という属性を最大限に利用して悔《くや》しさをごまかしていた。

もちろん、春太は妹を待ってやるつもりはない。

さっさとSS昇進《しょうしん》を決めて、妹にドヤ顔する日が楽しみだった。

「お兄ちゃん、おはようございますぅ……」

連休明けの朝、春太がまた早起きすると、雪季が着替《きが》え中だった。

お気に入りのもこもこしたパジャマを脱《ぬ》ぎ、白い肌《はだ》を晒《さら》しつつ、制服を用意していた。

「おはよう、今日も早いな」

「は〜、今日から学校なんですね。もっとGWが続いてもいいのに……」

春太も挨拶《あいさつ》すると、妹はぶつぶつと文句を言い始めた。

「GWが終わったら、もう完全に受験モードだな」

「うっ……い、嫌《いや》なこと言いますね、お兄ちゃん」

雪季《ふゆ》はいつもどおりブラジャーを丁寧《ていねい》に整えてから、ブラウスを着る。

下はまだスカートをはいていなくて、水色のパンツがあらわになっている。

「甘やかしてばかりってわけにもな。雪季、まだ志望校も絞《しぼ》り込《こ》めてないんだよな？　いい加減、決めないとまずいぞ？」

「……あの、お兄ちゃんと同じ高校は……無理ですよね？」

「え？　おまえ、自分で無理って言ってなかったか？　うーん……」

唸《うな》ってはみたが、答えはわかりきっている。

春太《はるた》の学校――悠凛館《ゆうりんかん》は超《ちょう》名門というほどではなくても進学校だ。

雪季はといえば、ごく普通《ふつう》の公立中学で平均よりは下のレベル。

進路調査で春太と同じ高校を志望したら、即座《そくざ》に進路指導室に呼び出されるだろう。

だが――春太は教師ではない。

「雪季が頑張《がんば》るっていうなら、協力する。俺は部活もバイトもしてないし、妹の家庭教師くらいできるさ」

「本当ですか！　お兄ちゃんに教えてもらえるなら頑張《がんば》れます！」

見た目の大人っぽさに似合わず、可愛《かわい》いことを言う妹だった。

「じゃあ、さっそく今日から始めるか。雪季はゲームは一日一時間な」

「……自分は一時間じゃないような言い方ですね」

あまり可愛《かわい》くないジト目をする妹。

「兄はもう受験戦争をくぐり抜《ぬ》けたから。でも真面目な話、ウチの学校を目指すなら遊ぶ時間をがっつり減らすことになるぞ？」

「うっ……」

雪季は、自分で言い出しておいて怯《ひる》んでいるようだ。

春太としては妹に無理をしてほしくないが、向上心は必要だと思っている。

勉強漬《づ》けにするのは可哀想《かわいそう》――いや、こういう場合は甘やかしてはいけないのだろう。

「まあ、もうちょっと進路を考えてみたらどうだ？　先生にも相談したほうがいい」

「そ、そうですね。うう、ずっと中学生でいたかったです……」

「ＪＫって世間でチヤホヤしてもらえるらしいぞ」

「私、ＪＣですけどチヤホヤされてます。晶穂《あきほ》さんも美味《おい》しいケーキとかプリンとか貢《みつ》いでくれます」

「あいつ、おまえを甘やかしすぎだよ」

晶穂は、初訪問のあとも二度ほど桜羽家《さくらばけ》を訪ねてきた。

二回目からは、雪季への手土産《てみやげ》も忘れていない。

雪季を餌付《えづ》けして、桜羽家への出入りをフリーにしようという魂胆《こんたん》だろう。

すぐに雪季《ふゆ》も晶穂《あきほ》の出入りを気にしなくなり、晶穂も〝雪季ちゃん〟と親しげに呼ぶようになっている。

「いいじゃないですか。コンポはパパの使用許可もちゃんと出ましたし」

「父さん、月夜見《つくよみ》に会ってみたいとか言ってたな。女子高生に会いたがる親父《おやじ》か……世間様には公表できないな」

「音楽の趣味《しゅみ》が合うから話したいだけでしょう。それどころか、晶穂さんのほうもパパに会いたいって言ってましたね」

「やだなあ、親父《おやじ》がクラスの女子と不倫《ふりん》して家庭崩壊《ほうかい》なんてシャレにならねぇぞ」

「晶穂さん、美人だからパパが変な気を起こしたり……ああっ、嫌《いや》な想像が！」

「やめとこう、こんな話。今のところ、月夜見と父さんが顔を合わせることもなさそうだし」

「あー……」

雪季が、表情を曇《くも》らせる。

「パパ、そんな暇《ひま》はなさそうですよね。ちょっと働きすぎでは……」

「なんか忙《いそが》しそうだよな。父さんもだけど、母さんも」

両親はＧＷはさすがに休みだったが、二人ともＰＣと長いこと向き合ったり、時々どこかに出かけたりしていた。

連休も忙《いそが》しそうにしているのは過去にもあったが、今年は特に慌《あわ》ただしいようだった。

「母さん、連休中も家事ができないくらいだったし、雪季も受験だからな。俺も、さすがに家事をやらないとな」

「えーっ、私の生き甲斐《がい》が！」

がしっと春太《はるた》の肩《かた》にしがみついて、涙目《なみだめ》になる雪季。

「受験合格を生き甲斐《がい》にしてくれ。まずは基本の卵料理からかな。思い立ったがナントカだし、今日の朝飯からさっそく――」

そのとき、トントンと部屋のドアがノックされた。

「春太、雪季。ちょっといいですか？」

「あれ、母さん？」

「え？　ママ、今日もまだお休みなんですか？」

部屋に入ってきた母は、長袖《ながそで》ブラウスにジーンズというラフな格好だった。

いつもなら、母はきちんとスーツを着て出勤していく。

「今日は昼から出勤します。それより、二人ともちょっとリビングに来てもらえますか？　朝から悪いのですが、二人も今日は遅刻《ちこく》しても――いえ、休んでもいいです」

「「え？」」

「じゃ、すぐに来てください」

同時に首を傾《かし》げた兄妹《きょうだい》にそう言うと、母はドアを閉じて部屋を出て行った。

「……なんなんだ？　ずいぶんあらたまってたな」

「さあ……ああ、もしかして」

「あ」

そうか、と春太《はるた》も気づいた。

母が転職するという話を、つい先日したばかりだ。

職場が変わるのは、決して小さな変化ではないのかもしれない。

まさか、単身赴任《ふにん》になるとか――？

「ま、とりあえず話を聞いてみよう。ここで想像してたってしゃーない」

「……そうですね」

雪季《ふゆ》は、きゅっと春太の手を握《にぎ》ってきた。

このときは――二人はまだ、なにも知らなかった。

なにも。


「父さんと母さんは離婚《りこん》することにしたんだ」

リビングで、父は前置きもなくそう告げた。

淡々《たんたん》と、まるで明日の天気の話でもするように。

「昨夜、離婚《りこん》届にもサインした。あとは提出するだけだ」

「ごめんなさい、春太、雪季。こんなに急に。ですが、決まった以上は一刻も早くお話しするべきだと思ったんです」

父と母は、深々と頭を下げた。

両親に頭を下げられたのは初めてかもしれない、と春太はぼんやり思った。

父と母は頭を上げ、目配せすると――

「理由については、話さないわけにはいかないよな。父さんたちは……忙《いそが》しくて、ずっとすれ違《ちが》いばかりだし、それに――」

父が離婚《りこん》の理由をずらずらと並べ立て、時々母が補足してきたが、春太はほとんど聞いていなかった。

ソファで並んで座っている雪季も、黙《だま》ったままで呆然《ぼうぜん》としている。

母の転職を覚悟《かくご》していたら、はるかにレベルの違《ちが》う話を切り出されたのだ。

春太たち兄妹《きょうだい》の覚悟《かくご》など簡単に打《う》ち砕《くだ》かれている。

「お母さんは、転職することにしたんです。ただ、新しい職場は――」

その転職の話も始まった――

だが、転職に離婚《りこん》が付け加わると、話は大きく変わってくる。

母親が告げた転職先は他県で、決して近いとは言えなかった。

どう考えても、このあたりから通勤するのは不可能——

母は遠方に引《ひ》っ越《こ》すということだ。

「…………」

春太《はるた》は、ふと気づいた。

既《すで》に、父と母が黙《だま》り込《こ》んでいることに。

ぼーっとしていたせいで、話が途《と》切《ぎ》れていることにしばらく気づかなかった。

待て、落ち着け、と春太は自分に言い聞かせる。

視線を下げると、妹のミニスカートから伸《の》びる白い太ももが見えた。

雪季《ふゆ》の膝《ひざ》がかすかに震《ふる》えている。

黙《だま》ったままなのは、雪季も同じだ。

いや、言葉も出てこない妹のために落ち着かなくてはならない。

そうだ、俺は兄貴なんだから——春太はぐっと心を立て直す。

ぼんやりして、こんな重大な話を聞き流しているわけにはいかない。

「父さん、母さん。話はわかったけど、なんか……その、いきなりすぎるな」

「すまん。だが、離《り》婚《こん》となると整理しないといけないことも多くてな。それが、ＧＷにやっと片が付いたんだ」

「…………」

それで、両親はＧＷも忙《いそが》しそうにしていたのか。

春太は、ようやく納得《なっとく》できたが――

いや、唐突《とうとつ》すぎる離婚《りこん》話は心情的に納得《なっとく》できていない。

「それと、もう一つ。こっちがむしろ本題といってもいいかもしれない」

「は？　離婚《りこん》する以上の話があんのか？」

春太は冷静に聞き返したが、口調ほど落ち着いているわけではない。

膝《ひざ》を震《ふる》わせている妹がなにも言えないなら、せめて自分が――と、かろうじて使命感が彼を動かしているだけだ。

「父さんと母さんは、再婚同士なんだ」

「再《さい》、婚《こん》……？」

「春太が三歳、雪季が二歳のときに再婚《さいこん》した。春太も覚えてないだろうが――」

父は、覚悟《かくご》を決めるようにすうっと息を吸い込んで。

「春太、雪季。おまえたちは血が繋《つな》がった兄妹《きょうだい》じゃないんだ」

映画やドラマだったら、緊迫《きんぱく》感溢《あふ》れるＢＧＭが流れ始めるか、逆に無音になるところだろう。

だが、残念ながらこれはリアルな人生。

音響《おんきょう》演出などなく、ただ父の言葉が春太《はるた》の頭の中を駆《か》け巡《めぐ》っていた。

春太は、ごくりとつばを呑《の》み込《こ》んで――

「……俺と雪季《ふゆ》は、父さんと母さんの連れ子同士……ってことか？」

「そうだ、血縁《けつえん》で言えば春太は俺の息子《むすこ》。雪季は母さんの娘《むすめ》だ。俺も母さんも、子供が生まれた直後に離婚《りこん》していて――」

再び、父親の説明が始まった。

両親の一度目の離婚《りこん》の理由はふわっとした説明だけだったが――そんなことは春太にはどうでもよかった。

詳《くわ》しく聞かされたところで、既《すで》に情報が多すぎて処理しきれない。

黙《だま》って、ここから雪季を連れ出してしまいたい。

何事もなかったように学校に行きたい。

だが、そんなことは決して叶《かな》わないと充分《じゅうぶん》に理解している。

「雪季が十八歳になったらおまえたちに真実を打ち明ける――と決めていたが、今思えばもっと早く話すべきだったかもしれない。本当にすまない」

「父さん、母さん。ちょっと待ってくれ」

両親の説明はもうほとんど耳に入っていなかったが、春太は二人を止めた。

話自体はシンプルなのだが、情報の一つ一つが重すぎる。

これもドラマだったら取り乱したり、部屋を飛び出したりするところだろうが、人間は驚《おどろ》きすぎるとかえって平静になるらしい。

少なくとも、春太は表面的には冷静でいられる自分に驚《おどろ》いているくらいだった。

「話を遮《さえぎ》って悪い。でも、先に訊《き》きたいことがある」

「なんだ？」

父の顔も冷静そのものだ。

春太がなにを訊《き》きたいのか、察しているという顔つきだ。

離婚《りこん》と子供たちの出生について明かすと決めて、どんな質問がくるかシミュレーションしていたのだろう。

すぐに答えは返ってくる。

おそらく、春太が決して欲《ほっ》していない答えが。

春太は、ちらりと横の妹を見てから――

「つまり離婚《りこん》して、俺は父さんと、雪季は――母さんと暮らすってことか？」

「…………っ」

隣《となり》で固まっていた雪季が、びくんと反応する。

それでも、やはり妹はなにも言わなかった。

父も母もそんなことは一言も言っていない。

だが、両親の言葉の端々《はしばし》から、二人の雰囲気《ふんいき》から、嫌《いや》になるほどそれが察せられる。

察していたのは、おそらく春太《はるた》だけでなく——

春太がまた横目で見ると、妹の顔からは完全に血の気が引いていて、真っ青になっている。

当然だろう、こんな話を聞かされたら。

両親の離婚《りこん》だけでも中学生女子には充分《じゆうぶん》なダメージだろうに。

その上、生まれて十数年も信じて疑わなかったものが一気に崩《くず》れ去《さ》ったのだから。

もちろん、大事なものが崩《くず》れてしまったのは春太も同じだ。


「雪季《ふゆ》ちゃんは……お兄ちゃんの妹じゃなかったんですか……」


ぼそっと、雪季がうつむきながらつぶやいた。

雪季は、今さらそのことを理解したらしい。

春太は、ふと思い出した。

妹は幼い頃《ころ》、自分を〝雪季ちゃん〟と呼んでいたことを。

いつの間にか、一人称《いちにんしよう》が〝私〟に変わっていたが……。

そんな思い出すら、聞かされた真実のせいで、今までとは違《ちが》ったもののように思えてしまう。

春太の頭はぐるぐると回り、思い出がまた別の思い出を呼び覚ましてくる。

『雪季ちゃんはねー、おにいちゃんとけっこんするんですよ』

幼い子供がよく言うような、ありふれた台詞《せりふ》。

今の今まで春太は忘れていたが、そんな台詞《せりふ》も――雪季ではない他の誰《だれ》かに言われたかのような気になってしまう。

兄妹《きょうだい》の関係だけでなく――思い出までが壊《こわ》れてしまったかのような。

春太の胸の奥から、重くて熱いなにかがこみ上げてきて、喉《のど》が詰《つ》まりそうになる。

「雪季ちゃんと……お兄ちゃんは……」

またつぶやいて――言葉が途《と》切《ぎ》れてしまう。

両親も黙《だま》ったまま、誰《だれ》も口を開かなかった。

ついさっきまで、いつもどおり妹と普《ふ》通《つう》に話していたというのに。

日常の崩壊《ほうかい》はあまりにも唐突《とうとつ》で、あっけない。

もう、晶穂《あきほ》のことも受験のことも頭になかった。

ただ、妹の手を握《にぎ》ってやろうかと思い――だが、できなかった。

このリビングに来る前なら、雪季の手を当たり前のように握《にぎ》れたのに。

いや、そうだ――

隣《となり》に座っている、この綺麗《きれい》すぎる少女は自分の妹ではないのだ。

春太《はるた》は、両親の離婚《りこん》すらもうどうでもよく。

ただ、その残酷《ざんこく》すぎる事実に打ちのめされていた。


カーテンの隙間《すきま》から、月の淡《あわ》い光が差し込んできている。

春太はベッドに入ったはいいものの、眠《ねむ》れずにいた。

両親から離婚《りこん》の話を切り出されて、まだ丸一日経《た》っていない。

父と母は昼から仕事に出かけていったが、春太と雪季《ふゆ》は結局学校には行かなかった。

昼食は春太が買ってきたコンビニ弁当で済ませ、夕食は珍《めずら》しく早くに帰宅した父親が近所のカレー屋でテイクアウトしてきてくれた。

今日一日、雪季とはほとんど会話していない。

昼飯はどうするか、くらいしか話さなかったのではないか。

一日中、春太はリビングに、雪季は部屋に籠《こ》もっていた。

俺は今日、なにをしてたんだっけ？

思い出そうとしても、なにも浮《う》かんでこなかった。

適当にスマホをいじったり、ＴＶを観《み》たりしたはずだが、記憶《きおく》にない。

夕食を済ませると母が帰ってきたが、特に話はしなかった。

考えてみれば、この人とも血は繋《つな》がっていないんだ――

そんなことを思ったが、口には出さなかった。

母は普段《ふだん》どおりに振《ふ》る舞《ま》おうとしていたが、春太のほうがいつもどおりの会話などできるはずもなく。

春太も雪季もさっさと風呂《ふろ》も済ませ、夜十時前に揃《そろ》ってベッドに入ってしまった。

いつもなら、春太は十二時過ぎまでは起きているし、雪季が就寝《しゅうしん》するのはその一時間ほど前だ。

二段ベッドの下からは、雪季がモゾモゾしている気配がする。

おそらくだが、雪季もまだ眠《ねむ》ってない。

当たり前だ、寝《ね》られるわけがない。

あんな話を聞かされてぐーすか寝《ね》られるほど、雪季は神経が太くないのだ。

たとえ妹でないとしても――春太は、雪季のことを誰《だれ》よりも知っている。

そんな前置きをするのは、不愉快《ふゆかい》でしかないが。

「……お兄ちゃん」

「わっ」

と思ったら、二段ベッドのハシゴのところからひょこっと雪季の顔が出てきた。

「ごめんなさい、ちょっといいですか？」

「な、なんだ？」

「あの……眠《ねむ》れないんです」

「そうか」

春太《はるた》はベッドの上で身体《からだ》を起こした。

今ここで、雪季《ふゆ》になにを言うべきか——間違ってはならない。

「じゃあ、ちょっと散歩にでも出るか。父さんたちにはバレないように……いや、バレたってかまわない」

「はい」

雪季は、無表情でこくりと頷《うなず》く。

春太には、雪季が考えていることがよくわかる。

ベッドで悶々《もんもん》としているより、外にでも出て気晴らしがしたい。

春太もまったく同じ気持ちだった。


春太は床《ゆか》に下りると、クローゼットからパーカーとジャージを取り出した。

パジャマ代わりのTシャツとハーフパンツを脱《ぬ》ぎ捨《す》て、素早《すばや》く着る。

「……ん？」

ふと、横を見ると――

雪季が掛《か》け布団《ぶとん》にくるまって、ゴソゴソしていた。

パジャマの上を脱《ぬ》ぎ、裸《はだか》の肩《かた》がちらりと見えた。

「…………」

とっさに、春太はスマホを見るフリをする。

だが、狭《せま》い部屋では雪季の姿が目に入ってしまい、背中を向けるのも過剰《かじょう》に意識しているようで、なんとなくためらわれる。

「んっ……」

雪季は、掛《か》け布団《ぶとん》が邪魔《じゃま》になったのか、はねのけながらズボンを脱《ぬ》いで放った。

白いパンツもちらりと見えてしまっている。

今日は慎《つつ》ましく、春太に見えないように着替《きが》えているが、結局隙《すき》だらけだ。

剝《む》き出《だ》しの華奢《きゃしゃ》な肩《かた》に、白いパンツ。

そんなもの、春太は毎日のように見てきた。

毎日見てきて、特になんとも思わなかった。

いや、可愛《かわい》いしエロいとは思っていたが――今はそんなことを思ってはいけない。

「あ……」

「ん？」

「お、お兄ちゃん……すみません、私の着替《きが》えを取ってもらえますか？」

あらためて布団《ふとん》にくるまったまま、雪季《ふゆ》がおずおずと申し出てきた。

「……適当に選ぶぞ」

共用のクローゼット、春太《はるた》は雪季の服もどこになにがあるかはわかっている。

服を脱《ぬ》ぐまでは春太に隠《かく》れてやったはいいが、着替《きが》えを先に用意するのを忘れたらしい。

いつもなら服を脱《ぬ》いで、半裸《はんら》のままでクローゼットから新しい服を取り出せばよかったのだ。

「ほら、雪季」

「あ、ありがとうございます……」

雪季は服を受け取ると、ぱっと掛《か》け布団《ぶとん》の中に完全に潜《もぐ》り込《こ》んでしまった。

隠《かく》されていた事実を知ったばかりで、まだ心の整理などついていないだろう。

あんな話を聞かされて、春太の前で堂々と着替《きが》えられるはずもない。

「あの、お兄ちゃん……」

「ん？　まだなにかあるのか？」

ぴょこっと布団《ふとん》から顔を出した雪季が、申し訳なさそうな表情をしてる。

「ジャージの下じゃなくて、ハーフパンツを取ってもらえませんか？　ピンクのラインが入ったヤツ……」

「……夜はまだ冷えるぞ」

こんなときでも、雪季はファッションでは譲《ゆず》れないものがあるらしい。

少しはいつもの雪季らしい姿を見られて、安心しつつも――

やはり、これまでの日常が消えてしまった寂《さび》しさのほうがはるかに勝《まさ》る。

散歩に出る準備だけで、こんなに感傷的《かんしょうてき》になるとは――

春太は、雪季を散歩に誘《さそ》ったことを少しだけ後悔《こうかい》しそうだった。


「ううっ、ちょっと寒いですね」

「五月だからな。まだ冷えるって言っただろ」

春太と雪季は、こっそりと家を抜《ぬ》け出《だ》してきた。

雪季は、黒とピンクのジャージの上着にハーフパンツという格好だ。

「どうする、雪季。一度、引き返すか？」

「我慢《がまん》できないほどじゃありません。行きましょう、お兄ちゃん」

雪季は、春太の後ろをぽてぽてと歩いてくる。

いつもなら嬉《うれ》しそうに腕《うで》を絡《から》めてくるが、さすがに今日はそんな気分ではないようだ。

「ちょっと待ってろ」

春太《はるた》はコンビニに入り、ホットのコーヒーとココアを買い、ココアのほうを雪季《ふゆ》に渡《わた》した。

「わ、あったかいです……」

「これで少しはマシだろ。ああ、あそこに行くか」

コンビニのすぐ近くに児童公園がある。

春太は雪季と公園のベンチに座った。

「誰《だれ》もいないな。こんなとこ、ヤンキーとかカップルとかいそうなもんだけどな」

「このあたりは夜は人少ないんですね。あまり気にしたことなかったですけど」

「夜中に出歩かないもんな、俺たち。この公園も、夜に来たのは初めてだ」

ブランコと滑《すべ》り台《だい》があるだけの小さな公園だ。

家から徒歩五分ほどなので、春太と雪季も幼い頃《ころ》はここでよく遊んだものだ。

「覚えてます、お兄ちゃん？」

「ん？」

「小さい頃《ころ》、ここで私が一人で遊んでたら男の子たちに追い出されそうになったんです。そしたら、お兄ちゃんが呼んでもないのに現れて、その男の子たちを追《お》い払《はら》ってくれたんですよ」

「……そんなことあったか？」

春太は子供の頃《ころ》から身体《からだ》が大きく、ケンカをして負けた覚えがない。

もっと大きい松風《まつかぜ》にも負けたことがないくらいだ。

数人のいじめっ子を追《お》い払《はら》う程度は、造作もなかっただろう。

「私は覚えてますよ。他の女の子と違《ちが》って、私には本物のヒーローがいるとか、イタいことを思ってたんですから」

「呼んでもないのにとか、イタいこととか、余計な付け足しがなけりゃいい話だな」

「照《て》れ隠《かく》しで付け足してるんです、わかってください」

「わかってるよ」

春太は、ずずーっとコーヒーをすする。

ミルクも砂糖も入れていないので、ずいぶん苦い。

ブラックコーヒーなど初めて飲んだが、今日はこの苦さを味わいたかった。

「でも、ちょっと納得《なっとく》できたところもあるんです」

「ん……？」

「私とお兄ちゃん、自他共に認める怪《あや》しい関係の兄妹《きょうだい》でしたけど、実はそうでもなかったってことですよね」

「……ポジティブに考えるならな」

春太と雪季は血が繋《つな》がっていない。

だったら、二人が兄妹《きょうだい》を越《こ》えた感情を持っていてもおかしくない――そう言いたいのだろう。

ただ――

「俺は物心ついた頃《ころ》から雪季《ふゆ》を妹だと認識《にんしき》してたんだ。血が繋《つな》がってないなんて疑ったこともない。それでいて、普通《ふつう》の兄貴じゃありえないほど妹を可愛《かわい》がってたのは、やっぱり異常ではあったんだろ」

「異常……異常って言うんですね、お兄ちゃんは」

「今さら、取《と》り繕《つくろ》う必要もないだろ。雪季、悪いけどおまえも普通《ふつう》じゃないぞ」

「ズバズバ言いますね、お兄ちゃん」

雪季は困った顔をして、こくこくとココアを飲む。

少しばかり乱暴な物言いだったが、雪季は落ち着いている。

今朝から呆然《ぼうぜん》とすることはあっても、取り乱す様子はなかった。

まだ中学生の彼女には大きなショックだっただろうに。

春太《はるた》も受けたショックは決して小さくないが、雪季が泣きわめいたりしないからこそ、平静を保っていられるのかもしれない。

どっちが年上なんだか――と春太は苦笑《くしょう》しそうになる。

「異常……確かに普通《ふつう》じゃないですね、私も。兄にべったりの妹なんて他にもいますけど、私くらいの甘えっ子はそうはいないですね」

「俺が甘えさせてたっていうのも大きいな」

春太が少しでも突《つ》き放《はな》していれば、雪季の懐《なつ》き方《かた》も今とは違《ちが》っていたかもしれない。

「はぁ……」

雪季は、大きなため息を吐《は》き出《だ》した。

「血が繋《つな》がらない兄妹《きょうだい》なんて、漫画《まんが》とかではよくありますけど、まさか自分にそんなドラマがあるなんて想像もしませんでした」

「今の自分に満足してたからじゃないか？」

「え？」

「ありえないことを想像するのは、満たされないからだ。俺も雪季がいなかったら、〝自分に可愛《かわい》い妹がいれば〟──なんて妄想《もうそう》をたくましくしてたかも」

「なるほど、お兄ちゃんは頭がいいですね……今の自分に不満がなかったから、変な想像もしなかった……って、あれ？　さっきからお兄ちゃんお兄ちゃん言ってますけど、もうこう呼んじゃダメなんですかね……？」

雪季は、唐突《とうとつ》にじわっと目に涙《なみだ》を浮《う》かべた。

今さらそんなことに気づいて、ショックを受けるのが雪季らしいが──

「急に名前呼びされても困るな。雪季の好きにすればいいだろ」

「あ……はい。そうします、お兄ちゃん」

子供の頃《ころ》から数え切れないほど、兄と呼ばれてきたのだ。

春太《はるた》も、雪季《ふゆ》に他人行儀《たにんぎょうぎ》な呼び方をするつもりはない。

「そういや、雪季。今朝、おまえ自分を〝雪季ちゃん〟って呼んでたぞ」

「えっ！」

雪季は、今度は目を丸くしている。

やはり、無意識に昔の一人称《いちにんしょう》に戻《もど》っていたらしい。

「何年ぶりかな、聞いたのは。もう全然言わなくなってたよな。それこそ、この公園で遊んでた頃《ころ》以来か」

「わ、忘れてください……油断しました。自分をちゃん付けとか、さすがにこの歳《とし》ではイタいです……」

雪季は頬《ほお》を赤く染めている。

「でも、そういうお兄ちゃんも昔は私を――」

「ん？　なんだ？」

「あ、いえ。なんでもありません。なんでも……」

明らかになにかありそうな様子だ。

春太は一人称《いちにんしょう》が名前だったことはないし、もちろんちゃん付けもしたことはない。

特に思い当たることはないし、今無理に思い出すことでもないだろう。

「あ、呼び方といえば……」

「今度はなんだ？」

「〝春太〟と〝雪季〟なんて、共通性がある名前なのもまぎらわしかったですね。たまたまでしょうか？」

「季節を名前に入れるなんて、珍《めずら》しくもないからな。俺は春生まれじゃないけど」

春太は妹の凝《こ》った名前に対して、自分の名前がシンプルなことに疑問を持ちはしなかった。

実の兄妹《きょうだい》でも、一方だけが凝《こ》ったネーミングになってることも普《ふ》通《つう》にあるだろう。

「……はっ⁉　ま、まさか……兄妹《きょうだい》じゃなかったと見せかけて、実は私、パパとママがダブル不倫《ふりん》して生まれた子だとか⁉」

「話が込《こ》み入《い》りすぎだろ。さすがに、この期《ご》に及《およ》んで父さんたちも嘘《うそ》はつかねぇよ」

「ですよねー……」

驚《おどろ》いたことに、雪季はまだ実の兄妹《きょうだい》だという望みを捨てていなかったらしい。

両親が前の相手と結婚《けっこん》してた頃《ころ》から付き合いがあった可能性は——春太は、首を振《ふ》る。

親のそんな生々しい話は想像したくなかった。

「でも、パパとママの離《り》婚《こん》が吹《ふ》っ飛《と》びました。両親の離《り》婚《こん》なんて、人生で一度起きるだけでもレアなイベントなのに」

「ふわっと聞き流しちまったが、二度目なんじゃないか？　父さんも母さんも離《り》婚《こん》してから再《さい》婚《こん》した、みたいな話をしてたよな？」

「……そうでした。私もあまり頭に入ってなかったですけど、そんなこと言ってました」

春太《はるた》の父と実の母、雪季《ふゆ》の母と実の父は死別ではなく離婚《りこん》だったと話していた。

どちらでもいいことだからか、春太は聞き流してしまったし、雪季も同様らしい。

なんにしても、春太と雪季が物心つく前の話だ。

「まあ、実の親の話とかも吹《ふ》っ飛《と》んだ感はあるな、残念ながら」

「パパは二人もいりません」

短く、きっぱりと宣言するように雪季は言った。

二人はしばらく黙《だま》ったまま飲み物を口にして。

飲み終わると、春太がコンビニに戻《もど》ってゴミ箱にカップを捨ててきた。

妹の前で不法投棄《とうき》はできない。普段《ふだん》からしないが。

「ん？」

春太が公園に戻《もど》ると、雪季はブランコに座っていた。

寂《さび》しそうにうつむいて、まるで迷子《まいご》の子供みたいに――

茶色い髪《かみ》の綺麗《きれい》な少女は脚《あし》をぶらぶらさせながら、ブランコを軽く漕《こ》いでいる。

「雪季」

「もう一つ思い出しましたよ、お兄ちゃん」

「え？」

「昔、お兄ちゃんがブランコをすっごいブンブン漕《こ》いで、高く上がってて怖《こわ》かったんですよ。おまけに、最後には空を飛ぶみたいにジャンプして着地してました」

「そんなことしてたなあ……」

それは、春太にも記憶《きおく》があった。

他の友人たちと、誰《だれ》が一番遠くまで飛べるか競《きそ》ったものだ。

その危険な遊びで一人が骨折して、公園が閉鎖《へいさ》されかけたので、忘れられない。

「よっ……と」

春太も、雪季の隣《となり》のブランコに座る。

「あっ、もう危ないことはやめてくださいね？」

「やらない、やらない。ガキじゃないんだからな」

「……そうですね、子供じゃないですもんね」

「でも、俺たちは自分の居場所も決められない。せいぜい、夜中に家を抜《ぬ》け出《だ》すくらいだ」

春太は、キコキコと軽くブランコを漕《こ》ぐ。

「私はママと――お兄ちゃんはパパと暮らすんですよね？」

「高一の春だぞ。やっと受験を終えたばかりなのに、編入試験なんて受けられるか。そもそも、こんな時期に受けられんのか？」

考えたこともないので、まったく想像もつかない。

新年度開始早々の転校などありえないだろう。

「母さんの転職も決まったらしいし、今さらやっぱ無しってわけにもいかんだろ。二人が離《はな》れて暮らす以上、俺と雪季《ふゆ》も一緒《いっしょ》にはいられない」

「パパとママ、私たちに精一杯《せいいっぱい》気を遣《つか》ってましたけど――どちらかが二人とも引き取るって話は一度も出ませんでしたね」

やはり雪季も気づいていたか、と春太《はるた》は胸が痛むのを感じた。

父は今の家にそのまま住み、転職する母は遠くへ引《ひ》っ越《こ》す。

それでも両親はできる限り、春太と雪季の希望を受け入れたいと話していた。

春太が家事をしたくないなら、ハウスキーパーを雇《やと》う。

雪季にはできる限り住みやすい家を見つけるし、中学もいい学校を探すという話だった。

「離婚《りこん》は、パパとママの問題ですし、どうにもならないですよね……でも、私とお兄ちゃんが一緒《いっしょ》に暮らすのは……不可能じゃないですよね？」

「法律的にはよくわからんが、血が繋《つな》がってない子供でも、これだけ長く暮らしてきたんだし、引き取ることは可能じゃないか？」

「だったら――」

雪季は、すんっと鼻をすするようなマネをした。

それから、声を震《ふる》わせて――

「私とお兄ちゃんを引《ひ》き離《はな》したい、ということでしょうか……」


「……だろうな」

雪季は成績は悪いが、頭の回転は鈍《にぶ》くない。

両親が言葉の端々《はしばし》から匂《にお》わせていた意図を察していたようだ。

当然、春太も気づいていた。

多くを語る必要はない。

やはり、両親は春太と雪季の関係を危険視していたのだ。

「おまえの言うとおりだったな、雪季」

「え？」

「親は子供が思ってる以上に、子供のことを見てる――ウチの親も、俺たちが世間から見れば危《あや》うい関係だって気づいていたわけだ」

「……私も、ここまで危ないと思われてたなんて想像しませんでした」

雪季は、小さく首を振《ふ》りながら言った。

親たちは春太《はるた》と雪季《ふゆ》が血の繋《つな》がらない兄妹《きょうだい》で、もしも二人が一線を越《こ》えるようなことがあっても、倫理的《りんりてき》な問題はないことを知っていた。

それでも、兄妹《きょうだい》として育ってきた二人だ。

親戚《しんせき》や近所の住人、春太と雪季の周囲の友人たちも二人を兄妹《きょうだい》と認識《にんしき》している。

その二人が恋人《こいびと》同士になったり、遠い未来であっても結婚《けっこん》などしたら世間体《せけんてい》が悪いのだろう。

「父さんたちも、実の兄妹《きょうだい》として育てたのに、なんでこんなことに――って思ったのかもな」

「でも、小さい頃《ころ》に〝実の兄妹《きょうだい》じゃない〟って言われてたら、今よりショックは大きかったかもしれません」

「正解なんて、誰《だれ》にもわからねぇよな」

春太もショックは受けたし、両親に文句の一つも言いたい。

だが、それでも――

「俺は、雪季と実の兄妹《きょうだい》として育ってよかったと思ってるよ」

「私も……はい、私もそう思います。お兄ちゃんの妹でいて、本当に……」

雪季は、今度はこくこくと何度も小さく頷《うなず》く。

そう、春太と雪季はあくまで兄妹《きょうだい》――だった。

仲が良すぎるだけで、兄妹《きょうだい》の一線を越《こ》えたことなどない。

これからも、越《こ》えることがあるとは思っていなかった。

雪季《ふゆ》は可愛《かわい》いし、スタイルも大人びてきたけれど、手を出したいと思ったことなどない。

本当に——？

一瞬《いっしゅん》、疑問が頭をよぎった。

同じ部屋で着替《きが》えている白い肌《はだ》、下着に包まれた二つの豊かなふくらみ。

風呂場《ふろば》で見た火照《ほて》った肌《はだ》、髪《かみ》を結《ゆ》ってあらわになったうなじ。

勢いでベッドに押《お》し倒《たお》したときの、あの張《は》り詰《つ》めた空気。

それらに一瞬《いっしゅん》たりとも欲望を覚えたことがなかったか——？

「……まさか」

「えっ？」

「いや、なんでもない。親は、俺たちに最大限不自由がないようにしてくれる。でも」

「私たちを引《ひ》き離《はな》すことだけは、譲《ゆず》れない……」

ぼそりと言って、雪季はうつむいてしまう。

この妹のほうは、同じ部屋での生活、過剰《かじょう》でもあったスキンシップに、兄への愛情以外のものを感じていなかったのか。

そんな質問が、春太《はるた》にできるはずもない。

「たとえば、私がこっちに残りたくても――血の繋《つな》がってないパパに養ってくださいなんて言えませんよね」

「俺だって、自分で自分を養うことなんて――できなくはないだろうが、難しい」

「それは絶対ダメですよ。お兄ちゃんは勉強できるんだから、大学までちゃんと進まないと。親の援助《えんじょ》無しじゃ難しいですよね、それ」

「不可能じゃないだろうが……」

情けない話だが、いきなり親の庇護《ひご》を離《はな》れて生きていくことなどできそうにない。

春太も、しょせん高一の子供でしかないのだ。


「それとも……私をさらって駆《か》け落《お》ちでもしてくれますか？」


「雪季……」

「……なんて、冗談《じょうだん》です。一番ナイですよね、そんなの」

雪季は、くすくすと笑っている。

見慣れた妹の顔に張り付いている表情が、どこか作り物めいて見えた。

「駆《か》け落《お》ちなんてお兄ちゃんの将来を台無しにしちゃいます。もし、私をさらうって言ってくれても断りますよ」

「ドラマみたいにはいかないかな」

春太《はるた》のつぶやきに、雪季《ふゆ》は黙《だま》って頷《うなず》いた。

「でも、お兄ちゃん」

「ん……？」

「一つだけ、お願いしてもいいですか？」

「なんだ？」

「もし、このまま離《はな》ればなれになるなら——その前に」

「…………」


「キスしてくれませんか……？」


雪季は、ふっと横を向いて上目遣《うわめづか》いに見つめてきた。

彼女の目も顔も笑っていない。

春太は、雪季の唇《くちびる》を一瞬《いっしゅん》見つめてしまい——息が止まりそうになった。

心臓がドクドクと高鳴り出す。

血の繋《つな》がりがどうであろうと、物心ついた頃《ころ》からずっとそばにいた相手だ。

冗談《じょうだん》を言っているのかどうかくらい、判断がつく。

同じ部屋で着替《きが》えをして、一緒《いっしょ》に風呂《ふろ》に入って、休日にはデートを楽しむ。

まるでカップルのような兄妹《きょうだい》だったが、カップルではない。

唇《くちびる》を合わせるキスなんて、一度もしたことはない。

だから――

「ダメに決まってるだろ」

「……ですよね」

だからこそ、そのお願いを聞いてはいけない。

肉体的には兄妹《きょうだい》でなくても、精神的には今でも兄のつもりでいる。

春太の勝手な区別だが、キスは兄妹《きょうだい》の一線を越《こ》える行為《こうい》だ――


「…………っ⁉」


雪季が息を止め、大きく目を見開くのが見えた。

見えたのはそこまでで、春太は目を閉じて雪季と唇《くちびる》を重ねていた。

少しだけ冷たくて、だがとろけそうなほどに柔《やわ》らかい感触《かんしょく》――

唇《くちびる》を合わせていたのは、ほんの三秒ほどだろうか。

春太は浮《う》かせていた腰《こし》を再びブランコに下ろし、正面を向いた。

「あ、あれ？　お兄ちゃん、ダメって……？」

「……気が変わったんだ」

とてもじゃないが、春太《はるた》は雪季《ふゆ》の顔を見られなかった。

一線を越《こ》える行為《こうい》だと思いながら、自分を止められなかった。

兄妹《きょうだい》じゃないとわかった途端《とたん》に、キスするなんて。

あまりにがっつきすぎじゃないだろうか。

「お兄ちゃん……」

「…………っ⁉」

雪季の声に、春太は思わず横を向いてしまう。

妹は――妹だった少女は、ぽろぽろと涙《なみだ》をこぼしていた。

「……イヤだったのか？」

「いつも察しがいいお兄ちゃんなのに……今日は鈍《にぶ》いですね……」

どうやら外れだったらしい。

春太は少しだけ、ほっとしながらも――胸がひどく痛んでいた。

雪季が泣いているのはまぎれもない事実だ。

自分ではその涙《なみだ》を止められないことも。

雪季はその大きな瞳《ひとみ》からぽろぽろ涙《なみだ》をこぼしながら、少し笑っているようにも見える。

黙《だま》ったまま、雪季は泣き続けた。

なぜ彼女が泣いているのか、春太ははっきりとはわからない。

おそらく、雪季自身にも言語化して説明することはかなわないだろう。

それでも、雪季がキスを嫌《いや》がったわけではないことくらいは、もうわかっている。

そして——

自分もなんだか泣きそうになっていることも。

今日、俺と雪季は兄妹《きょうだい》じゃなくなったんだ——

その事実が、今さらながら悲しすぎた。

この夜から一ヶ月も経《た》たない、初夏が近づいたある日。

妹だった少女は、春太の前からいなくなった——

第5話　妹はそばにいない

雨の多い六月だった。

とっくに梅雨《つゆ》入りしているとはいえ、今年はずいぶんと降っている。

春太《はるた》は傘《かさ》を差したまま走って、ショッピングモール〝エアル〟に飛び込む。

モール内をしばらく歩いて、とある店に裏口から入ると——

「お疲《つか》れさまです」

「ああ、お疲《つか》れー、サク」

店の事務室には、陽向美波《ひなたみなみ》の姿があった。

セミロングの赤い髪《かみ》に、左耳にだけ銀のピアス。

やや垂れた目と、口元のホクロが、どちらも妙《みょう》に色っぽい。

ノースリーブの黒ブラウスにミニの白いスカート。

それに、ゲームショップ〝ルシータ〟のロゴが入った白いエプロン。

美波《みなみ》は事務室のテーブルに突《つ》っ伏《ぶ》すようなだらしない姿勢で、スマホをいじっている。

「早いですね、美波さん。今日、大学はいいんですか？」

「サボリー。大学は好きにサボれるのがいいとこやん？」

「やん、と言われても俺は高校生なんで」

「美波は高校時代から好きにサボってたけどね」

「でしょうね……」

美波は、近所の女子大に通う二年生だ。

大学進学と同時にルシータでのバイトを始めたらしいので、一年以上この店で働いている。

美波は、出会った直後に苗字《みようじ》の桜羽《さくらば》を略して〝サク〟と呼んできた。

よく言えばコミュ力高め、悪く言えば馴《な》れ馴《な》れしいタイプだ。

ただ、春太は初めて出会ったときから、美波をどこかで見かけたような気がしている。

ルシータには以前から通っているし、美波もエアルによく買い物に来ているらしいので、見かけたことがあっても不思議ではないが。

「っと、まずタイムカード、エプロン」

ルシータのバックヤードに更衣室《こういしつ》はない。

私服や制服の上からエプロンを着けるだけなので必要もない。

春太もタイムカードを押して、エプロンを着け、店長からの伝達事項《じこう》が書かれたホワイトボードをチェックする。

「たいした話はないですね。あれ？　今、フロアには誰《だれ》が出てるんですか？」

「テンチョー。ま、こんな客が来ない店、一人でも回せちゃうし」

「早めに来たなら、手伝ってあげればいいのに」

店長に言わせれば、美波《みなみ》は〝不良バイト〟らしい。

遅刻《ちこく》も多いし、突然《とつぜん》の欠勤も珍《めずら》しくない。

それでもクビにならないのは、ルシータはバイトが少なく、一人でも抜《ぬ》けたら店が立ち行かないからだろう。

バイト歴一年の美波は、バイトの出入りが激しいこの店では古参に入るというのもある。

「だから、手伝うこともないんだってば。サクも、早めに新しいバイト先探したほうがいいんじゃね？　この店、明日潰《つぶ》れてもおかしくないし」

「バイト始めて一ヶ月も経《た》ってないんだから、不吉《ふきつ》なこと言わないでくださいよ」

春太《はるた》が嫌《いや》そうに言うと、美波はけらけらと笑った。

そう、春太がバイトを始めたのは六月の頭。

あまりにも忙しすぎた五月が終わった直後に面接を受けて、即《そく》採用された。

六月は下旬《げじゅん》に入っているが、まだまだ日は浅く、失敗も多い。

春太にとってはバイト自体が初めてで、勝手がわからない。

ずっと禁止されていたバイトがいろいろあって許可が出た――

とはいえ、別にすぐに始める必要もなかったが、とにかくなにかやりたかったのだ。

「ま、お姉さんは店が潰《つぶ》れたらしばらくは優雅《ゆうが》に遊んで暮らすよ」

「美波さん、一人暮らしって言ってましたよね？　バイトしなくても生活できるんですか？」

「できるわけないやん。仕送り少ねーし」

「じゃ、ダメじゃないですか」

「サクは心配性《しんぱいしょう》やねー。人間、米と味噌《みそ》があれば生きていけるさ」

「そんなもんですかね……」

美波との付き合いも一ヶ月にも満たないが、このお姉さんがダメ人間であることは春太もよくわかっている。

美波は顔はいいし、スタイルも抜群《ばつぐん》の女子大生だ。

面倒《めんどう》くさがってろくにメイクもしていないのに、美人であることは誰《だれ》も否定できない。

ルシータには彼女目当ての客も多いので、不良バイトであろうと店には必要な人材だ。

春太に仕事を教えてくれたのも美波で、実のところ彼女には頭が上がらない。

「あ、桜羽《さくらば》くんも来たね。お疲《つか》れ」

「店長、お疲《つか》れさまです」

フロア側のドアが開いて、店長が入ってきた。

四〇歳くらいのヒゲ面《づら》のおじさんで、どことなく世界一有名な配管工に似ている。

「ごめん、大量買い取りが来ちゃったから、二人ともすぐに来てくれないかな？」

「あ、はい」

「うぁーい」

春太《はるた》と美波《みなみ》は事務室からフロアに出た。

レジの横に、段ボール箱がドンと置かれている。

大きめの120サイズだろう。

春太は最近、自宅で段ボール箱を大量に扱《あつか》ったばかりなので、数字までわかる。

持ち込んだ客の姿が見えないのは、査定が終わるまで店内を見ているのだろう。

箱の中を覗《のぞ》くと、ぎっしりとゲームのパッケージが詰《つ》め込《こ》まれている。

「じゃあ、桜羽《さくらば》くんはレジを。陽向《ひなた》さんはこっちをお願い」

「はい」

美波と店長は、テキパキとパッケージをチェックしていく。

キズや汚《よご》れ、同梱物《どうこんぶつ》の有無《うむ》の確認《かくにん》など、素早《すばや》く的確に作業を進めている。

「サクも早く買い取り覚えて、美波に楽させてよね」

「……頑張《がんば》りますよ」

ゲームの買い取り値は状態によって上下するので、新人バイトには査定は難しい作業だ。

「あ、ほら」

「あっ、いらっしゃいませ」

レジの前に客がいて、春太は慌《あわ》てて接客する。

なんとかレジ作業は覚えたが、現金を扱《あつか》うのは未《いま》だに緊張《きんちょう》する。

「テンチョー、ワゴン空けたほうがいいですね。サク、査定終わったらやるよ」

「あ、はい。わかりました」

レジの前には、セール品がぎっしり詰《つ》まったワゴンがある。

買い取り品は古いゲームが多いようだし、多くがここに並ぶのだろう。

『シリーズ最新作なのに、ワゴン行きですか……大丈夫《だいじょうぶ》、私が楽しませてもらいますね』

ふと、春太の目に存在しないはずのものが見えた。

まるで捨《す》て猫《ねこ》を拾うように、愛《いと》しそうにワゴンのゲームを手に取っていた少女。

ワゴンに送られたゲームにも〝いいところはある〟と言い切っていた。

いつも、このショップに来ると最後にはワゴンの前に立って、真剣《しんけん》な目でなにを買うか悩《なや》んでいた——

「……ちょっと、サク。ぼーっとしない。査定終わったソフトをまとめといて」

「すみません」

春太は、美波に注意されて我に返った。

まだ、幻影に浸るようになるには早すぎる。

あの少女とよく通ったこの店をバイト先に選んでしまったのだから、いちいち思い出してしまうのは覚悟《かくご》の上だ。

いや、常に思い出し続けたかったのかもしれない。

そんな感傷《かんしょう》は、美波《みなみ》にも店長にもお客にも迷惑《めいわく》でしかないだろうが。

買い取りは無事に終わり、春太《はるた》は通常業務をこなして――

「お疲《つか》れさまでした」

「ふぁい、おっつー、さっくー」

ゲームショップは午後八時閉店で、レジ締《し》めや清掃《せいそう》など閉店作業に三〇分ほどかかる。

店長はまだ仕事があるようで、フロアから離《はな》れられないようだ。

レジにノートPCを持ち込んで、時々「うーん」と唸《うな》りながら作業をしている。

美波によると、在庫の確認《かくにん》や発注をしているらしい。

「店長は、ちゃんと家に帰ってるんですかね？」

春太は事務室に戻《もど》り、エプロンを外してロッカーにしまいながら美波に話しかける。

その美波はパイプ椅子《いす》に座って、スマホをぽちぽちといじっている。

「エアルの店長仲間たちとよく飲みに行ってるみたいよ。心配しなくても、ウチの店はブラックからはほど遠いから。ブラックになるほど忙《いそが》しくねーし」

「まあ、時給も安いですもんね」

「サクは体力あるし、もっと他にバイト先なんていくらでも選べたでしょ？　なんでまた、こんな青息吐息《あおいきといき》の店に？」

「ゲームが好きだからですよ」

「ふぅん……ま、バイトの動機なんて訊《き》くだけ無意味か」

美波はあまり信じていないようだが、深く追及《ついきゅう》する気もないようだ。

春太としても、この店をバイト先に選んだことに、深い理由はない――と思っている。

「さて、美波もとっとと帰るか。今日は汗《あせ》かいちゃったなあ」

「って、なにしてるんですか、美波さん……！」

なにを思ったか、美波は立ち上がってノースリーブの黒ブラウスのボタンを外していた。

黒いブラジャーと、たっぷりしたふくらみの谷間があらわになっている。

「なにって着替《きが》えんのよ。こんな汗臭《あせくさ》い格好じゃ帰れないやん。これでも美波は乙女《おとめ》なんだよ？」

「乙女《おとめ》なら、男の前で着替《きが》えないでくれません……？」

「高校生なんてガキでしょ。男のうちに入んないね」

美波はするりとブラウスを脱《ぬ》ぎ捨《す》て、ロッカーから取り出した黒Tシャツを着る。

「……世の中の男がみんな、俺みたいに理性的とは限りませんよ？」

「ウチのバイト、サク以外はみんな大学生かフリーターだし。さすがに、そいつらの前で生着《なまき》替《が》えの大サービスはしないいね。もし見られたら金取るな」

「高校生も言うほどガキじゃないんですが……」

どうも、美波《みなみ》は春太《はるた》を子供扱《こどもあつか》いしすぎているきらいがある。

「美波には弟がいたからね……どうしても、年下の男は子供にしか見えなくて」

「いた……？」

「そうそう、クッソ生意気でね。今日もCS64《シーロク》で連続15キル取ったスクショを送ってきやがってさ」

「まぎらわしい言い方しないでくれます!?」

過去形で言うから、亡《な》くなったのかと思ってしまった。

CS64で連続15キルはかなりの上級者でも難しい。

美波弟は、ガチ勢ゲーマーとして絶賛ご活躍《かつやく》らしい。

「なにをカリカリしてんのさ。そういえば、サクもCS64やってんだよね。ランクいくつ？」

「……SSです」

「うえっ、SSなん!?　どんだけ日常生活を犠牲《ぎせい》にしたらSSなんて取れんの!?」

「まあ、ちょっと前に、一週間くらい学校サボってCS64ばっかやってたんで」

「不良だなあ。美波でも、大学サボリなんて三日連続がせいぜいだよ」

「そんだけサボってれば充分《じゅうぶん》じゃないですかね」

「でも、SからSSは一週間毎日やっても厳しくない？」

「毎日十五時間くらい、ずっとやってましたから」

「ふーん……ま、いいか」

なにかを察したのか、美波は会話を打ち切ってしまった。

春太もこれ以上話したくなかったので、ありがたい。

なぜ、逃げ込むようにしてゲームばかりしていたかなど――話したいわけがない。

あの子が置いていったゲーム機で遊んでいても、あの頃《ころ》のように楽しくはない。

そう気づいたら、籠《こ》もっているほうが辛《つら》くなってしまったのだ。

「は～あ、今日は三日分は働いたなー。しばらくお休みにするか」

「そんな優雅《ゆうが》なシフト、組まれてませんよ。明日も労働してください」

美波の雑な生き方を見ていると、ほっとすることがある。

彼女は時に、そんな姿を意図的に見せているようにも思える。

バイトの先輩《せんぱい》のお姉さんは、いい加減に見えて意外と人の顔を見ているのではないか。

五月のGW明けからずっと荒《すさ》んでいた春太は、美波の明るさと雑なところと――さりげない気配りに救われていた。


今日も外は雨だ。

春太は最近の席替《せきが》えで窓際《まどぎわ》の席になったが、雨だと外を眺《なが》めていても面白《おもしろ》くない。

面白《おもしろ》くもないのに、ボケッと窓の外を眺《なが》めているのが我ながら不思議だった。

「桜羽《さくらば》くん」

「……ん？」

ふっ、と音もなく春太《はるた》の机の前に小さな人影《ひとかげ》が現れた。

こんなに小さいクラスメイトは一人しかいない。

月夜見晶穂《つくよみあきほ》だった。

もう衣替《ころもが》えも済んだというのに、彼女はまだ長袖《ながそで》パーカー姿だ。

さすがに暑いのか腕《うで》まくりして、左手首にだけ縞模様《しまもよう》のリストバンドをはめている。

ミニスカートにニーソックスという格好は春頃《はるごろ》と変わらない。

毎日、小さい身体《からだ》でギターも担《かつ》いで登校してきている。

「どうかしたのか、月夜見《つくよみ》？」

「どうかしたのはそっちじゃない？　ぼーっと窓の外見て、なに黄昏《たそが》れてんの？」

「俺もたまにはアンニュイな気分になることくらいあるんだよ」

「ないよ、そんなの。桜羽くんに限っては」

「それ、おまえが決めることかな……」

晶穂《あきほ》はずいぶんと強大な権限を有しているらしい。

「いつも松風《まつかぜ》くんとお昼食べてたよね？　あのでっかいの、どこ行ったの？」

「でっかいのとはえらい言い草だな。松風なら、部活の先輩《せんぱい》に呼ばれて一緒《いっしょ》にメシだとさ」

「桜羽くん、松風くんがいないとボッチになるんだね」

「うるせぇよ。月夜見もたまに、一人でいるところ見るぞ」

「あれ、そんなにあたしのことチラチラ目で追っちゃってたんだ？」

「……おまえは小さいから逆に目立つんだよ」

「そう？」

なにを思ったか、晶穂はいきなり両手で胸をぐいっと持ち上げた。

ボリュームたっぷりの胸が、ぷよんっと音が聞こえそうなくらい柔《やわ》らかく変形している。

「な、なにをしてるんだ、おまえは？」

「小さいだけじゃないよってところをお見せしたんだけど」

「教室でやるな、教室で。だいたい、ホントになにをしに――」

ぐーっ、と晶穂のお腹《なか》が小さく鳴った。

「わ、これは恥《は》ずい。乙女《おとめ》ともあろう者が失敗だね」

「……なんだ、おまえも昼飯食ってないのか？」

「やっぱ桜羽くんも食べてないんだ。というか、最近全然食べてなくない？」

「いいだろ、昼飯なんて食わなくても死なねぇよ」

「ああ、松風くんが愛《いと》しい桜羽くんを放置してるのは、一緒《いっしょ》にお昼ご飯食べられないからか」

「先輩《せんぱい》のほうが愛《いと》しいんだろ。俺もたまには食ってるよ、パンとか」

以前は弁当があったが、今はもうない。自分でつくる気にもなれない。

「たまに……よし、決めた」

晶穂《あきほ》がいきなりパンと手を合わせたかと思うと、春太《はるた》の腕《うで》を摑《つか》んでぐいっと引っ張った。

「お、おい、なんなんだ？」

「いいから、ついておいで。悪いようにはしないから」

「月夜見《つくよみ》が言うと、こんなに信用ならねぇ台詞《せりふ》もないな」

そう言いつつも、春太は特に抵抗《ていこう》はしなかった。

周りのクラスメイトたちが、春太と晶穂に興味深そうな視線を向けてきている。

しかし、晶穂のほうは少しも——いや、春太もまるで気にならなかった。

誰《だれ》になにを思われようが、まったくどうでもいい。

報酬《ほうしゅう》の発生するバイトではかろうじて気を張っていられるだけで、職場を離《はな》れれば無力になっている自分に、春太は気づいている。


「はー、美味《うま》い。雨の中、来た甲斐《かい》があったよ。こういうの、たまに食べたくなるんだよね」

「そりゃよかったな。でも、月夜見は一人じゃ食いに来《こ》れないってタイプじゃないだろ？」

「一人でラーメン屋入れる系女子ではあるね」

春太と晶穂は、ラーメン屋にいる。

学校からそう遠くないが、昼休み中に戻《もど》るのは無理——つまり次の授業はサボりだ。

春太は少しも気にならないし、晶穂も平然としている。

カウンター席に並んで座り、二人揃《そろ》ってラーメンをすすっているところだ。

春太はチャーシュー麺《めん》のチャーシュー増し、晶穂は塩とんこつラーメンに味玉を追加。

「あいよ、餃子《ぎょうざ》お待ち。ニンニク抜《ぬ》きだよ」

ラーメン屋の大将のおじさんが、二人の間に餃子《ぎょうざ》の皿を置いた。

六個入りで二人でシェアするので、間に置いたのだ。

「ニンニク抜《ぬ》きか。どうもパンチが足りねぇんだよな」

「あたしは一応、女子だからね。さすがにニンニク臭《くさ》い口で学校には戻《もど》れないよ。キスもできない」

「キスする相手がいるのか？」

春太は訊《き》きながら、春の夜の公園を一瞬《いっしゅん》だけ思い出す——

「さあ、どうかな？　桜羽《さくらば》くん、気になる？」

「いや、一ミリも。俺は四個でいいか？」

「知らないの？　ここ数年は男女平等が熱いんだけど？」

「俺のほうが身体《からだ》がデカいから、多めでいいだろ。ラーメン屋に付き合ってやったんだしな」

「ご飯食べないのは身体《からだ》に悪いから誘《さそ》ってやったんだよ、桜羽《さくらば》くん。ちゃんと食べないと大きくなれないね」

「これ以上デカくなったら、服だの靴《くつ》だの買うのに困るだろ」

バスケ部員が羨《うらや》ましがる長身は、春太《はるた》にはなんのメリットもない。

だが、仕方なく春太は晶穂《あきほ》と公平に餃子《ぎょうざ》を三個ずつ分け合う。

できたて餃子《ぎょうざ》はアツアツでジューシー、皮もパリパリで美味《うま》い。

晶穂も熱そうにしながら、ラーメンと交互《こうご》に美味《おい》しそうに食べている。

「あ、おじさん。半チャーハンももらえる？」

「あいよ！」

店主が勢いよく返事をする。

美人ＪＫの来店が嬉《うれ》しいのか、口元が緩《ゆる》んでいる。

「そんなに食うのか？　おまえ、今瘦《や》せてるからって油断しすぎだぞ」

「いいじゃん、どうせサボるんだからゆっくり美味《おい》しいもの食べちゃおう」

「まあ、好きにすりゃいいけど」

一応忠告してみたが、春太は晶穂が肥え太ろうが気にならない。

そうこうしているうちに、半チャーハンがやってきた。

「ほい、お待ち！　お嬢《じょう》ちゃん可愛《かわい》いから、普通《ふつう》盛りにしといたよ！」

「こんなに可愛《かわい》いんだから、大盛りを出してほしいね」

「そりゃ失礼！　あっはっは」

「うん、これも美味《おい》しい。ご飯がパラパラでいい感じ。たまごもふわふわ」

晶穂はさっそく、ぱくぱくと三分の一ほど食べると。

「ほら、残りは桜羽くんにあげる。デカいんだから、食べときなよ」

「……そりゃ、食えるけど」

もしかしなくても、晶穂は春太に食べさせるために注文したらしい。

店主は「兄ちゃんが食うなら小盛りでもよかったな！」などと笑っている。

「つーか、月夜見《つくよみ》。マジで急になんなんだ？　メシに誘《さそ》ったことなんかなかっただろ？」

「残念ながら、桜羽くんとは家に遊びに行くくらい親密な仲になっちゃったからね」

「残念なのかよ」

「だから、嫌《いや》でも目に入んの。ご飯も食べずに教室で、〝いかにも被害者《ひがいしゃ》〟みたいな景気悪いツラでいられると、なんか腹立つのよ」

「……俺の勝手だろ？」

「そう、どんな顔をしたって、桜羽くんの勝手だよ。んで、腹を立てるのもあたしの勝手」

「ああ、そうだな……」

春太《はるた》は頷《うなず》く。

自分はなんの被害者《ひがいしゃ》でもないし、不景気なツラをしている自覚もない。

おそらく、自覚がないのが、晶穂《あきほ》には余計に腹立たしいのだろう。

なぜ、晶穂がそんなことで腹を立てるのかは春太にもよくわからない。だが——

「チャーハンも美味《うま》いな。でも、こんなに食ったら俺も太りそうだ」

「だったら、松風《まつかぜ》くんとバスケでもしてくりゃいいじゃん。ウザい感じにハシャいで、青春をキラキラさせてくりゃいいじゃん」

「青春って……まあ、悪くないアイデアだな」

「松風くんも断らないと思うよ。知らんけど」

晶穂は素っ気なく言って、ずずーっとラーメンの汁《しる》をすする。

春太は、今さらながら気づいた。

もしかしたら、晶穂は気を遣《つか》ってくれているのだろうか——と。

未《いま》だに得体の知れないクラスメイトだが、なぜか晶穂に気遣《きづか》われるのは悪い気はしない。

いつの間に晶穂にこんなにも気を許したのだろうかと、自分でも不思議になる——

「はっ、はっ、はぁっ……」

「おいおい、春太郎《はるたろう》、もうへばったのか？」

ニヤニヤしながら、松風がスポーツドリンクを差し出してくる。

春太はひったくるようにドリンクを取ると、ごくごくと一気に飲み干した。

「はぁ……美味《うめ》ぇ……」

放課後になり、春太は松風と二人で校舎の廊下《ろうか》を走っていた。

雨で外では走れないので、人通りの少ない廊下《ろうか》を使って運動しているわけだ。

松風は最近は体力づくりに部活時間の半分を費《つい》やしているらしく、先輩《せんぱい》の許可をもらって、単独でランニングや筋トレを行っている。

その体力づくりに春太も付き合っているところだ。

俺は晶穂の言うことに素直《すなお》に従いすぎじゃないだろうか、とこれもまた不思議だった。

「つーか、暑い……運動部はよくこんな日に走り回ろうなんて思えるな。全員ドMか？」

「おまえも中学でバスケやってたじゃないか。あの頃《ころ》を思い出せよ」

「思い出は遠くなりすぎたな……松風、そろそろ体育館に戻《もど》る時間じゃないか？」

「そうだなあ、でもその前にあと廊下《ろうか》ダッシュ十本くらい行っときたいかな」

「くそっ、この脳筋め……」

「まあ、そう言うなよ。身体《からだ》を動かすのはいいもんだぞ」

「余計な考えが全部吹《ふ》っ飛《と》ぶって？」

「そんなことはないだろ。動かしてる間は一時的に忘れるだけで、布団《ふとん》に潜《もぐ》り込《こ》めば嫌《いや》なことなんていくらでもよみがえってくるぞ」

「優《やさ》しさのない台詞《せりふ》をどうもありがとう」

じろりと春太《はるた》は松風《まつかぜ》を睨《にら》む。

「でも、身体《からだ》を動かして疲《つか》れ切《き》ってりゃ、嫌《いや》なことがよみがえってくる前にぐっすり眠《ねむ》れるぞ。一度頭をリセットすりゃスッキリだよ」

「そんくらいシンプルにいけばいいんだけどな……」

「春太郎《はるたろう》、俺たちはずっとシンプルにやってきたじゃないか。歳《とし》くったからって、複雑になる必要もねぇだろ」

「歳《とし》くったって、まだ高一だぞ、俺ら。老《ふ》け込《こ》むには早すぎんだろ」

春太は少し笑ってしまう。

「つか、マジでキツい。昼飯がちょっともたれてんのに」

「そうだ、春太郎。今日、月夜見《つくよみ》さんと昼飯食ってきたんだよな？」

「ああ、さっき話しただろ。おまえが午後の授業サボった理由をしつこく訊《き》いてきたから」

「ふーん、そのまま月夜見さんと遊んでくりゃよかったのに。授業を聞くより、可愛《かわい》いクラスメイトと遊んだほうが楽しいだろ？」

「教師に失礼極《きわ》まる話だな。松風、授業聞いてねぇとついていけなくなるぞ」

「そうなったら、春太郎に教わるよ」

松風は、ぐっぐっと伸《の》びを始める。本気でダッシュを始めそうだ。

「ま、山ほどメシ食って、しっかり運動すんのはいいことだ。なんなら、部活終わりでもいいから、毎日付き合うぞ、春太郎」

「……毎日は遠慮《えんりょ》しとく」

春太は、幼い頃《ころ》からの友人にまで気を遣《つか》わせてしまっていると気づいている。

今も、以前と変わらない自分であろうとしているが、春までの自分ではないことを認めるしかない。

だから、気を遣《つか》わせていることに気づいていないフリをするくらいしかできない。

松風は春太に感謝を求めているわけではないだろうから、それでいいはず。

だが――ラーメン屋に誘《さそ》うという、よくわからない気遣《きづか》いをしてきた彼女にはどう応えればいいのか。

春太はなぜか、そんなことに迷っている自分に気づいた。

ふと思う――どうも俺は、自分と向き合いすぎじゃないだろうか？

迷うのも、自分を見つめ直すのも悪いことではない。

だが、悩《なや》みがあろうとなかろうと、容赦《ようしゃ》なく日常は続いていく。

春太《はるた》は今日もバイトを終えて、エアルの裏口から出た。

「ふー、終わったー……」

今日は美波《みなみ》と二人のシフトだった。

というより、春太はたいてい美波と二人のシフトが多い。

美波はやる気があるのかないのか、シフトだけは多めに入れているせいだろう。

なんとか労働を終え、事務室でグダグダしていた美波を置いて先に店を出た。

エアルの裏口から、駐輪場《ちゅうりんじょう》へと向かう。

春太は、最近は自転車での移動が多くなっている。

元から持ってはいたが、通学にも使っていなかった。

出かけるときは、あの子と並んで歩くことが多かったからだろう。

春太はガレージの隅《すみ》で眠《ねむ》っていた自転車を引っ張り出し、入念にメンテしてから乗り始めた。

駐輪場《ちゅうりんじょう》からその自転車を引き出し、エアルの正面入り口を出たところで――

「あ、桜羽《さくらば》くん。来た来た」

「ホントに待ってたのか。無理に待たなくてよかったのに」

キィッと春太は自転車のブレーキをかけた。

出入り口にいたのは、月夜見晶穂《つくよみあきほ》。

例のパーカーにミニスカート、肩《かた》にはギターというお馴染《なじ》みの格好だ。

「あたしに一人寂《さび》しくメシを食えっつーの？　で、今日はなに食べようか？」

「バイト終わりを待ってたら、腹減るだろ？」

春太はバイト前に軽く腹に入れておいて、仕事終わりでがっつり食べることにしている。

ここ数日、このクラスメイトとたまに食事をするようになっても、その習慣は変わらない。

晶穂《あきほ》のほうは、間食はしていないらしい。

「大丈夫《だいじょうぶ》、桜羽くんが美人女子大生とのバイトに夢中でも、あたしは健気《けなげ》に待てるから」

「美人女子大生なんて言ったか？」

訊《き》かれたので仕方なく、春太は晶穂にバイトのことを多少詳《くわ》しく話してある。

「美人のお姉さんでもいないと、バイトなんて続かないでしょ？」

「おまえは、俺がなんのために働いてると思ってんだ」

「なんのためなの？」

「……せっかく、バイト禁止令が解けたんで、勤労意欲に燃えてるんだよ」

今は、子供のバイトに反対する家族がいないため、スムーズに始められた。

父親は、「学業に支障が出ないように」という程度のことしか言わなかった。

「燃えてる、ね。桜羽くん、そんな熱いタイプには見えないけど」

「俺のこと、どんだけ知ってるんだよ」

「たぶん、君が思ってる以上に」

「…………」

じぃっ……と、晶穂《あきほ》は意味ありげな視線を向けてくる。

「俺はそんな、見てて面白《おもしろ》いようなタイプじゃないだろ」

「嘘《うそ》も隠《かく》し事《ごと》も下手だね。悪いヤツは、その二つが上手《うま》い。勤労意欲とか、もっとマシな嘘《うそ》をつきなよ」

「嘘《うそ》に労力を使いたくないんでな」

それは割と春太《はるた》の本心だ。

答えたくないことは適当にごまかすが、深く考えずに嘘《うそ》をついている。

「見てるよ、あたしは。前からね」

「……なんのために？」

「でも、学校じゃ見えないこともあるよね。だから、ラーメン食べたり、バイト帰りを待《ま》ち伏《ぶ》せたりしてるわけさ」

「わけさ、って……っと、まずはメシだ、メシ」

春太はごまかすように言って、先を歩き始めた。

晶穂の思わせぶりな台詞《せりふ》を気にしていたら、いつまで経《た》っても話が終わらない。

二人はエアル近くのファミレスに入って、遅《おそ》い夕食を取った。

春太はビーフシチューの包み焼きハンバーグ、晶穂はとんかつ御膳《ごぜん》のご飯大盛り。

晶穂は小さい身体《からだ》に似合わず、意外によく食べることを春太は最近知った。

別に晶穂はカノジョでもないので普通《ふつう》にそれぞれ料金を支払《しはら》い、ファミレスを出た。

「はー、お腹《なか》いっぱい。ロックやってるとお腹《なか》が空《す》くんだよね」

「おまえ、割となんでもロックのせいにするよな」

「便利だよね、ロック。じゃあ、そろそろ帰ろうかな」

「……送ってやろうか？」

「あれ、なに急にそんなこと言い出して？　何度か一緒《いっしょ》に晩ご飯食べたのに、余裕《よゆう》で女子を一人で帰らせてたじゃん？」

「月夜見《つくよみ》が毎晩、さっさと帰るからだろ。いや、毎回気になってはいたんだよ」

とはいえ、春太は次第《しだい》に——月夜見晶穂《つくよみあきほ》に情が移っているのは否定できない。

毎日学校で顔を合わせているし、雨の日のラーメン屋以降、ここ数日は食事も一緒《いっしょ》。

それで、なんとも思わないのは難しい。

晶穂が春太に付き合っているのは、五月の終わりから様子が変わった自分を気遣《きづか》ってくれているこ ともう間違いない。

「月夜見の家、どこだった？　普段《ふだん》はバスっつったか？」

「ああ、まだ細かく教えてなかったっけ。依川《よりかわ》のほうだから。大きい家具屋があるあたりだけど、知ってる？」

「あー、ついこの前そこで買い物したばかりだよ」

春太《はるた》の行動範囲《はんい》からは外れるが、道順はわかる。

春太は自転車を押して歩き出し、晶穂《あきほ》もその横に並ぶ。

真面目な春太は二人乗りはしたくない。

晶穂《あきほ》もそれがわかっているので、乗せろとは言い出さない。

しばし、二人で並んで歩いて行く。

夜道は静まりかえっていて、他の人影《ひとかげ》も見当たらない。

「桜羽《さくらば》くん、最近どう？」

「ふわっとした質問だな。どうもこうも、毎日教室でツラを合わせてるだろ」

「ちょい前、一週間くらい学校サボってたくせに？　中間テストはきっちり受けてたけど」

「留年して人生台無しにはしたくないんでね」

「落ち込んだときも、きっちり計算してんの？」

「馬鹿じゃない、というだけだ。それに、落ち込んでたわけでもない。忙《いそ》しかったんだ」

春太は、気遣《きづか》われるだけの自分ではいたくない。

GW明けから二週間ほどの間、桜羽家《さくらばけ》が全員目が回るほど忙《いそが》しかったのも事実だ。

あっという間に事態は進み、五月の下旬《げじゅん》に入る頃《ころ》にはすべてが終わっていた。

二段ベッド、二つの学習机、本棚《ほんだな》の半分の本、クローゼットの半分の服や下着が二階の洋室から消えた。

二段ベッドと二つの学習机が粗大《そだい》ゴミに出され、回収されていった。

一応、二段ベッドはバラして一つずつ使うこともできたし、学習机もまだ充分《じゅうぶん》しっかりしていたが、成長しすぎた春太のサイズには合わなくなっていた。

当然、新しいベッドと机を買うために家具屋に出向いたわけだ。

大きく様変わりした自室で、春太は一週間ほど部屋に籠《こ》もってＣＳ64《シーロク》に興じていた。

すぐに飽《あ》きて、普通《ふつう》の学校生活に戻《もど》っていったが――

「ふぅーん……でもさ、わざわざ言わなくてよかったんじゃない、あんなこと、、」

「どうせ、同中《おなちゅう》のヤツらにはすぐにバレることだからな」

桜羽家の両親が離婚《りこん》し、母親と妹は他県に引《ひ》っ越《こ》した。

その情報は、春太が通う高校でも何人かは知っている。

「ウチの妹が転校したのは、中学じゃ話題になったらしいからな。卒業生の耳にも入るに決まってる。だったら、先に話しちまったほうがいい」

松風《まつかぜ》はもちろん、同じ中学の北条《ほうじょう》も桜羽家の離婚《りこん》と引《ひ》っ越《こ》しを知っているはずだ。

春太は、北条のような無神経なクラスメイトに家庭の話を根掘《ねほ》り葉掘《はほ》り聞かれたくない。

そこで先んじて何人かの同中の友人たちに、家庭の事情を公表した。

ただ両親が離婚《りこん》したというだけなら、友人たちもさほど驚《おどろ》かなかっただろう。

だが、同中《おなちゅう》の友人たちは妹の存在も知っている。

春太《はるた》が妹をどれだけ可愛《かわい》がっていたかということも。

友人たちは驚《おどろ》き、不器用ながらも春太に慰《なぐさ》めの言葉をかけてきた。

慰《なぐさ》めがほしいわけではなかったが、友人たちには素直《すなお》に礼を言っておいた。

結局、北条《ほうじょう》はなにも言ってこなかった。少しは空気を読めるらしい。

春太が事情を公表した翌日に、松風《まつかぜ》は一日だけバスケ部の練習をサボった。

春太の家に押しかけてきて、上手《うま》くもないゲームで夜遅《よるおそ》くまで遊んで帰っていった。

特に家族の話をすることもなく——

兄妹《きょうだい》共用から春太専用になったゲーム機も、松風と遊ぶのなら悪くはなかった。

「あんまりこの話、しないほうがいい？　クラスの女子のおっぱいの話でもする？」

「男子同士の会話みたいだな、それ」

「男子ってそんな話してるんだ……最っ低……」

「月夜見《つくよみ》がその口で言うのか⁉」

「つーか、もうその呼び方やめて。あたし、苗字《みょうじ》嫌《きら》いなんだよね。晶穂《あきほ》ちゃんでどうぞ」

「じゃあ、晶穂」

「あれっ？」

春太はクラスの女子にちゃん付けするようなタイプではない。

他人行儀《たにんぎょうぎ》なさん付けか呼び捨てか、二つに一つだ。

「まあいいか……えーと、なんの話だっけ？」

「クラスの女子のおっぱいの話だったろ。やっぱ、晶穂がトップなのか？」

「ストレートに訊《き》くね。見比べたことないからなあ。生おっぱいじゃないと、わかりにくいし。みんな、ブラジャー着けてんだよね」

「高校生にもなって、ノーブラの女子がいたらびっくりだよ」

「たまーにだけど、ブラ着け忘れてくる子、いるよ。情報摑《つか》んだら流そうか？」

「いらんわ」

もちろん、晶穂も本気ではないだろう。

「うーん、やっぱり男女だとおっぱいの話はあまり盛り上がらないかな」

「変な気分になりそうだから、やめといたほうがいいんじゃやねぇ？」

「桜羽《さくらば》くんも男の子だねえ……」

じーっ、と晶穂はジト目を向けてくる。

なんと言われようと、春太も健全な男子高校生だ。

女子の胸に興味がないなど、口が裂《さ》けても言えない。

「興味あるみたいだし、なんなら、あたしのおっぱい揉《も》む？　送ってもらってるし、ちょっとくらいならいいよ」

「ああ」

「うぇっ⁉」

春太《はるた》は手を伸《の》ばして、晶穂《あきほ》の胸にトンと手のひらを押しつけるようにする。

ぐにっ、と思った以上の圧倒的《あっとうてき》なボリュームが伝わってくる。

「ちょ、ちょっと！　なにいきなり触《さわ》ってんの⁉」

「あれ、許可が出たのかと思った」

「冗談《じょうだん》に決まってるでしょ！　あたしの胸はそんな安くないんだよ！」

「そりゃごめん」

女性の胸に触《ふ》れるのは慣れているので、思わず手が伸《の》びてしまった。

まだあの子の胸の感触《かんしょく》がわずかに残っている手が――

「これは、〝まあ、いいか〟じゃ済まないね。チャンネル登録して、全動画を一回ずつ再生してもらわないと」

「その程度で胸を揉《も》ませるなよ……俺が言うのもなんだが」

実は、春太もとっくに晶穂のチャンネルは登録済みだし、動画も一通り観《み》ている。

「じゃあ……お詫《わ》び代わりに、質問に答えてもらっていい？」

「どうぞ、なんでも」

それも、女子高生の胸と引《ひ》き換《か》えにするにはずいぶん安い条件だった。

春太には、訊《き》かれて困ることはない。

「桜羽《さくらば》くん……雪季《ふゆ》ちゃんとは連絡《れんらく》取ってんの？」

「連絡《れんらく》は取ってるよ、普通《ふつう》に」

晶穂は思い切った様子で訊《き》いてきたが、春太はためらわずにノータイムで答えた。

やはり、予想どおりだ。

返答をためらうような質問はこない。

春太はスマホを取り出し、画面を晶穂に向けた――


【ふゆ】「こっちの中学の制服です！」

というメッセージの次に、写真が表示されている。

長い黒髪《くろかみ》を後ろで結び、紺色《こんいろ》のワンピースタイプの制服を着た雪季の自撮《じど》り写真だ。

満面の笑《え》みを浮かべ、顔の横でピースなどしている。

「……雪季ちゃん、だいぶイメージ変わったね」

「〝田舎《いなか》の中学生〟に見えるな。ウチの中学は茶髪《ちゃぱつ》も黙認《もくにん》だったが、あっちの学校は禁止らしい。黒く染めさせられたとか。ほら、次」

「ん……？　あーあー……」

晶穂《あきほ》が、二枚目の写真を見てため息をつく。

雪季《ふゆ》が両手両膝《りょうひざ》をついて、わかりやすく落ち込んだポーズを取っている。

写真に続いて送られてきたメッセージは――

【ふゆ】［ダサい……スカートが膝丈《ひざたけ》なんです……可愛《かわい》くない……］

と、文章でも落ち込んでいる。

一枚目は笑顔《えがお》で撮《と》っておいて、二枚目で落としてくるとは演出も凝《こ》っている。

「構図がイマイチだな。もうちょっと寄って撮《と》らないと」

「桜羽《さくらば》くん、ツッコミどころ、そこなの？　まあ、自撮《じど》りっぽいよね」

おそらく、どこかにスマホを固定してタイマー撮影《さつえい》したのだろう。

「雪季ちゃん、オシャレさんだからね。この野暮《やぼ》ったい制服を着せられるのは拷問《ごうもん》か」

「しかも、中学が遠くて自転車通学らしいが、ヘルメット着用が義務だとか」

「あぁ……そういうのＴＶで見たことあるけど、実際にあるんだね」

「みたいだな」

春太《はるた》は肉眼でヘルメット着用チャリ通《つう》の中高生を見たことがない。

「メットかぶると髪《かみ》がぐしゃってなるから、それもイヤだろうね」

「あー、それもあるのか。あいつ、毎日念入りに髪《かみ》の毛《け》セットして登校してたのにな」

「長い髪《かみ》は結ばなきゃいけないみたいだし。雪季ちゃんが新しい暮らしに馴染《なじ》むには時間かかりそうだね」

「馴染《なじ》めないかもな……」

ここから雪季の新しい家まで電車で三時間近くかかる。

母と妹は、本当に遠い土地に行ってしまったのだ。

「雪季ちゃんはお気の毒だけど、桜羽くんが普通《ふつう》に連絡《れんらく》取っててほっとしたよ」

「なんだ、離《はな》ればなれになって音信不通になると思ってたのか？　今時、連絡《れんらく》手段なんて腐《くさ》るほどあるからな」

雪季との別れはもちろん悲しかった。

今生《こんじょう》の別れのようにも思えて、一週間も学校に行く気が起きなかったほどだ。

それでも、春太がすぐに立ち直って学校に行けたのは——

雪季から送られてくるメッセージと写真のおかげで。

完全なお別れではない、と実感できたからだ。

「スマホには感謝しかないな」

春太は、しみじみとつぶやく。

メインの連絡手段《れんらく》はＬＩＮＥのやり取りだ。

雪季《ふゆ》からは毎日欠かさずメッセージと写真が送られてくる。

春太《はるた》のほうはメッセージはまめに送っているが、むさ苦しい男子高校生の写真などそんなにいらないだろうと、たまにしか送っていない。

「ビデオ通話は全然してないけどな」

「なんで？」

「雪季の家、回線が遅《おそ》くて画面がガビガビらしい。そんなひどい映像で観《み》てほしくないとか」

「ふーん、今時ビデオ通話もできないとこもあるんだね」

とはいっても、都会でも遅《おそ》いところは遅《おそ》い。

回線の問題となると、誰《だれ》にもどうしようもない。

「ま、妹は元気にやってるよ。晶穂《あきほ》にも心配かけたのなら、悪かったな」

「別に、桜羽《さくらば》くんの心配はしてないよ。雪季ちゃんを心配してただけ」

「そうっすか」

いつの間にか、雪季と晶穂はずいぶん仲良くなっていたらしい。

「ま、急にバイト始めたり、たまーに教室で黄昏《たそが》れてたりで、こいつやべーなとは思ってたけどね。そんなに落ち込むか、と思ったもん。そりゃショックだっただろうけど、たまに凄《すご》い目してたよ、桜羽くん。目のハイライトが消えてるってヤツ？」

「なんだ、それ。おまえ、よく見てるなあ。俺のこと、好きだとか？」

「…………」

じっ、と晶穂に半目で見られて春太はドキリとする。

上手《うま》くもない軽口など叩《たた》くものではないようだ。

やはり、自分の様子が極端《きょくたん》におかしいことは周りにもバレていた――隠《かく》し切《き》れていなかったことが、情けない。

晶穂が、春太が受けたショックの大きさに違和感《いわかん》を覚えたのも当然ではある。

周りに明かしたのは両親の離婚《りこん》と、母と妹の引《ひ》っ越《こ》しだけ。

その母と妹が――母でも妹でもなかったことは、家族だけの秘密だ。

人に話すようなことでもない。

ただ、父が息子《むすこ》、母が娘《むすめ》を引き取っただけ。

春太は高校に入学したばかりで転校は難しいし、妹は今からなら新しい土地で受験勉強を始められる。

その説明でたいていの人は納得《なっとく》するだろうし、納得《なっとく》できなくても知ったことではない。

春太は本当にショックが大きかったからこそ――それを人に見せないようにしていた。

そのつもりだったが、見る者が見れば心配になるほど春太《はるた》は気落ちしていたのだろう。クールな晶穂《あきほ》が、不器用に慰《なぐさ》めにくるほどならば、よっぽどの重症《じゅうしょう》だ。

春太は自分を笑いたくなってきてしまった。

「あたしだって兄妹《きょうだい》は何組も見てきたけど、桜羽《さくらば》くんたちみたいな関係は初めて見たよ。実は、ちょっと羨《うらや》ましかった」

「前に、憧《あこが》れはしないって言ってなかったか？」

「変なこと覚えてんね。ま、憧《あこが》れてたって言ってもいいかも。どちらかというと、雪季《ふゆ》ちゃんにだね」

「雪季に？」

信号が赤に変わり、春太は足を止めた。

ブオオッとエンジン音を響《ひび》かせて、車が次々と通《とお》り抜《ぬ》けていく。

「ほんの数回会っただけなのにね。雪季ちゃん、あんなに兄貴に可愛《かわい》がられて、無邪気《むじゃき》に笑えて。それが凄《すご》く羨《うらや》ましかった」

「……悪いが、晶穂は妹じゃないから可愛《かわい》がれないぞ」

「ははっ、ウケる」

晶穂の目は笑っていなかった。

羨《うらや》ましい、という晶穂の言葉には妙《みょう》に含《ふく》みが感じられて。

春太はどう反応していいか迷い、軽口で返してみたが失敗だったようだ。

「つまんないこと言っちゃったね。どっちみち、恋愛《れんあい》ドラマじゃないからね。あたしの家庭に問題があったとして、それを解決してもらっても、桜羽くんを好きになるわけじゃないし」

そういえば、と春太は思い出す。以前に晶穂は家庭に問題があると言っていた。

春太と雪季の関係が羨《うらや》ましい理由も、そのあたりにあるのだろうか？

「……別に俺は、晶穂と付き合いたいとは思ってねぇよ」

「あら、そう。あたしって、けっこう告られること多いんだけどな」

「雪季だって告られた回数じゃ負けてねぇよ」

「せめて、自分が告られた回数で張り合ってよ」

「二回くらいだな」

「あれ、意外と多い？」

「ナメんな」

二人は、少し笑ってしまう。

美波《みなみ》との会話も楽しいが、晶穂と話すのも悪くない。

春太は、今までと変わらない自分でいようと心がけているが、やはり心も身体《からだ》も重い。

その重みが、溶《と》けるようにして少しだけ軽くなった気がする。

春太と晶穂は、そのあとはどうでもいい雑談をしながら歩いた。

晶穂《あきほ》は音楽系以外の動画もかなり観《み》ているらしく、UCube《ユーキユーブ》のオススメ動画についてならいくらでも話せるようだ。

晶穂は、なにも考えずに観《み》られて、軽く笑える動画ばかりを紹介《しょうかい》してくれている。

今まさに、春太《はるた》が観《み》たいものがそういう動画だ。

二人はしばらく歩き――

「あのアパート。あそこが、ウチ」

「ああ、着いたのか」

三階建てのこぢんまりとしたアパートだった。

「上がってく？　親、いないと思うけど」

「遠慮《えんりょ》しとこう。カノジョでもない女子の家に上がり込むほど、図々《ずうずう》しくない」

「じゃあ、あたしがカノジョになってあげるって言ったら、上がってくの？」

「………………」

晶穂は、情緒《じょうちょ》が死んでるわけでも無表情なわけでもない。

だが、どうにも感情が読みにくい相手だった。

春太はもっとも身近だった異性が、常に感情豊かで表情にもストレートに出るタイプだったので、女の子の本心を探《さぐ》るのは苦手だ。

「もう俺は、ちょっとデカくてもっとデカい友達がいるだけの男に逆戻《ぎゃくもど》りだろ？」

「妹さんが消えてなくなったわけじゃないでしょ。イメージは変わってないよ」

「可愛《かわい》い妹がいるからカノジョができました、って？」

ははは、と春太は笑い飛ばす。

肚《はら》を探《さぐ》るのは苦手でも、まさか晶穂が告っているわけではないことくらいはわかる。

まだ数回家に遊びに来て、何度か食事を一緒《いっしょ》にした程度の相手なのだ。

「桜羽《さくらば》くんは妹さんと幸せそうにしてた頃《ころ》は、あたしの目にはぼんやりして見えたよ。けど」

「幸せボケしてて悪かったな。今はどうなんだ？」

「妹さんと離《はな》ればなれになって、たぶん他にもいろいろあって。どこかが壊《こわ》れちゃったみたいな桜羽くんを見てると――なんだかゾクっとした」

「……それはいい意味なのか、悪い意味なのか？」

春太には、晶穂が言わんとしていることがいまいち掴《つか》めない。

自分が壊《こわ》れている？

いくらなんでもそこまでは――

「さあ？　でもあたしは、刺激的《しげきてき》なものが好きなんだよ」

「俺は刺激的な男にはなれそうにないな。壊《こわ》れてなんかいないし、せいぜい窓の外をぼーっと眺《なが》めるくらいしかできねぇし」

春太は、アパートのすぐ前まで来ていることに気づいた。

「なんの話をしてんだ、俺らは。晶穂《あきほ》、ここまででいいか？」

「うん、ありがとね」

「…………っ⁉」

晶穂はぴょんと跳《は》ねるようにして、春太《はるた》に唇《くちびる》を重ねてきた。

すっと一瞬《いっしゅん》だけ唇《くちびる》が重なって——

「よかった、狙《ねら》いが逸《そ》れなくて。ちっこくても普段《ふだん》はたいして困らないんだけど、デカい野郎《やろう》とキスするのは面倒《めんどう》なんだね。学びを得たよ」

「……今日もニンニク入りの餃子《ぎょうざ》は食ってないみたいだな」

頬《ほお》にキスしようとして、唇《くちびる》に当たった——というわけではないのか。

いや、頬《ほお》にキスされる理由も春太には思い当たらない。

春太は驚《おどろ》きのあまり、思わず睨《にら》むように晶穂を見てしまう。

「無事に立ち直った少年に、可愛《かわい》い少女からご褒美《ほうび》だよ。送ってくれたお礼でキスするほどあたしの唇《くちびる》は安くないからね」

「……落ち込んでるヤツにいちいちキスしてたら、安すぎだろ。北条《ほうじょう》がバレー部でレギュラーから外れて落ち込んでたが、キスしてやったのか？」

「んっ」

「…………っ」

また晶穂は軽く跳《と》んで、唇《くちびる》を合わせてきた。

「そうそう、北条くんにもキスしてやったよ。ある意味、間接キスだね」

「こんな嫌《いや》な間接キスはこの先二度とねぇだろうな……」

冗談《じょうだん》なのはわかっている。

晶穂が誰《だれ》にでもキスするようなタイプではないことも。

それでも、今晶穂にキスされたことはあまりにも不可解だった。

「大サービスしてやったんだから、ありがたく受け取っておけばいいんだよ。それでさ、桜羽《さくらば》くん」

「ん……？」

「雪季《ふゆ》ちゃんとは、キスしたの？」

春太は自転車にまたがり、その場でくるっと方向転換《てんかん》した。

晶穂に背中を向けたまま――

「したよ」

「だろうね」

短い会話を交《か》わしたあと、春太は自転車を漕《こ》ぎ出《だ》した。

晶穂《あきほ》がなぜあんな質問をしたのか。

自分はなぜあんなに素直《すなお》に答えてしまったのか。

そんなことを考えながら自転車に乗っていては危ない。

だから、考えないことにして家路を急いだ。


誰《だれ》もいない家に帰り着く。

春太《はるた》は真っ暗なリビングに入り、灯《あか》りをつける。

離婚《りこん》が成立して母たちが去ったあとの生活が、劇的に変わったわけではなかった。

いつも父親の帰りは遅《おそ》いし、平日も日曜も家事はしない。

家事は春太に任されることになった。

掃除《そうじ》も洗濯《せんたく》も、最新の家電を駆使《くし》すればこなせなくはない。

そのために父親は大枚をはたいて、高い家電をいくつも買ってくれたのだ。

料理だけは難しいので、コンビニやテイクアウト頼《だよ》りだ。

いや、家事のことはどうでもいい。

ただ、この状況《じょうきょう》になっても、春太は父と母を恨《うら》んではいない。

わざわざ、「おまえたちは実の兄妹《きょうだい》じゃない」などと言いにくかったのも理解はできる。

ましてや離婚《りこん》のことは、親たちの問題だ。

それをいつまでも恨《うら》みに思うほど、春太はもう子供ではなかった。

春太はリビングから自室へと移動する。

ぱちんと灯《あか》りをつけ、制服のシャツを脱《ぬ》いで床《ゆか》に放り投げる。

どうせあとで自分で拾わなければならないのに、ついやってしまう。

『は～、帰ってくるとほっとします……あとはゲームだけやって遊んでいられます』

ふにゃふにゃ笑いながら制服を脱《ぬ》ぎ、楽な部屋着に着替《きが》えていた少女の姿を思い出す。

清楚《せいそ》でシンプルな白い下着の上下。

つるりとした、真っ白な肌《はだ》。

ほっそりとして、柔《やわ》らかな身体《からだ》に服を身に着けていく姿を――毎日のように見ていた。

もう、この部屋で着替《きが》えていた少女の姿はどこにもない。

兄妹《きょうだい》のものだった部屋は、一変した。

粗大《そだい》ゴミに出した二段ベッドと二つの学習机の代わりに、新しくシンプルなシングルベッドとデスクを買った。

まだ他人の家具のような気がして、馴染《なじ》めない。

雪季《ふゆ》が去って数日は、彼女の甘い香りが漂《ただよ》っていたような気がした。

だが、今はそれももうない。

なんの匂《にお》いも感じない——つまり春太《はるた》自身の匂《にお》いしかしないのだろう。

雪季《ふゆ》の香りが消えた今、春太には——

晶穂《あきほ》の唇《くちびる》の感触《かんしょく》が、こびりついたようになって消えない。

なぜ、晶穂は急にあんなことをしたのだろうか？

いや、別に急でもなかったのかもしれない。

晶穂は雪季がいた頃《ころ》からこの家に出入りしていたし、クールな彼女が春太には妙《みょう》に馴《な》れ馴《な》れしかった。

そして——雪季がいなくなってから、晶穂は春太を明らかに慰《なぐさ》めにきていた。

まったく、晶穂らしくない行動だ。

いいように考えるなら、彼女らしくない行動を取るほど、春太が特別だということ——

少なくとも、晶穂が春太のことをなんとも思っていないということはありえない。

それは彼女に失礼だろう。

晶穂は、なんとも思っていない相手にキスするような——そんな軽い女子でもない。

さすがに今となっては、春太もそれくらいはわかっている。

「あいつがいなくなって、何ヶ月も経《た》ってないってのに、なにをしてんだ、俺は……？」

春太は自分の頭を壁《かべ》に打ちつけてしまいたかった。

そんなことをしても無意味なので、実行はしないが。

雪季が妹ではないとわかり、妹ではなかった彼女とキスをして。

それでも世界で一番大事だった彼女が去って、まだ間もないというのに、別の女の子に心が揺《ゆ》れている。

ずっと、雪季と兄妹《きようだい》でいたかった。

今ほど、切実にそう思ったことはない。

雪季がただ大切なだけの妹であれば、晶穂のことで悩《なや》みはしなかっただろう。

妹を大事にしつつ、気になる女子がいてもなんの問題もないのだから。

その妹が妹ではなかった、という話が問題をややこしくしている。

雪季が、妹のままずっとそばにいてくれたら、こんなことには——

どうも、俺は雪季がいないとダメらしい。

春太はずっと、雪季を甘やかしているつもりだったが——

自分が彼女に依存《いぞん》していたことに気づいていた。

第6話　妹は兄の想《おも》いをまだ知らない

六月も終わりに近づき、期末試験ももう間もなく。

春太《はるた》が通う高校は三学期制で、年に五回の定期テストがある。

進学校であるため、一年生でもほとんどの生徒が真面目に勉強してテストに挑《いど》む。

もちろん、春太も例外ではない。

家庭で大事件が起きようが、バイトを始めようが、クラスの女子の態度が不可解だろうが、やるべきことはやる。

家に引《ひ》き籠《こ》もって、体育座りで誰《だれ》かが手を差《さ》し伸《の》べてくれるのを待つつもりはない。

「あっ、なるほど！　こういうことか！　やっとわかった、サンキュー春太郎《はるたろう》！」

「松風《まつかぜ》、マジで勉強してねぇだろ。高校で落ちこぼれるパターン入るなよ？」

「わかってるって。ウチの部、赤点取ったらレギュラー入りできねぇし。本気でやるって」

松風は楽しそうに笑い、礼を言って自分の席へ戻《もど》っていった。

この親友も同じ高校に入れたのだから頭は悪くないが、高校に入ってからは部活漬《づ》けでまともに勉強していなかったらしい。

「…………」

春太はちらりと横に目を向ける。
春太の席は窓際《まどぎわ》で、二つ席を隔《へだ》てたところに晶穂《あきほ》の席がある。
晶穂は三人の友人たちと、スマホやタブレットを手になにか話しているようだ。
勉強の話なのかはわからない。
晶穂とその友人たちは、クラスのカースト上位だ。
派手な美人揃《ぞろ》いで、その中でも晶穂は飛《と》び抜《ぬ》けて可愛《かわい》い。
小柄《こがら》なことを除けば、スタイルも抜群《ばつぐん》だ。
いや、小柄《こがら》な女子を好む男も多いので、彼女に人気があるのも当然だろう。
つい数日前のキスは――まるでなかったことになったようだ。
晶穂と何度か話はしたが、特に引きずっている様子もなかった。
春太は、自分だけが悶々《もんもん》としているのが馬鹿馬鹿しくなってきたくらいだ。
「…………っ」
ぱっ、とスマホにメッセージが表示される。
ＬＩＮＥを開くと、新しいメッセージと写真が届いていた。
当然、送ってきたのは雪季《ふゆ》だ。
【ふゆ】「実はこっちの学校、スマホの使用も禁止なんですよ」
――とのことだった。

引《ひ》っ越《こ》してから今日まで、ほぼ毎日学校がある時間にＬＩＮＥを送ってきている。
今さらすぎる告白だった。
【春太《はるた》】「バレたら没収《ぼっしゅう》とかじゃないのか。大丈夫《だいじょうぶ》か？」
【ふゆ】「バレなきゃいいんです」
「…………」
どうも雪季《ふゆ》は、新しい中学に反抗心《はんこうしん》を抱《いだ》いているようだ。
髪《かみ》を黒くさせられ、結ばされ、ダサい膝丈《ひざたけ》スカートをはかされるのがよほどの屈辱《くつじょく》らしい。
それより写真の感想は？　とメッセージが届いたので、春太はあらためて確認《かくにん》する。
送られてきた写真は――キャミソールを着た胸元《むなもと》のアップだ。
しかも前屈《まえかが》みで谷間ができている。
真っ白なふくらみが半分近く見え、ちらりと白いブラジャーまで見えてしまっている。
【春太】「おまえは俺を挑発《ちょうはつ》してんのか」
【ふゆ】「実は晶穂《あきほ》さんと谷間作りの研究をしてるんです」
【春太】「よし、今教室だから晶穂をドツいてくる」
【ふゆ】「わー、ダメです！」
【ふゆ】「晶穂さんがＵ Ｃｕｂｅ《ユーキューブ》のサムネで谷間写真を載《の》せたいっていうから、私も相談に乗ってる感じで！」

【春太】「どっちみち、雪季が巻き込まれてるんじゃねぇか」

晶穂がサムネで谷間を見せようがパンチラを見せようが、彼女の勝手だろう。

しかし、雪季が怪《あや》しげな自撮《じど》りをネットに上げるようになっては困る。

「晶穂め……」

春太には晶穂に言いたいことが山ほどあったが、さらに一つ増えたようだ。

キスよりこちらのほうが重要である。

春太は一度、雪季とのやり取りを打ち切り、別の相手にメッセージを送り始めた。

相手が誰《だれ》なのかは言うまでもない。


朝から空は曇《くも》っていたが、放課後になって雨が降り出した。

梅雨《つゆ》時らしい天気だが、雨音は少しも聞こえてこない。

「こんなとこで集中できんのか？」

「むしろ集中しやすいでしょ」

春太は、晶穂と並んでソファに座っている。

ここは、エアルにあるカラオケボックスの一室だ。

春太は放課後になると、晶穂と一緒《いっしょ》にここへやってきた。

「俺はあんま、こういうトコで勉強したことねぇなあ。せいぜいファミレスかマックかな」

「ファミレスかマックじゃ、気分転換《てんかん》に歌えないじゃん」

「やっぱ、それが理由かよ」

晶穂《あきほ》は今日はギターは持ってないが、歌動画を出すくらいなのだから、カラオケに来て歌わないという選択肢《せんたくし》はないだろう。

「でも、話があるって誘《さそ》ってきたのは君でしょ」

「まあ……」

雪季《ふゆ》をおかしなことに巻き込むな、と釘《くぎ》を刺《さ》すだけだったので、カラオケボックスに来る必要もなかったのだが。

晶穂に、「話があるならついでにテスト勉強しよう」と提案されたのだ。

既《すで》に注意は済ませて、春太《はるた》の目的は達成されている。

晶穂が素直《すなお》に言うことを聞くかは定《さだ》かではないが。


もっとも、もう一つ聞きたい話もあるにはある——


「女子を誘《さそ》うなら、行きたいところに連れて行くのがマナーじゃない？」

「俺は男女交際の経験ないんでな。マナーなんか知らねぇよ」

「それは、あたしにも交際経験の有無《うむ》を言わせて、処女かどうかって探《さぐ》りを入れてる？」

「おまえ、なんつーことを言うんだ⁉」

「前にも処女だって教えてあげたのに、信じてなかったわけだ。ひどいなあ」

「ひどいのは俺のほうか……？」

「あたしはＵＣｕｂｅｒ《ユーキューバー》やってるからネットには詳《くわ》しいんだよ。処女厨《ちゅう》って言うんだよね、そーゆーの」

「交際経験がなくても処女じゃない可能性はあるだろ」

若者の性の乱れというやつだ。

春太はろくに知りもしないくせに、そんなことを思う。

「だいたい──っと、またＬＩＮＥか」

「雪季ちゃん？」

「この時間にもだいたい送ってくるんだよな」

春太はスマホの画面を、晶穂のほうに向けてやる。

そこには、たった今雪季から送られてきた写真が表示されている。

ジャージ姿の雪季が、体育館らしき場所の床《ゆか》に座り込んでいる写真だ。

「あいつの中学、部活は強制らしくてな。まだ楽そうって理由で卓球部《たっきゅうぶ》に入ったらしい」

「あんまり楽そうには見えなくない？」

「だな」

明らかに、雪季《ふゆ》は汗《あせ》だくになり、疲《つか》れ切《き》って座り込んでいる。

卓球《たっきゅう》はめまぐるしくラリーが続く競技だし、実はかなりハードなのだろう。

「ふゆ……じゃない、冬野《とうの》かな」

「……ああ、よく見えたな」

雪季のジャージの左胸には名前が刺繍《ししゅう》されている。

母の旧姓《きゅうせい》は冬野という。

冬野《とうの》雪季《ふゆ》──それが今の名前だ。

「ずいぶん寒々しい名前になっちゃったね」

「本人も〝正体を隠《かく》して人間社会で生活してる雪女みたいです〟って言ってた」

「正体隠《かく》せてないね、その名前じゃ」

くすっと晶穂《あきほ》は笑い、春太《はるた》もつられて少し笑ってしまう。

だが、本当は笑い事ではない。

もう〝桜羽《さくらば》雪季《ふゆ》〟という少女はどこにもいないのだから──

「……そういや、〝ジャージが……ジャージが赤いっ！〟ってこれにも文句言ってた」

「典型的な芋《いも》ジャーだね。バラエティとかで見るヤツ。実際に使ってる学校、あるんだ」

「何食わぬ顔で前の中学のジャージ着ていきたいとか言ってたが、無理だろうな」

笑えない話は、くだらない雑談で忘れてしまいたい。

些細《ささい》なことがいちいち、春太の胸を鋭《するど》く刺《さ》してくる。

「ふーん……こんな芋《いも》ジャー着てる学校じゃ、性は乱れないかな？」

「さあな。芋《いも》ジャーに興奮する性癖《せいへき》のヤツもいるだろ」

「あれ、そんなこと言っていいの？　雪季ちゃん、芋《いも》ジャーに興奮した男子にちょっかいかけられるかもよ？」

「雪季は若干《じゃっかん》コミュ障だが、場数を踏《ふ》んでるおかげで男のあしらいだけは上手《うま》い。何度告られても全部かわしてきたんだからな」

「可愛《かわい》いっていうのも大変だね」

「晶穂だって——いや、なんでもない」

また話が元の軌道《きどう》に戻《もど》ってしまいそうだ。

「交際経験、か……」

「なんだよ」

やはり、晶穂はＬＩＮＥのおかげで逸《そ》れた話を思い出したらしい。

「まあ、少なくとも付き合ってなくてもキスは経験してるわけだからね、あたしは」

「…………」

もちろん、春太はそのあたりの話を聞きたくはあったのだが。

「じゃあ、探《さぐ》りを入れるのはやめよう。晶穂《あきほ》、なんでこの前はあんなこと――ああっ、ぼかして言ってられるか。なんでキスなんかしたんだ？」

「んっ」

ちゅっ、と座ったままで、またキスしてくる晶穂。

あまりに唐突《とうとつ》すぎて、春太《はるた》はなんの反応もできなかった。

「こんな感じで、キスなんて理由がなくてもできるんじゃない？」

「……俺は理由がないとしない」

「あたしとキスする理由はない？」

「ないだろ」

「雪季《ふゆ》ちゃんとキスする理由はあった？」

「………………」

春太は答えなかった。

テーブルに置いてあったアイスコーヒーを手に取って、一口飲む。

とん、とグラスをテーブルに置くと。

「晶穂」

「…………っ」

春太は、晶穂の華奢《きゃしゃ》な肩《かた》を摑《つか》んで抱《だ》き寄《よ》せ、唇《くちびる》を重ねた。

ちゅっと触《ふ》れるだけでなく、ぐっと押しつけるようにしてキスする。

晶穂のトロリとした唇《くちびる》をむしゃぶり尽《つ》くすように味わう。

ああ、俺はなにをしてるんだ――いったいなにをムキになっているんだ。

なぜか、春太は晶穂といると自分を見失ってしまう――

「んっ、んんっ……んっ、んんっ……んんん………！」

春太が唇《くちびる》を離《はな》すと、晶穂はぷぁっと小さく息を漏《も》らして、後ろに身を引く。

「……今のも理由はない？」

「晶穂が可愛《かわい》いのは事実だからな。俺だって普通《ふつう》の高校生だよ。可愛《かわい》い女子とキスするチャンスを逃《のが》すほど聖人じゃない」

「……無理しちゃって」

ぼそっと、晶穂がつぶやく。

「やっぱ、立ち直ったように見えてまだオカシイよね、この人……」

「なにか言ったか？」

「つまり、妹が好きだけど、あたしに性的な意味で興味はあるのかって言ったんだよ」

「…………」

春太は、ぷいっと横を向いて「そうだよ」と頷《うなず》いた。

晶穂は聞き返されて別のことを言ったが、そんなことはどうでもいい。

自分は、晶穂《あきほ》とのキスで間違《まちが》いなく動揺《どうよう》してしまっていた。

雪季《ふゆ》を失ったショックに打ちのめされていたはずなのに、あっさりと別の女の子とのことで心が揺《ゆ》れていた。

そのことを認めながらも、どこかでそれを否定したいとも思っている。

動揺《どうよう》してしまっているから、どうしても晶穂に素直《すなお》になれない――

「訊《き》いておこっか」

「なにを」

「桜羽《さくらば》くんがどう思ってたって、雪季ちゃんはずっと遠くにいて、苗字《みようじ》だって違《ちが》うし、ダサい芋《いも》ジャーも着てる。どうしようもないでしょ？」

「芋《いも》ジャーも雪季が着れば可愛《かわい》い。俺は、あ、い、つ、を、手、放、す、つ、も、り、な、ん、て、な、い、ん、だ」

春太《はるた》は、きっぱりと言い切った。

GW明けから続いている鬱屈《うっくつ》は、もう父も母も関係なく、春太一人の問題だった。

この問題を解決する方法は、とっくに思いついている。

思いついたことに、ドラマチックなきっかけなどなにもない。

ドラマチックな展開は、両親からの告白だけで充分《じゅうぶん》だ。

春太は自分で考え、自分で決めた。

雪季を、決して手放さないと。

真実がどうであろうと、春太にとって雪季は可愛《かわい》い妹だ。

それ以外に重要なことなどなにもない。

そんな可愛《かわい》い妹を手放すつもりがないなど、当たり前すぎる。

当たり前のことになるほど大事な存在なのに、晶穂といると心がざわめいてしまう──

だが──あえて言葉にして、自分でもはっきり確信できた。

晶穂には悪いが彼女のことよりも、優先するべきは雪季を取《と》り戻《もど》すことだ。

心の動揺《どうよう》を無理矢理に抑《おさ》えてでも、雪季を求めなければならない。

「でも、まだ高校生の桜羽くんにはどうしようもない。まさか、雪季ちゃんを引き取って二人で暮らそうとか夢見てないよね？　バイト始めたって、雪季ちゃんを養うどころか自分が食べる物にも困るんじゃない？」

「本気でバイトで稼《かせ》ぐつもりなら、肉体労働でもやってるさ。まずは、働きやすい店で社会を経験してるだけだ。俺は甘やかされてた世間知らずだからな」

「甘やかされてるボーヤでも、それはそれで魅力《みりょく》になるんじゃない？」

「ボーヤとまでは言ってねぇ。でも、雪季を引き取る──いや、そんなもんじゃない」

「じゃあ、どんなもん？」

「…………」

どう言ったものか、言葉に迷う。

気持ちは固まっているが、それを口に出すとなると台詞《せりふ》の選択《せんたく》が難しい。

「でもさ、ＬＩＮＥの写真とか見てると、雪季《ふゆ》ちゃんもいちいち田舎《いなか》で困ってるみたいだけど、それなりに楽しくやってるんじゃない？」

「そうだとしても、俺の気持ちは変わらない」

春太《はるた》は立ち上がった。

どうやら今日は勉強にはなりそうにない。

カラオケの利用料はもったいないが、これ以上こんな騒《さわ》がしい場所で真面目な話を続けていられない。

「ちょっと、桜羽《さくらば》くん」

「帰ろう、ここの料金は俺がもつよ」

後ろで晶穂《あきほ》がため息をついて、立ち上がる気配がした。

「桜羽くんは、キスした程度のオンナじゃ止められそうにないね」

「ああ」

「でもさ、桜羽くんがいくら雪季ちゃんを手放すつもりがなくても、向こうはどうかな」

「どういうことだ……？」

「わかってんでしょ。毎日、写真が送られてくるけど、これで雪季ちゃんの生活が全部わかるわけじゃない」

晶穂は、淡々《たんたん》とした口調で語っている。

「もしかすると、雪季ちゃんにカレシができてるかも。そうじゃなくても、好きな男子の一人くらいいいるかもよ」

「…………」

春太はドアを開けて、部屋の外に出ながら――

「もしも雪季に来世まで連れ添いたい彼氏ができてても、俺があいつをかっさらう」

これは正解の台詞《せりふ》ではないだろう。

だが、これが春太のやりたいこと、やるべきことだった。

雪季は、夜の公園で春太にさらわれることを否定していた。

そんなことは――知ったことではない。雪季の本心とも思えない。

もしもあれが本心だったとしても、春太はいつか雪季の手を取って連れ去るつもりだった。

「来世まで連れ添《つ》《そ》いたい、と来たか。真面目な優等生だね、言い回しが古い」

「うるさいよ」

カラオケボックスの廊下《ろうか》を振《ふ》り向《む》かずに進む。

ちゃんと晶穂もついてきている。

妙《みょう》な話を聞かせてしまったが、これは彼女も望んだことだ。文句はないだろう。

たいして長くもない廊下《ろうか》が、果てのないように感じられる。

不思議な錯覚《さっかく》に襲《おそ》われながら、春太《はるた》は歩き、晶穂《あきほ》も軽い足音を響《ひび》かせてついてきて——

「じゃあさ、桜羽《さくらば》くん」

「…………？」

「あたしと付き合おうよ」

第7話　妹は秋になってもまだいない

高校一年の夏は、慌《あわ》ただしく過ぎていった。

春太は一学期の期末テストを何事もなくクリアし、夏休みに突入《とつにゅう》した。

ルシータでの週三回のバイトに加え、夏休み限定で引《ひ》っ越《こ》しバイトも始めた。

引《ひ》っ越《こ》しバイトは実入りがよくても、真夏の肉体労働はかなりキツい。

体格に恵《めぐ》まれた春太は、体力には自信があったが、疲労《ひろう》は激しかった。

引《ひ》っ越《こ》しバイトの日は、家に帰ってもCS64《シーロク》を遊ぶ気になれないほどだった。

夏休みからは、ルシータの美波《みなみ》ともCS64をオンラインで遊び始めた。

ゲーマーを名乗っている割に美波は下手で、負けるたびにボイスチャットで罵倒《ばとう》してきた。

あるときなど、負け続けた美波が「今度こそ勝つ！」と根拠《こんきょ》もなく言い張った。

そこで、「負けたらパンツ見せてください」と冗談《じょうだん》で言ったら、美波は応じてきた。

もちろん、春太は全力で美波のチームを叩《たた》き潰《つぶ》した。

聖人ではないので、美人女子大生のパンツも見たいに決まっている。

【美波】［サクのえっち！］

子供のようなメッセージとともにパンツ画像が送られてきた。

床《ゆか》の上に、黒パンツが一枚ポンと置かれている画像だった。

この女、ナメくさってると思ったのは言うまでもない。

夏休みが終わるとすぐに体育祭があり、春太《はるた》は得意な短距離《たんきょり》で活躍《かつやく》できた。

それから——

次第《しだい》に風が涼《すず》しくなっていき、半袖《はんそで》をクローゼットの奥にしまい、制服も冬服に戻《もど》って。

十月は中間テスト以外には、特にイベントはない。

進学校の悠凜館《ゆうりんかん》高校でも、テスト前以外はゆったり過ごしてもいい時期だろう。

少なくとも、一年生のうちはまだ焦《あせ》りたくないというのが春太の本音だ。

「そうだ、頼《たの》みたいことがあったんだよね」

「ん？　なんだよ？」

放課後、春太は晶穂《あきほ》と並んで校門を出るところだった。

「今度さ、また撮影《さつえい》手伝ってよ。やっぱ、あんたが撮《と》ったほうが上手《うま》い」

「この前、海で撮《と》ったヤツはちょっとバズったもんな。いつもの十倍くらい再生数いったし。

それでも意外と登録者数増えなかったけどな」

「ドツくぞ」

「関西弁ツッコミやめてくれ。なんか怖《こえ》ぇから」

最近、春太は晶穂のU Cube《ユーキューブ》動画撮影《さつえい》に協力している。

先日、晶穂が砂浜《すなはま》で花火をしながら歌った動画が、なかなか好評だったのだ。

春太が自分と晶穂のスマホ二台を駆使《くし》して撮《と》った映像にしっとりしたバラードを重ねた動画は、偶然《ぐうぜん》ながらエモい映像に仕上がっていた。

「つーか、撮《と》れってことは新曲できたのか？」

晶穂は夏休み後に一ヶ月ほど、悩《なや》みながら新曲づくりを進めていたはずだった。

「んー、海の動画の勢いがあるうちにドカンとバズりたい。一度がっつりバズっちゃえば、そのあとはなにを出してもグイグイ伸《の》びるからね」

「そのうちブーストが切れて、右肩《みぎかた》になるぞ。一〇〇万人登録のＵ《ユー》Ｃｕｂｅｒ《キューバー》だって一万かそこらしか回らなくなってオワコン化してるだろ」

「それは一〇〇万登録までいってから考えよう。それともあんた、撮影《さつえい》すんのがイヤなの？」

「他のヤツに撮影《さつえい》されるほうがイヤだな」

「……ふうん」

晶穂が、ちょっと驚《おどろ》いたように唸《うな》った。

「あんたって、独占《どくせん》欲強いよね。雪季《ふゆ》ちゃんも独占《どくせん》してたし」

「それは反省してるよ」

春太は苦笑《くしょう》する。

もう、雪季が去って四ヶ月ほど経《た》っている。

それだけ時間が流れて、今もわかりやすく落ち込んでいるほど打たれ弱くはない。

晶穂《あきほ》に食事に誘《さそ》われていた頃《ころ》とは比べものにならないほど、メンタルは安定している。

「それで、撮影《さつえい》はいつから始める？」

「そうこないと。あと一、二週間で曲を仕上げるから、それ聴《き》いてから演出プランよろ」

「丸投げかよ」

俺も暇《ひま》じゃない——と言いかけて、春太《はるた》は口をつぐむ。

バイトは毎日ではないし、今日も休みだ。晶穂に付き合う時間くらいは余裕《よゆう》である。

「じゃあ、お礼の先払《さきばら》いってことで、今日の晩ご飯はエアルでおごってあげる」

「そりゃどうも」

春太は礼がほしくて晶穂の撮影《さつえい》を手伝うわけではない。

ただ、晶穂との時間を楽しんでいるのだが——本人に言うと調子に乗るので黙《だま》っている。

「じゃ、作戦会議でもするか、晶穂」

「そうしようか——ハル」

いつからか、晶穂は春太を〝ハル〟と呼ぶようになっている。

ハル、晶穂。

教室でもそう呼び合う二人を、クラスメイトたちは付き合い始めたと思っている。

春太と晶穂も、それを否定したことは一度もない。

春太と同じ中学だったクラスメイトたちは――

どうやら、春太がシスコンだったことを忘れてしまったようだ。


「あれぇ、サク？」

「あっ、美波《みなみ》さん。お疲《つか》れさまです」

エアルの駐輪場《ちゆうりんじよう》。

夜八時で、あたりは薄暗《うすぐら》い。

電灯の下を美波が歩いてくる。

薄手《うすで》の茶色いセーターに、スリムなジーンズ、白い上着を羽織っている。

「一人でなにしてんの？　今日はシフト入ってなかったよね？」

「ちょっと買い物ですよ。美波さんも、今日は休みじゃなかったでしたっけ？」

「ああ、美波も買い物。ほしかったゲーム、買い取りで入ったっていうからソッコーで押さえちゃった」

美波は嬉《うれ》しそうに笑って、ルシータのロゴが入ったビニール袋《ぶくろ》を軽く振《ふ》ってみせる。

「店員が買っていいんですかね……？」

「買い取り五〇円のソフトだし。これ、美波が子供の頃《ころ》に死ぬほどやったゲームなんだよねー。

いつの間にか行方《ゆくえ》不明になって、探してたんだよねぇ」

「なるほど。見つかってよかったですね。対人戦あるなら、お付き合いしますよ」

「ほー、この若僧《わかぞう》、隙《すき》あらば美波《みなみ》の家に上がり込もうとしやがるね」

「あの家は人を招待できる家じゃないでしょ。ガチで〝足の踏《ふ》み場《ば》もない〟じゃないですか」

「君が来る日は、いつもたまたま散らかってる日なんだよ」

「嘘《うそ》くせぇ……」

春太《はるた》が初めて美波《みなみ》の部屋に遊びに行ったときは、物の多さに驚《おどろ》かされた。

ゲーム機は最新のものから化石のような機種、マニアックな機種まで揃《そろ》っていたのは予想どおりだが、ゲームソフトはもちろん、グッズ類まで山盛りだった。

「そういうサクこそ、買い物ってなに？」

「ボディソープが切れてたの忘れてて。使ってるヤツ、ここじゃないと売ってないんです」

春太はエアルのドラッグストアで買ってきたばかりの袋《ふくろ》を振《ふ》ってみせる。

「ふうん、ボディソープね……」

「はい？」

美波は袋《ふくろ》をちらっと見て、不審《ふしん》そうな顔をしてる。

「ううん、そういうのは買い置きをしておくもんだよ。美波なんてシャンプー、ボディソープ、化粧水《けしょうすい》、ティッシュ、コントローラーと消耗品《しょうもうひん》はなんでも大量にストックしてあるかんね」

「コントローラーって消耗品《しょうもう》でしたっけ？」

春太は今さらながらこのズボラな先輩《せんぱい》に呆《あき》れてしまう。

無作為《むさくい》に買いまくるから部屋が物で溢《あふ》れるのでは、と。

「そうか、今日はいいところで後輩《こうはい》拾ったから、日用品をたっぷり買い物して、荷物持ちをさせられる……？」

「美波さんのアパート、すぐそこじゃないですか」

この女子大生はエアルから徒歩三分のアパートに住んでいる。

多少は荷物が重くても、自分で持って行けるだろう。

「まあ、なにか買うなら運んでもいいですよ。これですし」

春太は、駐輪場《ちゅうりんじょう》に駐《と》めてある一台のバイクを指差した。

ボディは明るいベージュで、丸みのあるデザインの原チャリだ。

「ジョルノか、いいじゃん。サクが原チャ買ったのは聞いてたけど、見たの初めてだね」

「バイトのときはチャリが多いですから。バイト前の時間帯だと、バイク用の駐輪《ちゅうりん》スペースが埋《う》まってるんですよね」

「あー、バイク用のスペース少ないかんね」

美波は、バイクのそばに座り込んで、ぺたぺたと車体を撫《な》で始《はじ》めた。

「いいなあ、原チャリ。美波も、たまにはゲーム以外のすべてを忘れて遠くまでツーリングしたい」

「美波《みなみ》さんの頭の大半を占《し》めてるゲームを忘れなかったら意味ないでしょ」

ゲームのことを考えながらツーリングはスリリングすぎる。

「だいたい、原チャリで遠出はキツいですよ」

「若いくせに根性《こんじょう》のない……サク、夜はあんなに凄《すご》いくせに」

「いやいや、なにも凄《すご》くないでしょ！　誤解を招くことを！」

「ふははー、そういうことにしとこう。ん？　なんだ、こりゃ？　ねえ、ここに貼《は》ってある文字、なに？」

「あっ」

しまった、と春太《はるた》は慌《あわ》てて隠《かく》そうとしたがもう遅《おそ》い。

バイクのフロント部分に、レタリングされた白文字のシールが貼《は》りつけてある。

書かれている文字は〝レイゼン号〟。


レイゼン号を走らせて、春太は自宅に戻《もど》ってきた。

父親は以前とあまり変わらず、帰りはいつも遅《おそ》い。

ただ、日付をまたぐことはほぼなくなった。

春太はもう高校生で、親の物理的な保護が必要な歳でもない。

それでも、父親は迷惑《めいわく》をかけてしまった息子《むすこ》に気を遣《つか》っているようだ。

春太は、両親の離婚《りこん》そのものを迷惑《めいわく》だと思っているわけではないのに。

レイゼン号をガレージの隅《すみ》に駐《と》め、カバーをかける。

中古で買った原チャリだが、程度がよく、走りも軽《かろ》やかだ。

名前については思うところはあるが、春太にもやむをえない事情があった。

鍵《かぎ》を開けて家に入り、リビングには行かずに自室に直行する。

「あれ？」

首を傾《かし》げながら、春太は買ってきたボディソープの袋《ふくろ》をミニテーブルに置く。

薄手《うすで》のコートを脱《ぬ》ぎ、クローゼットに突《つ》っ込《こ》んでいると。

「あっ、おかえり」

「……なんだ、せっかく買ってきたのに」

春太の自室に入ってきたのは、晶穂《あきほ》だった。

「だって、ハル遅《おそ》いんだもん。さっとシャワー浴びるだけで済ませちゃった」

晶穂は濡《ぬ》れた黒髪《くろかみ》を二つのお団子にして、身体《からだ》にバスタオルを巻いただけの格好だ。

小さい身体《からだ》に合わない、大きな胸のふくらみが飛び出しそうだ。

「こういうのは買い置きしておくもんだよ、ハル」

「同じことを美波《みなみ》さんに言われたよ。たまたま会ってな」

「ん？　女子大生にこの袋《ふくろ》、見せちゃったの？　こっちも見られたんじゃない？」

晶穂《あきほ》はビニール袋《ぶくろ》から、小さな箱を一つ取り出した。

「なんか疑ってた風ではあったな……変に鋭《するど》いんだ、あの人。つーか、晶穂がついでに買ってこいって言ったんじゃないか。まだ三個あるから、大丈夫《だいじょうぶ》だっつったのに」

「ついででしょ。それに、一日で二個使うことも多いじゃん」

「……まあ、俺も若いもんでな」

「でも、いつも行くドラッグストアで堂々とよく買えるね、これ」

「むしろちゃんと使ってるほうが好感持たれるだろう」

「そういう考え方もあるか」

晶穂は苦笑《くしょう》してベッドの上に箱を放り出し、自分もベッドに腰掛《こしか》ける。

「周りの話を聞いてると、けっこうみんないい加減みたいだからね。怖《こわ》くないのかな？」

「人間、まさか自分が——って深く考えないんだろ。いい加減なことしていきなり家族が増えるなんて想像もしないいんじゃないか？　俺みたいに、急に家族が減ることもあるけどな」

「ドラマチック家族ジョークが出たよ」

「長《なげ》ぇよ、名称《めいしょう》が」

春太《はるた》もヤケになってはいないが、ジョークのネタにできるくらいには吹《ふ》っ切《き》れてきた。

「つーか、晶穂《あきほ》はまだ帰らなくていいのか？」

「別に。年中ギター担《かつ》いでる女が、毎日晩ご飯前に帰宅するほうが変だって」

「おまえは、ロック女に偏見《へんけん》を抱《いだ》かせるのが趣味《しゅみ》なのか？」

春太《はるた》は、晶穂が遊び回ってるとか、性に奔放《ほんぽう》だとは全然思っていない。

とはいえ、晶穂がこうやって桜羽家《さくらばけ》に遊びに来ることはもう珍《めずら》しくない。

今日もエアルで作戦会議をしつつ一緒《いっしょ》に夕食を取ってから、晶穂が家まで来て――

彼女がシャワーを浴びることになり、ボディソープが切れていることを思い出したので、買い出しに行ってきたのだ。

春太と晶穂の関係が急接近したのは――


『あたしと付き合おうよ』


もちろん数ヶ月前、初夏のカラオケボックスでの、彼女からの告白がきっかけだ。

それに自分がなんと返事したのか――

もちろん覚えてはいるが、どこか他人事《ひとごと》のようにも思えている。

【Flashback】

「あたしと付き合おうよ」

「……は？」

カラオケボックスの廊下《ろうか》を歩きながらの、唐突《とうとつ》な台詞《せりふ》だった。

春太は黙《だま》ってそのまま支払《しはら》いを済ませ、店を出て歩きながら――

「なんだ、さっきの冗談《じょうだん》は？」

「キスまでしといて、冗談《じょうだん》だと思うんだ？」

「……………」

春太はまだ少し歩き、見つけたコンビニの前で立ち止まった。

「晶穂、悪かった。さっきのは態度がよくなかったよな」

先にキスしてきたのは晶穂のほうだった。

とはいえ、そのあと強引《ごういん》に晶穂の唇《くちびる》を奪《うば》い、憎《にく》まれ口《ぐち》を叩《たた》いてしまった。

メンタルが不安定だったとはいえ、あれは許されないことだったと悔《く》いている。

「うん、よくなかった。少女の唇《くちびる》を乱暴に奪《うば》っておいて、なにを偉《えら》そうに」

「……言いたい放題だな。一応、少年の唇《くちびる》も奪《うば》われた気がするんだが」

「少女の唇《くちびる》のほうが価値が高いの。ま、それよりさ――謝らなくていいから、さっきの話の続きだよ」

晶穂《あきほ》は春太《はるた》の横に立つ。

「あたしって、けっこう可愛《かわい》いし、おっぱいは大きいし、おまけに歌も上手《うま》い。女子として必要なものは全部持ってるって思わない？」

晶穂は長い黒髪《くろかみ》をふぁさっと後ろに払《はら》いつつ、意味ありげに笑う。

「もうちょっと必要なものはありそうだけどな。慎《つつし》みとか」

「意外に古風なことをおっしゃる」

「ただの皮肉だ、気にするな」

「素直《すなお》に謝ってくれた桜羽《さくらば》くんはもうどっか行っちゃったみたいだね」

晶穂は、くすくすと笑う。

「問題があるとしたら、あたしが雪季ちゃんじゃないってことだけじゃない？」

「それが一番の問題だろ。今までの話、聞いてたのか？」

俺は、なんとしても雪季《ふゆ》を自分のもとへ連《つ》れ戻《もど》す。

たとえ、雪季自身がそれを望まないとしても――それが春太の決意だ。

「相手の都合も考えずにかっさらう。うん、そういう強引《ごういん》なのもいいんじゃない？　あたしでもちょっとドキドキしちゃうシチュだね。けどさ」

「…………」

　じぃっ、と晶穂は鋭《するど》い目を向けてくる。

「雪季ちゃんをかっさらうとしても、それは何年後？　桜羽くんがどんなに頑張《がんば》っても、君はまだ高校生。向こうなんて、中学生だよ。どんなに短く見積もっても……えーと、四年近くかかるかな。雪季ちゃんが高校を出るのは待つでしょ？」

「四年だろうが五年だろうが待てばいいだけのことだろう」

　このまま、雪季がいない人生を何十年も送るよりはずっといい。

「ふーん。その間、桜羽くんは誰《だれ》とも付き合わずに、高校時代を浪費《ろうひ》するわけ？」

「……雪季を連れてくるための準備をするっつってるだろ。浪費《ろうひ》じゃない」

「つまんねぇって話だよ」

　荒《あら》っぽく言い放った晶穂の目が、ますます鋭《するど》くなってくる。

「そんなつまんない高校時代を送った、退屈《たいくつ》なヤツが現れたら雪季ちゃんも迷惑《めいわく》なんじゃない？　あの子が懐《なつ》いてたのは、妹と毎日楽しくやってた桜羽くんなんじゃないの？」

「雪季がそんなことを……気にするはずないだろ」

「雪季ちゃんだから気にするんじゃない？　それにさ、大好きなお兄ちゃんが高校時代をフルスイングで投げ捨てて貯《た》めたお金で私を迎《むか》えに来てくれた！　お兄ちゃん、かっこいいっ！なーんてなるかな？」

「…………」

ならない。

答えは一瞬《いっしゅん》で出た。

雪季《ふゆ》は成績はよくないが、馬鹿ではない。

どうやって春太《はるた》が自分の前に現れ、自分を連れて行くと言い出したかすぐに察するだろう。

「じゃあ、上手《うま》く弱らせたところでトドメを刺《さ》そうかな」

「は？」

晶穂《あきほ》はスマホを取り出して、なにやら操作を始めた。

言いたい放題言っておいて、まだなにかあるのか——春太は身構えてしまう。

「あたしも、雪季ちゃんとやり取りしてんの。谷間作りの話だけじゃなくてね」

「…………」

晶穂が掲《かか》げたスマホには、LINEのトーク画面が表示されている。

相手の名前は、言うまでもなく〝ふゆ〟。

春太に送ったものと同じような、だが別の写真が何枚か表示されている。

雪季が春太に送った写真は、兄に見せるためだけに撮《と》ったのかもしれない。

「ちゃんと許可ももらってるんだよ」

「許可……？」

「ほら、ここ」

【AKIHO】［あのさ、お兄さん、あたしがもらっちゃっていい？］

【ふゆ】　［ダメです］

「許可されてねぇだろ、秒で否決されてるじゃねぇか」

送信時間を見ると、一分も経《た》っていない。

本人があずかり知らぬところで、この二人はなんの話をしているのか。

【ふゆ】　［それはお兄ちゃんが決めることです］

「…………」

晶穂が無言でトーク画面をスクロールさせて、新しいメッセージが表示された。

その下に、晶穂から〝感情を失ったクマ〟のスタンプだけが送信されている。

「……俺が決めていいんだな」

「ダメです」

「雪季のマネすんな。おまえ、なにが言いたいんだよ」

「雪季《ふゆ》ちゃんも間違《まちが》ってるってこと。君とあたしで決めることでしょ」

「……そうだな」

それは、まさに晶穂《あきほ》の言うとおりだ。

雪季が決めることでもない。

あくまで、春太《はるた》と晶穂の問題だ。

「あたしはさ、好きでもない男にキスなんてしないし」

「…………」

「どうでもいい男をご飯に誘《さそ》うことすらないよ。あたしは、前から――」

「……わかった、俺にも言わせてくれ」

晶穂にばかり、気持ちを語らせているようでは情けなさすぎる。

春太は、晶穂のことをどう思っているか――

嫌《きら》っていれば、なんだかんだと理由をつけて音楽を聴《き》きに来るのも断っていただろう。

打ちのめされていた頃《ころ》に手を差しのばされても、その手を払《はら》っていただろう。

春太はそこまで押しに弱くないし、プライドも低くない。

それでも、晶穂が差し出してくれた手を摑《つか》んだのは。

今もこうして、晶穂と二人で会っているのは――

春太は、晶穂の顔を見つめ、ゆっくりと口を開いた。

＊＊＊

春太の口から出た言葉の結果——

今、こうしてバスタオル姿の晶穂と部屋で一緒《いっしょ》にいる。

親のいない家で、二人きりになるような関係——

「さてと、ヤることもヤったし、帰ってあげようかね。タクシー代、ちょうだい？」

「ナメんな」

自分がすっきりしたら、さっさと女を帰らせる悪い男扱《あつか》いだ。

もちろん、春太は普段《ふだん》から晶穂にタクシー代などは渡《わた》していない。

「死ぬ思いで稼《かせ》いだバイト代を、タクシー代なんかに使えるか。送るから、服を着ろ」

「はいはい、ありがたく送られますよ」

晶穂が頷《うなず》き、春太は先に部屋を出て玄関《げんかん》で待つ。

すぐに制服を着て部屋から出てきた晶穂とともに、家の外に出た。

「レイゼン号で送ってくれればいいのに」

「アホ、原チャリ二人乗りは一発アウトだぞ。たぶん停学もくらうな」

晶穂の家は、遠くもないが近くもない。

徒歩では時間がかかるので、桜羽家《さくらばけ》からはバス移動だ。

わざわざバスを使って家まで送るのは大変だが、晶穂《あきほ》の家はバス停から少し離《はな》れている。

彼女に一人で夜道を歩かせるのは、春太《はるた》としても心配だ。

二人でバスに乗り、月夜見家《つくよみけ》の最寄《もよ》りのバス停に到着《とうちゃく》――

春太と晶穂はバスを降りて、静かな夜道をゆっくりと歩いて行く。

「さて、ご到着《とうちゃく》だ。じゃあ、晶穂――」

「こっち来て！」

月夜見家のアパートが見えてきて、春太が晶穂のほうを振《ふ》り向《む》くと。

急に晶穂が厳しい顔をして、春太の手を取って近くの曲がり角まで引っ張っていった。

「な、なんだ？」

「いいから、静かに」

晶穂《あきほ》はまるで春太を背後にかばうようにしつつ、曲がり角から自宅のほうをうかがっている。

「おい、不審者《ふしんしゃ》でもいるのか？　だったら俺が――」

「まあ、不審《ふしん》ではあるかな。でも、そうじゃなくて」

「………………？」

春太は、晶穂の身体越《からだご》しにアパートのほうを見やる。

彼女は小さいので春太の視線を遮《さえぎ》ることはできない。

よく見ると、アパートへの道を歩いてくる人影《ひとかげ》があった。
街灯に照らされ、夜道でもその姿がはっきり見えた。
「…………っ！」
ゾクリ——と、背筋が震《ふる》えた。
歩いてきたのは、細身で長身の女性。
黒いハイネックのセーターにブラウンの上着、膝丈《ひざたけ》のタイトなスカート。
無表情で、歩きながらスマホを覗《のぞ》いている。
スマホの液晶《えきしょう》画面の光で、特に顔がはっきりと見える。
その顔があまりにも——美人すぎた。
見ただけで背筋が寒くなるほどに。
艶《つや》のある長い黒髪《くろかみ》を後ろで結び、前髪《まえがみ》も長くて目が隠《かく》れてしまいそうだ。
それでも、ギラギラと輝《かがや》いているように瞳《ひとみ》がはっきりと見える。
切れ長の目に吸い込まれてしまいそうだ——
「ああ、もう。結局見ちゃってるじゃん」
「……見たら石にでもなるのか？　あれって誰《だれ》——ああ、そうか」
春太は晶穂の顔を見て、すぐに気づいた。一目で気づくべきだった。
あの美人すぎる女性は、晶穂にどこか似ている。

いや、どこかどころでなく、目鼻立ちからまとっている雰囲気《ふんいき》まで——そっくりだ。

年齢《ねんれい》と身長でぱっと見の印象が違《ちが》うが、顔だけ並べたら瓜二《うりふた》つと言っていい。

「もしかしなくても、晶穂《あきほ》の——」

「そう、最愛の我が母よ」

「………」

春太《はるた》は晶穂のアパート前には何度も来ているが、一度も部屋に上がったことはない。

当然、彼女の家族に挨拶《あいさつ》したこともない。

両親ともに健在のようだが、晶穂は父親の話はほぼしない。

春太が察するに〝特に興味がない〟ように見える。

逆に母の存在は大きいらしく、ほとんど無意識に母親の愚痴《ぐち》を吐《は》いているようだ。

その母は、アパート前の塀《へい》のところで立ち止まると、スマホをタップし始めた。

「なにしてんの、あの人。見られちゃヤバいLINEでもしてんのかな」

「急ぎの連絡《れんらく》でもしてんじゃねぇの。つーか、晶穂の母親……冗談抜きでお姉さんでもおかしくないっつーか、めっちゃ若いな」

「まー、高校生の娘《むすめ》がいるにしちゃ若いだろうね。今、三十五歳だったかな」

「三十五……」

晶穂が今年十六歳なので、十九歳で子供を産んだことになる。

十代での出産など珍《めずら》しくもないだろうが、確かに高校生の母親としては若い。

「二十五歳って言っても余裕《よゆう》で通じるな、アレ」

「あたしも身長だけなら下手すりゃ小学生だよ」

「そんなに低くないだろ。ていうか、張り合うなよ」

そこまで言って、ふと春太は気づいた。

「なにも隠《かく》れなくても……まあ、俺もいきなり母親に挨拶《あいさつ》しろって言われても困るけど」

「母は、あたしが変な男に引っかからないかすげー心配してんの。ま、引っかかってるけど」

晶穂がニヤニヤ笑って、意味ありげな目を向けてくる。

妹だった少女をかっさらいに行くと宣言している男は、〝変ではない〟とは口が裂《さ》けても言えない。

「ねえ、ハル。怖《こわ》いでしょ、あの女」

「あの女って、母親だろ」

「母親というより、〝魔女《まじょ》〟だね、あれは」

「魔女《まじょ》……」

ひどい言い草だが、言い得て妙《みょう》ではある。

確かに、あの年齢不詳《ねんれいふしょう》の妖《あや》しい美貌《びぼう》は魔女《まじょ》と称《しょう》するにふさわしい。

「魔女《まじょ》と夜会うのはやめといたほうがいいね。じゃ、今夜はこれまでだね」

「ああ」

春太《はるた》と晶穂《あきほ》は手を繋《つな》ぎ、ぱっと唇《くちびる》を重ねる。

晶穂はめったに甘えてくることはないが、〝別れるときはちゃんとキスしろ〟というのが、彼女から出された要望の一つだ。

春太は晶穂とたっぷりキスしてから、互《たが》いに無言で離《はな》れて背中を向ける。

不意に、思った。

俺はなにをしてるんだ――？

晶穂と付き合っている自分に、唐突《とうとつ》に違和感《いわかん》を覚える瞬間《しゅんかん》がたまに訪《おとず》れる。

春太は聖人でもなんでもない。

健全な男子高校生だ。

だから、晶穂のような美人と付き合う――そんなチャンスがあれば流されてしまう。

言い訳するつもりもないが、流されたという自覚はある。

晶穂に惹《ひ》かれるものを感じていたとはいえ、引き返すことはできたはずだったのに。

自分の行動を不可解に思うことはある。

しかし、後悔《こうかい》しているわけでもない。

晶穂との付き合いは楽しいし、心の安定を取《と》り戻《もど》せたのも彼女がいてくれたからだ。

一方で――流されずに変わらないものもある。

春太の、雪季《ふゆ》を連《つ》れ戻《もど》す決意に変わりはない。

そうなったら——晶穂との関係はどうなってしまうのだろう。

実の妹ではない雪季を自分の手元に引き取るということは、晶穂を裏切ることではないのか？

裏切りではないか？

裏切りに決まっている。

そう、春太は裏切りを重ねることになってしまう。

今まさに、雪季を裏切っているのだから——

第8話　妹の隠《かく》し事《ごと》を兄はまだ知らない

「あ、来た来た！　こっちっす、桜羽先輩《さくらばせんぱい》！」

「ああ」

大声が聞こえて、春太《はるた》はそちらにレイゼン号を寄せていく。

春太が通っていた中学校の近く——

道路脇《わき》で一人の女子生徒がぴょんぴょんと跳《は》ねている。

黒髪《くろかみ》で毛先がくるんと丸まったボブカットに、赤いフレームの眼鏡。

白のブレザーに、すらりとした脚《あし》もあらわなミニスカート。

レイゼン号の元となった名を持つ後輩《こうはい》、冷泉《れいぜん》だった。

「今日はここか。またえらく、急な話だったな」

ある日の放課後。

春太がレイゼン号を駐《と》めたのは、ネットカフェの駐輪《ちゆうりん》スペース。

今日は、このネカフェで冷泉と待ち合わせをしていたのだ。

「母上が急用でお出かけしちゃって。さすがに、美少女ＪＣと男子高校生が二人きりで秘密の家庭教師ってわけにはいかんでしょ？」

「……ここの支払《しはら》いは冷泉持ちだよな？」

「セコいっすね。女子で後輩《こうはい》で中学生のボクにおごれとか、並みの神経じゃ言えないっすよ」

「金のためならプライドも捨てるんだよ。つーか、仕事だからな？」

「ハイハイ、ちゃんとオカンにお部屋代ももらってるっすよ」

冷泉はニヤリと笑って、先に店に入っていった。

「ペアシート、三時間。鍵《かぎ》付き防音個室でいいっすよね？」

「……ああ」

ペア、鍵《かぎ》付き、防音——微妙《びみょう》に後ろめたさを感じるのはなぜだろうか。

前にも、冷泉とは何度かこの店を利用している。

二人はドリンクバーで飲み物を取り、部屋へと向かった。

ペアシートは柔《やわ》らかいマットが敷《し》かれていて、クッションも二つ置かれている。

壁際《かべぎわ》にはテーブルがあり、そこにはミニタワーのデスクトップPCとモニター。

当然、二人が並んで座れるし、寝転《ねころ》がることも充分《じゅうぶん》可能なスペースがある。

「じゃ、二人きりで秘密の指導をよろしくっす」

「怪《あや》しい言い方すんな」

ペアシートは、本来はどういう関係性の者たちが使うかは——春太はもちろん、冷泉も知っている。

実は、春太《はるた》はこの夏から冷泉《れいぜん》の家庭教師のバイトもしている。

冷泉も春太と同じ悠凛館《ゆうりんかん》高校を受験する予定で、もちろん塾《じゅく》には通っている。

その上、心配性《しんぱいしょう》の両親が家庭教師もつけたいと言い出したらしい。

冷泉自身は「やりすぎ」と反対し、最終的に「現役《げんえき》の悠凛館《ゆうりんかん》の人に教わりたい」というところまで折れた。

悠凛館《ゆうりんかん》の長所を現役生《げんえきせい》から聞いてモチベを上げ、合格者のメソッドを直接聞く――というやり方なら家庭教師もアリだと考えたらしい。

冷泉は、現役生《げんえきせい》の知り合いとして両親に春太を紹介《しょうかい》し、面接を経て採用された。

知り合いの家庭教師とはいえ、正式な仕事で報酬《ほうしゅう》も悪くない。

春太に断る理由はなかったし――

この仕事には、魅力的な役得がある。

「ここの適度な狭《せま》さが落ち着くんすよね。家とかファミレスじゃこうはいかないっすから」

「まあ、冷泉が集中しやすいなら俺に文句はない」

冷泉はどういうわけか、春太と肩《かた》がくっつくほど近くに座っている。

この女子中学生の身体《からだ》からは、甘ったるい香りがする。

春太のほうは、若干《じゃっかん》集中を削《そ》がれる環境《かんきょう》だが――

勉強を教えるには声を出さないわけにもいかないので防音は必須《ひっす》。

邪魔《じゃま》が入っても困るので、鍵《かぎ》付きで料金が割り増しになるのはやむをえない。

「さて、まずは仕事だな。今日の分を出してくれ」

「はーい、先生」

ふざけて言いつつ、冷泉はカバンから数冊のノートと問題集を出してきた。

春太はノートと問題集をじっと眺《なが》めていく。

「ふーん……真面目にやってるじゃないか」

「そりゃ、もう十月っすよ。受験勉強も後半戦っすから」

「審判《しんぱん》の日は嫌《いや》でも近づいてくるからな」

「破滅《はめつ》が待ってるみたいな言い回し、やめないっすか？」

春太はジト目で睨《にら》まれても気にせず、引き続きノートと問題集を確認《かくにん》する。

しばらく、雑談を振《ふ》ってくる冷泉を軽くあしらいつつ、一通りチェックを終えて――

「うん、予定どおりの進行だな。これなら、俺は必要ないくらいだな」

「必要なくても必要なんすよ」

「なんだそれ、謎《なぞ》かけか？」

「そうとも言うっすね。どっちみち、こっちは金を払《はら》ってるんで、仕事してもらわないと」

「払《はら》ってるのはおまえの親御《おやご》さんだけどな」

「親の金は子供の金っす！」

「そうだとしても、おまえ遠慮《えんりょ》なさすぎだ！」

春太《はるた》は、頭が痛くなってきた。

冷泉《れいぜん》とは、家庭教師を始めるまで二人だけで話したことはほぼなかった。

こんなに相手をするのが大変だとは思っていなかった。

「まあ、いい。それじゃ、説明を始めるぞ」

「拝聴《はいちょう》するっす！」

ビシッと敬礼する冷泉。

真面目そうな外見なのに、ふざけた女子中学生だった。

春太は、直接多くを教えていない。

冷泉は塾《じゅく》での学習がメインだ。

あくまで、実際に悠凜館《ゆうりんかん》の受験をくぐり抜《ぬ》けた経験を踏《ふ》まえて、指示を下しているだけだ。

「──と、こんなところだな。弱点の補強ももっと進めておこう」

「ううーん、今回もけっこうやること多いすね」

「後半戦だが、後半戦の序盤《じょばん》だ。今は分量を多くこなしておけ」

「ボク、二年の秋から塾《じゅく》通ってるっすけど、この夏に桜羽先輩《さくらばせんぱい》の指導を受け始めて、マジで成績上がってるっすからね」

「下がられちゃ困る」

実際、今年の夏まで、冷泉の合格判定はギリギリだった。

塾《じゅく》からは志望校変更《へんこう》の提案もあったらしい。

しかし、春太に教わるようになってから、明らかに成績が急上昇《きゅうじょうしょう》した。

まだ油断は禁物だが、合格は射程内に入ってきている。

二時間ほどかけて、実際に問題集を解きながら冷泉の改善点を解説して――

「ふぃー、疲《つか》れたっす！」

「無理してでも悠凜館《ゆうりんかん》に入りたいんだろ。頑張《がんば》れ」

「適当な励《はげ》ましっすねえ……」

冷泉は、水をごくごくと飲む。

一杯《ぱい》目のアイスティーだけでなく、既《すで》に三杯《ばい》のグラスをカラにしている。

「氷川《ヒカ》なんて、ろくに勉強してるように見えないのに、合格判定Aっすからね」

「あいつ、勉強できるなんてマジで全然知らなかった」

氷川《ひかわ》も、冷泉と同じく悠凜館《ゆうりんかん》高校が第一志望だ。

「ヒカは成績トップクラスっすよ。ショートで日焼けしてるんでスポーツタイプに見えるけど、実は営業スポーツ少女っすから」

「営業って……でもまあ、松風狙《まつかぜねら》いは厳しいぞ。あいつ、背ぇ高いしバスケも上手《うま》いから女子に人気あるんだよな」

「えっ？　あれ？」

「昔から、松風《まつかぜ》は後輩《こうはい》にモテるんだよな。年下殺しっていうか」

「……ヒカが松風先輩狙《せんぱいねら》ってるって気づいてたんすか？」

「俺も別に鈍《にぶ》くはないんだよ」

松風は、少なくとも春太《はるた》よりはずっとモテる。

彼に熱い視線を送っている女子は、何人も見てきた。

「あー、いるっすよねえ。他人のことには鋭《するど》いくせに、自分のことだとブタのように鈍《にぶ》い人。ぶーぶー」

「なんの話だよ……」

冷泉《れいぜん》は、眼鏡の奥でじっとりした目つきをしている。

「でもまあ、桜羽先輩《さくらばせんぱい》もバイクに後輩《こうはい》女子の名前をつけたりして、ボク狙《ねら》いだと思われてるっすね」

「おまえのせいだろ！」

家庭教師の休憩《きゅうけい》中に、バイクの車種について冷泉に相談したことがあった。

長く使っていなかった自転車は調子がイマイチで、他のアシがほしくなったのだ。

冷泉はベージュカラーのジョルノを気に入り、これしかないと押し切ってきた。

程度のいい中古も運良く見つかったので、春太は特にこだわらずに冷泉の意見に従った。

家庭教師のために、冷泉家《れいぜんけ》にもそのバイクで通っていたら――

ある日の仕事帰りに、〝レイゼン号〟という名前のシールが貼《は》られていることに気づいた。

冷泉は勉強中に席を外すフリをして、春太のバイクにそれを貼《は》りつけていたらしい。

選んだのは冷泉なので、この名がふさわしいと。

別に春太も怒《おこ》りはしなかったが……。

「そんな話はいいんだよ。家庭教師は終わりだ。それじゃあ、本題に入るぞ」

「本題ねぇ……始めますか、〝意見交換会《こうかんかい》〟を」

ぐいっと冷泉が距離《きょり》を縮めてきた。

「といっても、新しい情報はないっすけどね」

「実は、俺もたいしてない」

春太はスマホをテーブルに置いた。画面には写真アプリのサムネ一覧が表示されている。

すべてが、雪季《ふゆ》の写真だ。

春太の写真フォルダには、晶穂《あきほ》、美波《みなみ》、松風たち学校の友人、それに隣《となり》にいる冷泉の写真もかなり多い。

それでも雪季の写真量は圧倒的《あっとうてき》だ。

彼女が引《ひ》っ越《こ》してから毎日のように本人から送られてくる。

一日に十枚ほど送信されることもあるので、雪季の写真が内蔵メモリを圧迫《あっぱく》しつつある。

「ここ数日は、ずっとセーラーの写真ばっかだな」

「ウチに来るのもそうっす」

雪季《ふゆ》は、春太《はるた》と晶穂《あきほ》だけでなく、もちろん友人の冷泉《れいぜん》と氷川《ひかわ》にもＬＩＮＥでメッセージや写真を送っている。

十月になって衣替《ころもが》えがあり、雪季の中学は紺色《こんいろ》ワンピースの夏服から、黒いセーラータイプの冬服に変更《へんこう》になった。

意見交換会《こうかんかい》――

要するに、雪季に関しての情報をお互《たが》いに教え合うというだけだ。

表向きは家庭教師のオマケであるが、春太にとってはこちらが本題だ。

「まあ、この制服もフーは気に入らないみたいっすね。写真が送られるたびに、スカートの長さが微妙《びみよう》に違《ちが》うっす」

「え？　あ、言われてみれば……つーか、１センチとか２センチの違《ちが》いじゃねぇ？」

「あからさまに短くできないから、微調整《びちようせい》してるんじゃないすか？　フーってば、あきらめ悪いっすね」

そういえば、前の制服でも可愛《かわい》く見える長さを見極《みきわ》めてると言っていた。

春太は、そんな何気《なにげ》ない会話を思い出す。

「あいつ、あっちの生活は不満多そうだなあ……」

「夏に会ったときは、元気だったたっすけどね」

夏休みに、冷泉は氷川と二人で雪季のところへ遊びに行っている。

三泊四日《ぱくか》で、川遊びやキャンプ、温泉を楽しんできたらしい。

「そういや、あのときの写真、先輩《せんぱい》にも適当に送ったっすけど、全部は見せてないっすね」

「三〇枚くらいもらったっけな。まあ、冷泉たちが写ってる写真は特に興味ねぇし……」

「気を悪くするっすよ、ボク」

ずいっと冷泉が春太の肩《かた》にあごを乗せて睨《にら》んでくる。

「ボクらのこんな大サービスショットだってあるのに！」

冷泉はスマホを操作して、一枚の写真を表示する。

露天《ろてん》温泉に浸《つ》かっている、冷泉の自撮《じど》り写真だった。

乳白色のにごり湯なので、胸から下はほとんど見えないが――

「なにしてるんだ、おまえは。温泉なら、眼鏡くらい外せよ」

「リアクション、軽《かる》っ！　女子中学生の入浴シーンっすよ⁉　温泉回っすよ⁉」

「なんだ、温泉回って。マナーがなってないな、温泉にスマホを持ち込むなんて」

「ここは貸し切りにできるんっすよ。ボクら、他のお客に迷惑《めいわく》かけたわけじゃないっす」

ボクら、というのは雪季と氷川もいるということだろう。

実際、氷川の顔がわずかに見切れている。

「あー、でも楽しかったなー。クッソ遠いことを除けば最高の旅でしたよ」

「おまえ、ずっとそれ言ってるな。遠い遠いって」

「マジでフーの家、遠かったっすから。途中《とちゅう》で引き返そうかと思ったっす。ええい、今すぐ電車を逆走させい！　って」

「大事故だよ」

とんでもないことを企《たくら》む中学生だった。

「電車で三時間近くって、やっぱ遠いっすよ」

「まあ、本当に田舎《いなか》なんだなあ。あいつ、髪型《かみがた》も制服も、田舎《いなか》に染められてたし……」

「あー……」

冷泉《れいぜん》は、今度はスマホに制服姿の雪季《ふゆ》を表示させる。

川原《かわら》のようなところで自撮《じど》りした写真だ。

「フー、〝黒い髪《かみ》はなんか重たい〟とか〝制服が幼稚園《ようちえん》みたい〟とか文句ばかり言ってましたけど、クッソ可愛《かわい》かったっす。あいつ、元々清楚系《せいそけい》ですし。野暮《やぼ》ったいというより、お嬢様《じょうさま》っぽいっつーか。女のボクでも物陰《ものかげ》に連れ込みたくなったくらいっす」

「おまえ、ホントに危険思想の持ち主だな……」

電車逆走に続いて、危なすぎる後輩《こうはい》だった。

「先輩《せんぱい》も行けばよかっ――っと、女子中学生三人のハーレムは贅沢《ぜいたく》っすよね！」

「三人じゃ少ないな。もう二、三人追加してほしい」

「底無しっすね、先輩《せんぱい》は……」

冷泉《れいぜん》はごまかしたが、春太《はるた》が〝行かなかった〟のではなく、理由があって〝行けなかった〟ことは薄々《うすうす》察しているのだろう。

春太は夏休みにも雪季《ふゆ》のところには行っていない。

父親からも、母だった人からも〝会いに行くな〟という圧を確実に感じた。

ただ、八月の誕生日に雪季と母だった人からプレゼントが届いただけだった。

春太の両親は、息子《むすこ》と娘《むすめ》を引《ひ》き離《はな》したい。

五月に引《ひ》っ越《こ》して、一年も経《た》たずに再会してもらいたくないだろう。

両親が期待しているのは、距離《きょり》を置くことで二人の気持ちが冷めることだ。

だが、春太の気持ちは少しも冷めていない。

心が動じることはあっても、抱《かか》えた熱量は変わらない。

場合によっては両親の意図にもかまわず、雪季を引き取りたいくらいだ。

「しかし、フーもマメっすね。毎日ちゃんと写真もメッセージも送ってくるんすから。自撮《じど》りのスキル、上がりまくりっすよ」

「今日のこれなんて、三脚《さんきゃく》に固定して撮《と》ってねぇ？」

冷泉のスマホに、今日送られてきたばかりの写真が表示された。

これも川原《かわら》で撮《と》った写真で、黒セーラー服姿の雪季が微笑《ほほえ》んでいる。

「フー、ボクらに写真を送るためだけに頑張《がんば》りすぎじゃないっすかね……勉強してないんじゃないっすか？」

「おい、それ考えないようにしてたんだから」

春太は、雪季が欠かさず連絡《れんらく》してきてくれるのが嬉《うれ》しい。

とはいえ、雪季も受験生なのだから、凝《こ》った自撮《じど》りをするより勉強に励《はげ》むべきだろう。

「ねー、桜羽先輩《さくらばせんぱい》♡」

「ん？　うおっ！」

冷泉は、ぴとっと春太に寄《よ》り添《そ》うと互《たが》いに頬《ほお》をくっつけて――構えたスマホでパシャリと写真を撮《と》った。

「さらに、こんなのも！」

「おっ、おいっ！」

冷泉は勢いよく飛びついてきて、春太はフラットシートに押し倒《たお》されてしまう。

後輩《こうはい》女子は、仰向《あおむ》けに倒《たお》れた春太に抱《だ》きつくようにして、またパシャリと。

むにっ、と中学生らしい適度なふくらみが押しつけられてくる。

「なにしてんだよ、おまえは！」

「これは、フー激オコ案件っすわ」

「煽《あお》ってどうすんだよ！」

完全にバカップルのイチャイチャツーショットだった。

しかも、冷泉《れいぜん》は手際《てぎわ》よくＬＩＮＥで雪季《ふゆ》に送っている。

「あ、既読《きどく》ついちゃったっす」

「そりゃつくだろ……」

雪季に今の写真を見られたのが、怖《こわ》すぎる。

春太《はるた》は、フラットシートに横になったまま起き上がる気にもなれない。

横に寝転《ねころ》がっている冷泉は、クスクスと笑っている。

「フーってば、引《ひ》っ越《こ》してから既読《きどく》つくの爆速《ばくそく》なんすよね。まるで待ち構えてるみたいに」

「そんなことより、返事は？」

「んー、来ないっすね。あいつ、怒《おこ》ると会話が途切《とぎ》れるタイプなんすよ」

「俺とは会話途切《とぎ》れたことねぇけど……」

雪季は、友人たちの前では別の顔を持っているらしい。

「いつだったか、ヒカが〝桜羽先輩《さくらばせんぱい》より松風先輩《まつかぜせんぱい》のほうがモテるよね〟とかＬＩＮＥで言ったら、フーのヤツ、そのあと三日くらい、何度メッセージ送っても既読《きどく》スルーっすよ」

「マジか」

「しかも、教室では何事もなかったようにヒカと普通《ふつう》に話すんすよ。怖《こわ》くないっすか？」

「……怖《こえ》ぇな」

ＬＩＮＥでもリアルでもスルーされるほうがまだマシだ。

春太は、雪季の意外な一面に驚《おどろ》いてしまう。

「そうだ、ＣＳ64《シーロク》でしたっけ。夏にフーの家に行ったときに、みんなで遊んだんすよ」

「あいつ、ゲーム機買ったのか」

春太と雪季が共用にしていたゲーム機は、桜羽家にある。

ゲーマーの雪季は桜羽家に残していったものの、やはり我慢《がまん》できなくなって買ったのだろう。

雪季がゲームを楽しんでいることを聞いて、春太は少しほっとする。

「ヒカが、フーを驚《おどろ》かせようとしてめっちゃやり込んでいって、フーをボコったんすよね」

「氷川《ひかわ》も受験生だよな？　なにやってんだ、あいつ」

それでも成績優秀《ゆうしゅう》なのだから、たいしたものだ。

「そのときも、フー怒《おこ》っちゃって。ムキになってヒカとずっとやり合ってたっす。最初は協力プレイしてたのに、最後は対戦でバチバチやり合ってたんすよ。ボクはゲーム苦手なので見物してたっすけど」

「そりゃ悪かったな。せっかく遠くまで行ったのに、一人だけ蚊帳《かや》の外――」

「別にかまわないっす。ムキになってるフー、可愛《かわい》かった――って、どうかしたんすか？」

「……おまえら、雪季の家でＣＳ64やったのか？」

春太《はるた》は、横に寝転《ねころ》がっている冷泉《れいぜん》の顔をじっと覗《のぞ》き込《こ》む。

「わっ、近いです……近いっす。あ、遊びましたけど……どうかしたんすか？」

「いや、なんでもない。俺、ＳＳランクだけど雪季《ふゆ》はランクどうなったのかと思ってな」

「ランク……なんか言ってましたけど、ボクはよーわからんので」

「だよな」

春太は寝転《ねころ》んだまま、天井《てんじょう》を見上げる。

なにかが頭に引っかかっている。

それがなんなのか、少し整理すればわかりそうだ。

春太は妹と遊び回っていても、進学校に合格できる頭脳を持っている。

決して馬鹿ではないし、鈍《にぶ》くもない。

答えはすぐにでも出てきそうだが——その答えが、なぜか少し怖《こわ》かった。


「それでさ、ハル」

「ん？」

ベッドの上でゴロゴロしていた晶穂《あきほ》が、唐突《とうとつ》に声をかけてきた。

春太はコントローラーを操作しつつ、そちらを見ずに答える。

「カテキョの日だったよね。今日も、女子中学生を堪能《たんのう》してきた？」

「ああ、たっぷりと。やっぱJKより若いJCのほうがいいな」

「おっさんなの、あんたは？　まだ女子大生のほうがいいね」

「比較《ひかく》の問題なのか？　うおっ、あっぶねぇ！」

春太は例によってCS64《シーロク》をプレイ中だが、いつの間にか敵に背後に回り込まれていた。

射撃《しゃげき》しつつ物陰《ものかげ》に逃《に》げ込《こ》み、態勢を整える。

SSランクに上がると、対戦相手も人生を捨ててゲームに懸《か》けている猛者《もさ》ばかりになる。

おしゃべりしながら戦えるような生やさしい世界ではない。

「ハルのほうが危ない。中学生に手を出すのは犯罪だよ？」

「俺もつい半年前まで中学生だったんだが」

「そうは見えないよね。デカいし」

晶穂はベッドからにゅっと脚《あし》を出して、春太の背中をつつくように蹴《け》ってくる。

小柄《こがら》だが、脚《あし》はすらりと長い。

「で、可愛《かわい》い眼鏡っ子JCで興奮したから、あたしを誘《さそ》ってその昂《たか》ぶりをぶつけたわけ？」

「人聞きの悪いことを。カノジョを家に呼ぶなんて普通《ふつう》だろ」

「そうかな、あんたって全然普通《ふつう》じゃないと思うけど」

晶穂は起き上がり、身を乗り出してくる。

春太《はるた》は周りに敵がいないことを確かめてから、ちらりとベッドのほうを見る。

晶穂《あきほ》はピンクのキャミソールと白のパンツだけという格好だ。

小さな身体《からだ》に似合わないたわわなふくらみが、胸元《むなもと》からこぼれ出しそうだ。

「つーか、あたしのこと、カノジョなんてあんま言わないくせに」

「……照れくさいんだよ」

「それだけかな……でも、いっつもこっちが押しかけてんのに、ハルのほうから誘《さそ》うなんて珍《めずら》しいよね」

「押しかけてる自覚はあったのかよ」

晶穂は、アポ無しで桜羽家《さくらばけ》にやってくることもある。

父は終電コースはなくなったものの、帰りは遅《おそ》いから鉢合《はちあ》わせせずに済んでいる。

カノジョを親に見られるのは気恥《きは》ずかしいので、春太としてはラッキーだ。

「ま、ウチも今日は魔女《母親》《とこ》は泊まり込みだから、いいけどね。父親はあたしのこと、あんま気にしてないし」

「……ちな魔女《まじょ》さんのご職業は？」

「イベント会社勤《づと》め。ミュージシャンのライブとか仕切ってるんだって」

「あれ？　おまえの親、音楽嫌《ぎら》いとか言ってなかったか？」

「仕事で四六時中聴《き》いてるから、家に帰ってまで聴《き》きたくないんだって。あたしなんてプロに比べりゃ下手くそだから、耳障《みみざわ》りだろうしね」

「娘《むすめ》の演奏を耳障《みみざわ》りとは言わんだろ」

とはいえ、家に帰ってもやかましかったら気に障《さわ》るというのは理解できる。

「晶穂の演奏は下手じゃないしな。まあ、家では静かにして、学校とか俺ん家《ち》とかで弾《ひ》けばいい。俺も聴《き》くし」

「ふーん。たまーに優《やさ》しいよね、ハル」

「常に優《やさ》しいと疲《つか》れるからな」

冗談《じょうだん》めかして言ったが、本当のところでもあった。

春太が自然に優《やさ》しくできたのは、今のところ一人だけかもしれない。

「さっきはちっとも優《やさ》しくなかったけど。むしろ、いつもよりがっついてたよね。おっぱいがちょっと痛かったよ」

「ああ、悪い……すっきりして、頭をクリアにしたかったんだよ」

「おいおい、いいように使いすぎだろ、あたしの身体《からだ》を」

晶穂は、にゅっと伸《の》ばした足先で春太の太ももをぐにぐにと踏《ふ》んでくる。

「悪かったって。けど、今日はおまえも凄《すご》くなかったか？　背中、爪痕《つめあと》ついてねぇ？」

「男の背中に爪痕《つめあと》は、勲章《くんしょう》みたいなもんでしょ」

「そうだろうか……」

人に見られたら誤解される……いや、誤解ではないのだが。

「ま、あたしも今日はなんとなくすっきりしたい気分だったから。不思議なところでシンクロするんだよね、あたしたち」

「他にシンクロしたことなんてあったか？」

だが確かに、春太《はるた》がやる気満々のときは晶穂《あきほ》もいつも以上に激しいことが多い。

しかも、晶穂のほうは特に理由もなく――らしい。

「割とね。あたしがなーんか寂《さび》しいときに、ハルも寂《さび》しそうにしてたりとか、よくあるよ」

「そりゃ気づかなかった……っと、うおおっ！」

春太は焦《あせ》ってコントローラーを操作する。

突然《とつぜん》近くに現れた二人の敵を、一人は近接ナイフ攻撃《こうげき》で、もう一人を腰《こし》だめ射撃《しゃげき》で撃《う》ち倒《たお》す。

「また危なかった……！　やべー、油断してたらマジ死ぬ」

「死ねばいいのに。あたしが話してんだから」

「CS64《シーロク》は遊びじゃねぇんだよ」

負けたらランクが下がる真剣《しんけん》勝負だ。

それに、最後に雪季《ふゆ》とやり込んだ思い出のゲームでもある。

このゲームでだけは、醜態《しゅうたい》を晒《さら》すわけにはいかない。

「それ、雪季ちゃんもやってたんだっけ？」

さすが、シンクロすると言うだけあって、春太の思考を見抜《みぬ》いたかのような発言だ。

「そういや、今日も雪季ちゃんからLINE来てたよ。向こうはもうだいぶ寒いから、上に羽織るカーディガンどうするかって悩《なや》んでたね」

「こっちよりはだいぶ冷えるみたいだな。冷泉《れいぜん》たちが行ったときも涼《すず》しかったらしいし」

「ああ、今日ハルがむさぼってきた女子中学生」

「そうそう。ムシャムシャむさぼってきたよ。冷泉、あっちは夏でも夜は長袖《ながそで》がほしかったって言ってたな」

「ふーん……カーディガン着たら、ちょっとはセーラーの野暮《やぼ》ったさも隠《かく》せるね」

「着ていいのはベージュかグレーだけみたいだけどな」

　春太のLINEにも、カーディガンの試着写真が送られてきている。

　二択《たく》なので、良《よ》し悪《あ》しもさほどなさそうだが、雪季は真剣《しんけん》に悩《なや》んでいるようだ。

「あたし、動画のサムネにも使えるから、写真は撮《と》るほうだけど、ウチの写真フォルダ、自分のより雪季ちゃんの写真のほうが多くなってきたよ……」

「俺は元から雪季の写真ばっかだけどな」

「あたしの写真は何枚くらいあるんだろうね？」

「世の中には知らないほうが幸せなこともある」

「不幸になっても、知ったほうがいいこともあるけどね」

「正論の殴《なぐ》り合《あ》いだな。うおっ、いきなりラグい。回線遅《おそ》すぎ――」

言いかけて、春太《はるた》はコントローラーを床《ゆか》に落としてしまう。

ゴン、と意外に重たい音が響《ひび》く。

「……ハル？　ちょっと、あと一人倒《たお》せば勝ちなんじゃないの？」

「馬鹿」

「は？　あたしだって、あんたと成績は同じくらい――」

「違《ちが》う、俺が馬鹿だって言ってるんだ。そうか、それでいろいろと説明がつく」

春太はＴＶ画面などもう見ていなかった。

そこに映っている撃《う》ち合《あ》いなど、どうでもいい。

「雪季《ふゆ》は引《ひ》っ越《こ》しても、毎日毎日メッセージと写真を送ってきてた。俺だけじゃなくて、冷泉《れいぜん》や氷川《ひかわ》、晶穂《あきほ》にまで」

「……マメだよね。引《ひ》っ越《こ》したの、五月の終わり頃《ごろ》だっけ。十月になってもまだ送ってくるんだから、相当だね」

「絶対におかしい」

「え？」

「俺だけならまだわかる。でも、友達とか兄貴の友達とも毎日やり取りするなんて絶対に変だ」

「……なるほど」

晶穂は、こくりと頷《うなず》いた。

「向こうの友達との付き合いもあるだろうし、普通《ふつう》はＬＩＮＥの頻度《ひんど》なんて下がっていくよね。ハルにだけならともかく、他の人にも連絡《れんらく》が全然途切《とぎ》れないのはちょっと変かも」

「それに、送られてくる写真は全部、雪季一人だ。普通《ふつう》、あっちの友達と一緒《いっしょ》に送った写真があるもんじゃないか？」

「あー……あたしは、雪季ちゃんの友達には興味ないけど、普通《ふつう》は送ってくるね。撮《と》ってる写真も自撮《じど》りか、なんかに固定して撮《と》ってるっぽいのばっかり」

「人に撮ってもらった形跡が全然ない……」

もしかすると、雪季には新しい土地で写真撮影《さつえい》を頼《たの》める程度の友達もいない——？

春太は背中がゾクリとするのを感じた。

そうだ、と思い出す。いつだったか、晶穂が言っていた。

写真で雪季の生活がすべてわかるわけではないと。

確かにそのとおりだろうが、写真からは雪季の友人関係というものがあまりにも見えなさすぎる。

五月に引《ひ》っ越《こ》して、今は十月。

転校直後ならともかく、今も周りに誰《だれ》もいないというのは——

「でも、そんなの、ただの想像じゃない？」

「わかってる。でも、これだよ。これが一番おかしい」

春太《はるた》は、ＴＶ画面を指差す。

操作してたキャラクターはとっくに敵に倒《たお》されて、リスポーン《復活》待ちのままだ。

「雪季《ふゆ》のヤツ、家だと回線が遅《おそ》いからビデオ通話はできないって言ってたんだよ」

「ああ、あたしも聞いたよ」

「でもこのＣＳ64《シーロク》はネット対戦ゲームだ。ビデオ通話もできないような回線速度じゃラグってまともに戦えない」

具体的には、画面がカクカクしたり、いくら撃《う》っても敵に当たらなかったりする。

回線速度が遅《おそ》ければ、どんな凄腕《すごうで》プレイヤーでも雑魚《ざこ》と化してしまう。

「冷泉《れいぜん》たちは夏に雪季の家に遊びに行ったときにＣＳ64で遊んだらしい。このゲームはオンライン専用で、ローカルでのプレイはできない。協力プレイも対戦プレイもネットに接続しないと遊べないんだよ。ゲームをやり込んでいった氷川《ひかわ》が普通《ふつう》に遊べて違和感《いわかん》がなかったってことは、ビデオ通話くらい余裕《よゆう》の回線速度があるってことだ」

「まあ……そうなのかな？」

晶穂《あきほ》はまだ、春太がなにを言いたいか理解できないらしい。

それはそうだろう、春太も自分が得た確信には曖昧《あいまい》な根拠《こんきょ》しかない、とわかっている。

そもそも、他人から見れば確信とも言えない。

「回線を変更《へんこう》したんじゃない？　ウチのアパートも、前に回線切《き》り替《か》え工事ってやってたよ」

「だったら、それを言わないのがおかしい。晶穂はゲームをやらないから知らないだろうが、CS64はネットを通して世界中のプレイヤーと協力プレイができる。回線が速くなったなら、俺も雪季と一緒《いっしょ》に遊べるんだよ」

「いや、あたしもさすがにそれくらいは知ってるけど」

晶穂は首を傾《かし》げながら——

「つまり、雪季ちゃんがなにか隠《かく》し事《ごと》してるってこと？」

「ビデオ通話で互《たが》いの顔を見ながら話せない理由があるってことだ」

「雪季ちゃん、素直《すなお》だもんね。なにか起きてるなら顔に出ちゃいそう。ハルの顔を見たら、隠《かく》しきれなくなるような秘密があるとか？」

「さすが歌手だな。感情の機微《きび》ってもんをわかってるじゃないか」

少なくとも、雪季がビデオ通話ができるのに〝できない〟と嘘《うそ》をついているのは確実だ。

あの素直《すなお》な雪季が、春太に嘘《うそ》をついている——これだけで充分《じゅうぶん》に非常事態だ。

いや、面と向かっては嘘《うそ》をつけない雪季だからこそ、ビデオ通話を避《さ》けているのだろう。

「でもさあ、ハル。ちょっと、考えすぎかもしれないよ。それに——」

晶穂はベッドから下りて、春太の隣《となり》に座る。

「言いたくないことなら、ＬＩＮＥとか電話で問《と》い詰《つ》めても言わないんじゃない？」

「雪季《ふゆ》はＬＩＮＥや電話じゃ言わないだろうな。だったら、直接訊《き》けばいい」

春太《はるた》は、ベッドの横に脱《ぬ》ぎ捨《す》てていた上着を手に取って着る。

「直接って――待って、今から行くつもり!?」

「海外にいるわけじゃねぇんだ」

春太はスマホと財布《さいふ》を手に取る。

「待った、もう十時だって！　今から行っても、途中《とちゅう》で電車なくなって足止めくらうよ!?」

晶穂《あきほ》はスマホの乗《の》り換《か》えアプリの検索《けんさく》結果を見せてきた。

そんなことは、晶穂に言われるまでもなかった。

晶穂も雪季がどこに住んでいるか大ざっぱには知っているが、春太は詳《くわ》しく知っている。

電車でどれくらいかかるか、ということもとっくに調べてある。

「朝までかかったってかまわないさ。悪い、晶穂。行ってくる」

「……マジで行く気なんだね」

「……俺は、今でも雪季の〝お兄ちゃん〟だからな」

春太はそれだけ言うと、今度こそ部屋を出た。

あるいは、推測に推測を重ねて、最悪の事態を想像しているだけかもしれない。

その可能性は、決して低くないだろう。

杞憂《きゆう》に終わるならそれでもいい。そのほうがいい。

だが、春太はじっとしていられなかった。

雪季に会いたい――

玄関《げんかん》のボードに掛《か》けてあったレイゼン号のキーを引っつかんで。

ずっとこらえてきた気持ちを解き放ち、春太は夜へと飛び出していく。


「マジで、あたしをほったらかして行きやがったよ」

晶穂は、ベッドの横に脱《ぬ》ぎ捨《す》てていた制服を拾い、身に着けていく。

制服を着終えると、長い黒髪《くろかみ》をさっと後ろに払《はら》って軽く撫《な》でつけた。

一瞬《いっしゅん》、うつむいてなにもない床《ゆか》を見つめ――

「あのヤロー、そんなにあたしよりっ……！」

突然《とつぜん》に晶穂は放り出していたスマホを拾い、壁《かべ》に向かって投げつけかけて――

腕《うで》を後ろに引いたところで、我に返ってぴたりと動きを止めた。

「はっ、馬鹿馬鹿しい。なにキレてんの。あたしはクールで不思議な晶穂さんだよ」

まるで自分に言い聞かせるように、晶穂《あきほ》はつぶやいた。

スマホを握《にぎ》った手が、ぶるぶると震《ふる》え——晶穂はもう一方の手で震《ふる》える手を押さえつけた。

晶穂は少しだけそうしていたかと思うと。

「ふん、なにやってんだか、ハルは。自分家《ち》に、あたしを置いていくなんて。どうなっても知らないからね」

晶穂は左目を隠《かく》す前髪《まえがみ》を、さっと勢いよく払《はら》って——

「はぁ……やべぇ目してたわ、あいつ。なにをやらかすやら……ああ、もう」

スマホを持ち直して操作を始め、電話をかける。

「まったく、世話の焼ける〝お兄ちゃん〟だね」

第9話　妹は兄の無謀《むぼう》をまだ知らない

見渡《みわた》す限りの山と緑だった。

あたりはすっかり明るくなり、道の状況《じょうきょう》もよく見える。

「と、遠かった……」

春太《はるた》はレイゼン号を路肩《ろかた》に寄せて停《と》め、エンジンを切って、ふうっと一息ついた。

視界いっぱいに、のどかな田園風景が広がっている。

周りは畑ばかりで、近くには民家のたぐいは見当たらない。

結局――丸々一晩走ってしまった。

何度かコンビニであたたかい飲み物を買ったり、トイレに行った程度で、ほぼ走りっぱなしだった。

「はぁ……めっちゃ時間かかったな……」

当然、原チャリなので高速道路は使えない。

スマホのナビによると下の道を使って、六時間くらいとのことだった。

ただし、まったく知らない道でしかも夜道。

スマホを見ながら走るわけにもいかず、何度か道を間違《まち》えて――結局は九時間もかかってしまった。

休憩《きゅうけい》時間もトータルで一時間以上あるとはいえ、走行時間も距離《きょり》も相当なものだった。

冷泉《れいぜん》が電車を逆走させたくなったのも、頷《うなず》ける遠さだ。

当然、一睡《いっすい》もしていないし、暗い夜道を走るのは本当にキツかった。

おまけに夜の風は凍《こお》るほどに冷たく、身体《からだ》の芯《しん》まで冷え切っている。

「もう道路でもいいから寝転《ねころ》びたい……」

というのが本音だったが、そうもいかない。

雪季《ふゆ》と母――あえて母と呼ぶ――の新しい家、冬野家《とうのけ》の住所はナビに入っている。

原チャリなら、あと五分もかからないだろう。

「七時……」

バッテリー切れ寸前のスマホで時間を確認《かくにん》する。

今ならまだ、雪季は家にいるだろう。

できれば、学校に行ってしまう前に会っておきたい。

「あと少し……」

そう思いつつも、レイゼン号にまたがったままうつむいてしまう。

雪季に疲《つか》れ切《き》った顔を見せたくない。少しだけ休んで――

「……って、ダメだ！　休んだら、絶対寝《ね》る！」

春太《はるた》は、もう一度スマホでルートを確認《かくにん》しようとして――

「あ、あれ？」

スマホの時計には八時二分と表示されている。

時計がズレているとは思えない。

「やベー……一瞬《いっしゅん》油断したら、一時間も落ちてたのかよ」

自分でも思ってた以上に、身体《からだ》は疲《つか》れ切《き》っていたらしい。

まさか、バイクにまたがったまま寝《ね》てしまうとは。

これ以上、休んでいるわけにはいかない。

春太はエンジンをかけ、レイゼン号を走らせる。

少し進んだところで――

「…………」

春太はまたエンジンを止め、レイゼン号をなにかの商店の前に駐車《ちゅうしゃ》させた。

商店といっても明らかに閉店済みで、年季の入ったシャッターが下りている。

許可を求める相手もいないようなので、駐車《ちゅうしゃ》させてもらうことにする。

五〇メートルほど先に、ぽつんと古びた建物がある。

小屋――いや、倉庫だろうか？

そこに、数人の少女が入っていくのが見えたのだ。

一人一人の顔は判別しづらかったが、全員が黒いセーラー服姿だった。
写真で見覚えのある制服だ――
春太《はるた》は小走りに倉庫へと近づいていく。
顔はあまり見えなかった――だが、よく見知った顔があった気がしたのだ。
「だからさ、いつまでも教室で浮《う》いてられるとこっちも困るのよ」
「…………」
倉庫の中から、鋭《するど》い声が聞こえた。
ここも、入り口にはシャッターが下りていた。
正確には、シャッターが春太の腰《こし》のあたりで止まっている。
そこまでしか下がらないのか、意図的に下げていないのかはわからない。
シャッター前には自転車が五台。ハンドルにヘルメットがかけてある。
この中にいるセーラー服の少女たちは全員、自転車通学らしい。
軽く屈《かが》んでみると、シャッターの向こうには脚《あし》が何本か見える。
すべてが白いソックスにローファーという格好だ。
春太はスマホを取り出す。

バッテリーは心許《こころもと》ないが、少しならもつだろう。

「あんたが教室にいると、ギスギスすんの。わかるでしょ？」

「いっつもつまんなそうな顔してさ。こっちだって、あんたの顔見てるとイライラすんの」

「転校生で目立ってるのに、そんなヤツがずっとふて腐《くさ》れてると、周りが迷惑《めいわく》なのよ」


「……私の話なんて、もう誰《だれ》も聞いてくれません」


その弱々しい声に、春太は一瞬《いっしゅん》びくりとする。

勝手に脚《あし》が声のほうへと向かいかけたが、なんとか自分を制した。

倉庫内での会話は、まだ続いている。

「なに、こっちが悪いみたいに」

「そっちがオドオドしてて、なに言ってるかわかんなかったからでしょ。話もクソつまんないし。転校前の学校の話なんて、知らんし」

険悪な雰囲気《ふんいき》なのは、声だけでもわかる。

数人でたった一人を責め立てていることまで、はっきりとわかってしまう。

「そんなに文句あるなら、転校してこなきゃいいでしょ」

「わ、私も好きで転校してきたわけでは……」

「つーかさ、女子とはろくに話さないくせに、男どもにチヤホヤされていい気になってんじゃねーよ！」

「チ、チヤホヤなんてされてません……！」

「されてるでしょ。男子ども、未《いま》だにあんたの話ばっかり！」

「その敬語もムカつくわ……なに、お嬢様《じょうさま》気取りなの？　金持ちでもないでしょ、あんた」

「き、気取っていません……敬語はクセで……」

「嘘《うそ》くさっ。人の気を引くためにやってんでしょ」

「マジでクラスの男子ども、騙《だま》されてるもんね」

「つっても、あんたの顔とか胸の話ばっかりだけどね。まったく……」

「顔だって別にたいしたことないじゃん」

「あっ」

パシャっとスマホの撮影音《さつえい》と同時に、小さな悲鳴が聞こえた。

「あんたの写真、ほしがるヤツ、多いんだよね。卒業生にまで頼《たの》まれてるし」

「きゃっ……！」

今度は悲鳴のあとに撮影音《さつえい》。

「山崎《やまざき》なんて、冬野《とうの》のパンツ写真なら五〇〇円出すとか言ってるよ。馬鹿じゃないの」

「あー、撮《と》れた撮《と》れた……って、今日もスパッツはいてるよ。冬野、一回もはき忘れてこないよね。男子にたまにはサービスしたら？」

「あ、あのスカートの中、撮《と》るのは……やめてください……」

「別にいいじゃん。女子同士の軽いイタズラだよ」

「体育の着替《きが》えのときも一人だけコソコソしてるしさ。そういうのも、マジうざい」

「自意識過剰《かじょう》だよね。わたしらもさすがに、着替《きが》え写真なんて撮《と》らないっての」

「で、でも……」

「でも、なによ？　そういうはっきりしないトコもムカつくんだよね」

「おまえらと違《ちが》って慎《つつし》みがあるんだよ、雪季《ふゆ》はな」

もう限界だった。

春太《はるた》の人生で、ほんの二、三分がこんなに長く感じられたことは一度もない。

そんな短い時間でも、我慢《がまん》に我慢《がまん》を重ねて耐《た》えなければならなかったが、これ以上は聞いていられなかった。

いや、我慢《がまん》など最初からするべきではなかった。

春太はシャッターをくぐり、倉庫の中へと入った。

セーラー服の女子が四人。

それに——彼女たちに取り囲まれ、壁際《かべぎわ》に追いやられている少女が一人。

「お……お、お兄ちゃん……？」

「悪かった、雪季ちゃん。もっと早く出てくるべきだったな」

春太《はるた》はシャッターの前で腕組《うでぐ》みして仁王立《におうだ》ちする。

遅《おそ》かったが、遅《おそ》すぎはしない。

そんなことは慰《なぐさ》めにもならなくても、ここからの行動を間違《まちが》わなければ——

春太は全員を見回し、最後に雪季《ふゆ》の顔を見つめた。


「な、なに、あんた？」

「お兄ちゃんって……冬野《とうの》の兄貴？　あんた、兄貴なんていたの？」

セーラー服の中学生たちは、明らかに戸惑《とまど》っている。

吊《つ》るし上《あ》げていた相手の兄が、突然《とつぜん》現れたのだから当然だろう。

この倉庫は、彼女たち専用の溜《た》まり場《ば》なのかもしれない。

農具らしきものが置かれているが、どれも錆《さ》びついていて現用のものとは思えない。

倉庫というより、ガラクタ置き場という印象だ。

「あっ、兄貴だろうが、関係ないでしょ。引っ込んでてよ！」

セーラー女子の一人が凄《すご》んでくるが、どこか顔が引きつっている。

体格には恵《めぐ》まれている春太に、小柄《こがら》な中学生たちが怯《ひる》むのも当然だ。

「兄貴が関係なくて、誰《だれ》に関係があるんだよ」

春太は、冷静に言い返して――

『つーかさ、女子とはろくに話さないくせに、男どもにチヤホヤされていい気になってんじゃねーよ！』

スマホを操作して、録音したボイスを再生する。

「ちょ、ちょっと、あんた！」

「一通り録音させてもらった。でも、こんなの録《と》ってる場合じゃなかったな。余計なこと考えるんじゃなかった」

「そ、それ消してよ！」

「おまえは馬鹿か」

春太は、セーラー女子の一人を睨《にら》む。

「そんなこと言ったら、自分らの不利を認めるようなもんだろうが。ハッタリを利《き》かせろよ、ハッタリを」

「うっ……」

セーラー女子たちはますます怯《ひる》んだようだ。

「雪季《ふゆ》、ちょっと待ってろ。話はあとだ」

「お、お兄ちゃん……」

春太《はるた》はセーラー女子たちの間をかき分け、壁際《かべぎわ》に追いやられていた雪季の腕《うで》を摑《つか》んで、自分の後ろに立たせる。

「さてと……野郎《やろう》どもなら、全員ぶん殴《なぐ》るトコだが」

春太は、バシッと手のひらに拳《こぶし》を打ちつけてみせた。

普段《ふだん》は穏《おだ》やかな春太も、雪季を守るためなら暴力すらもためらわない。

「まあ、女子となるとそうもいかないか。そうだな……全員、スマホを出せ」

「ス、スマホ？　な、なんでよ？」

「写真を全部消してもらう。雪季に関係ないものも含《ふく》めて全部だ。いちいちチェックしてられないからな。クラウドも全部データを削除《さくじょ》しろ」

「馬鹿じゃねーの！　なんでわたしらがそんなこと！」

「人の妹の写真、勝手に撮《と》っておいてふざけたことを言うな。それとも、そのスマホを持ったまま、一緒《いっしょ》に警察行くか？　同性だろうが隠《かく》し撮《ど》りは犯罪だ」

「そ、それは……」

セーラー女子たちは〝警察〟という単語にわかりやすく怯《おび》えている。

ただ、春太としても雪季の負担を考えると、警察沙汰《ざた》はできれば避《さ》けたい。

単なる脅《おど》しのつもりだったが、意外に効果はあったようだ。

「嫌《いや》なら、スマホを出せ」

「あ、あの、お兄ちゃん。そこまでしなくても……」

「雪季、いいから俺に任せてくれ」

春太は、ぽんと雪季の頭に手を置いた。

「誰《だれ》があんたの言うとおりになんかするか！」

「ま、そうだろうな。いいぞ、時間はたっぷりあるし、おまえらに言いたいこともいくらでもある。じっくり話し合おう」

このセーラー服たちは、年下でしかも女子だ。

本来ならあまりイキった態度も見せたくないが――雪季のこととなると話は別だ。

「ね、ねえ、こいつヤバくない……？」

「ど、どうすんの、これ……なんでこんなことに……」

「馬鹿、ビビってどうすんのよ。あんた、ちょっとデカいからって一人で――」

「おー、いたいた。危ね、行《い》き違《ちが》いになるとこだった」

「「え？」」

春太《はるた》と雪季《ふゆ》が同時に驚《おどろ》きの声を上げる。

シャッターの隙間《すきま》から窮屈《きゆうくつ》そうに入ってきたのは――

「ま、松風《まつかぜ》？」

「松風さん……？」

短く刈《か》り込《こ》んだ赤毛っぽい髪《かみ》に、１９０センチ近い長身。

黒いジャージの上下に、足元はごついバスケットシューズ。

「桜羽《さくらば》さんの家に行く気だったんだけどな。そこに、春太郎《はるたろう》のレイゼン号があったからさ。この近くにいるのかって。ふーん、あんま楽しい状況《じようきよう》じゃなさそうだな」

「ちょ、ちょっと、今度はなに？」

「なにこいつ、デカッ……」

女子中学生たちは、もうあからさまに怯《おび》えている。

松風は愛想《あいそ》のいい顔立ちなのだが、なにしろ体格に恵《めぐ》まれすぎているので、威圧《いあつ》感が強い。

「おい、松風……おまえ、なんでここにいるんだ？」

さっき意表をついた登場をしたばかりの春太が、今度は驚《おどろ》かされる番だった。

「月夜見《つくよみ》さんから連絡《れんらく》もらってさ。春太郎がやべぇツラして桜羽さんのトコ行ったっていうから。追いかけてきた」

「追いかけてきたって……」

晶穂《あきほ》が心配してくれたのはありがたいが、松風に連絡《れんらく》していたとは。

ある意味では、もっとも的確な対応ではあった。

今の春太は親であろうと止められないが、松風なら力ずくで止めることもできる。

「そんな、さらっと来《こ》れるような距離《きょり》じゃねぇぞ」

「月夜見さんも追いかけろなんて言ってないけどな。でも、春太郎に電話したって、妹さんのことなら止められないだろ？　だったら、直《ちょく》で行かないと」

ははは、と松風は呑気《のんき》に笑っている。

「いやー、考えてみりゃ桜羽さんの家、詳《くわ》しい住所までは知らなかったから焦《あせ》ったわー。でもまあ、行動してみりゃなんとかなるもんだな」

「おまえな……運が良かっただけだろ」

どうやら、松風は電車でここまで来たらしい。

春太が出発した直後に出かけたなら、どこかで電車が終わって、夜が明けてから電車を乗《の》り継《つ》いできたのだろう。

「そんな話はどうでもいいか。春太郎、なんとなく状況はわかるが、俺はどうすりゃいい？」

「……ありがとな。そこにいてくれればいい。じゃ、話の続きをしようか。スマホ、出してもらえるか？」

「…………」

セーラー女子たちは、渋々《しぶしぶ》ながら全員スマホを取り出した。

春太《はるた》だけならともかく、いかにもたくましそうな松風《まつかぜ》の出現がトドメになったらしい。

「じゃあ、写真を全削除《さくじょ》、クラウドも全データを消せ。あとはＬＩＮＥ、ＳＮＳと動画投稿《とうこう》サイトのアカウントも持ってるなら、消してもらおう」

「ちょっ、要求が増え――――！」

「そこの中学生たち、お願いできるかな。春太郎《はるたろう》がそうしたほうがいいって言うなら、そのとおりにしてもらわないと」

「あんた、こいつの子分なの⁉」

「友達だよ。無条件で信じていいと思ってる程度の仲だけどな」

松風はニヤッと笑って。

「ああ、こっちだけ助太刀《すけだち》が入るとフェアじゃないか？　なんなら、頼《たよ》りになるお兄さんとか男友達とか呼んでもいいぞ。いやー、俺の物語もいよいよバトル編スタートか」

「なんで楽しそうなんだよ、松風……」

むろん、春太は松風の態度と本心が違《ちが》うのはわかっている。

松風は友達の妹が吊《つ》るし上《あ》げに遭《あ》って、怒《いか》りを覚えないような男ではない。

あえて余裕《よゆう》を見せることで、セーラー女子たちに圧をかけているのだろう。

功を奏したようで、セーラー女子たちはコソコソ相談しているが、応援《おうえん》を呼ぶ様子はない。

こんな現場は誰《だれ》にも見られたくないだろうし――なにより、長身コンビの二人に勝てそうな知り合いなど、そうはいないだろう。

「……ちょっと、みんな。言うとおりにしよう」

短い相談の末、セーラー女子の一人、ポニーテールの子が言った。

逆らわないほうがいい、と気づいたようだ。

どうやら、このポニーテール女子がグループのボスらしい。

ポニーテールはここまでほとんど口を開いていなかったが、リーダーシップはあるようだ。

ボスの言葉に、セーラー女子たちは仕方なさそうに頷《うなず》いた。

彼女たちにとって、写真やＬＩＮＥ、ＳＮＳは命より大事かもしれない。

そんな大事なものも消さざるをえないほど、春太と松風のコンビは怖《こわ》いようだ。

春太は、彼女たちに悪いとは全然思わない。

データを全部消させた上で、スマホも粉々に破壊《はかい》したいくらいなのだ。

「わかってくれたようだな。じゃ、やれ」

春太は、意識的に横柄《おうへい》に言い放った。

松風が怖《こわ》いのだろうが――本当はもっと怖《こわ》いのは誰《だれ》なのか、教えたつもりだった。

セーラー女子たちは、春太に言われるままにスマホを掲《かか》げるようにして画面が見えるようにしつつ、データを削除《さくじょ》していった。

「こんなもんか。別にデータ消えても死にゃしない。新しい思い出をつくってくれ」

「最悪……！」

ポニーテールが、春太《はるた》を睨《にら》んでくる。

くっきりした顔立ちの、ずいぶんと可愛《かわい》い子だ。

だが、春太には外見がよくてもこれだけ興味を持てない女子は初めてかもしれない。

「俺は桜羽春太《さくらばはるた》。この桜羽——冬野雪季《とうのふゆ》の兄貴だ。文句があるなら、いつでも言ってきていい。

そうだな、そこのポニテ、連絡先《れんらくさき》を交換《こうかん》しとこう」

「えっ？　わ、わたし？」

「スマホのデータを消しやがった相手の名前くらい、知っておきたいだろ？」

「……あんたの連絡先《れんらくさき》なんかいらない」

「そう言うな。いらないなら、あとで消してくれてもいい」

「…………」

ポニーテールは、セーラー女子たちを逃《に》がさないようにシャッター前に陣取《じんど》っている松風《まつかぜ》を
ちらりと見て、仕方なさそうにＬＩＮＥと電話番号を交換《こうかん》する。

「春太郎《はるたろう》、終わりか？」

「ああ、終わりだ。待たせたな」

「まったくだ……ああ、眠《ねむ》っ。ここ来る途中《とちゅう》で電車なくなっちまってさ、始発までネカフェで寝《ね》てたんだよ。ああいうトコ、狭《せま》っ苦《くる》しいよな。ろくに眠《ねむ》れなかったよ」

「おまえがデカすぎんだよ」

「はは、そりゃそうだ。でも、腹も減ったなあ。よし」

松風はすたすたと歩き出すと、ポニーテールの肩《かた》をがしっと摑《つか》んだ。

「な、なに？」

「なんですか、だ。俺は一応高校生で、年上だぞ。先輩《せんぱい》へのタメ口は禁止だ」

「わたし、あんたの後輩《こうはい》じゃないんだけど……」

「ないんですけど、だ。俺は松風陽司《まつかぜようじ》。おまえは？」

「霜月《しもつき》――です」

「よし、霜月。そっちの子らも。おまえら、地元だろ？　朝飯食える店、知らないか？」

「朝飯って……き、喫茶店《きっさてん》くらいしかない……です」

「それでいいや。モーニングも三、四人前食えば腹の足しになるだろ。案内してくれ」

「な、なんでわたしが……」

「感動の再会を邪魔《じゃま》するもんじゃねぇからだよ。さ、行くぞ。じゃあな、春太郎」

「お、おい、松風。おまえ帰るつもりか？」

「朝飯食ったらな。上手《うま》くいけば昼休みには間に合うだろ。朝練はサボっちまったけど、放課後の練習までサボったら、マジで先輩《せんぱい》に殺されっからな」

松風《まつかぜ》はニヤリと笑い、四人のセーラー女子を連れて倉庫を出て行った。

「……あいつ、いいヤツだな」

「お兄ちゃんはお友達に恵《めぐ》まれてますね……」

思わず、二人で顔を見合わせてしまう。

「そうらしい。交通費くらいは払《はら》わないとな。まあ、それはそれとして」

「お兄ちゃん……」

春太《はるた》は雪季《ふゆ》をまっすぐに見つめて。

雪季も、潤《うる》んだ瞳《ひとみ》で見つめ返してくる——

「悪い、身体《からだ》が冷え切ってて、限界だ。雪季、おまえん家《ち》の風呂《ふろ》、貸してくれないか……？」

「えぇっ⁉」

実は、この倉庫も冷蔵庫のように冷えていて死ぬほど寒い。

一晩バイクで走ってきて、凍《こご》えている身体《からだ》はもう限界だった。

感動を噛《か》みしめるのは、風呂《ふろ》のあとだ。

「ま、まさか、バイクで走ってきたなんて……信じられません……」

「俺も、我ながら信じられない」

冬野家《とうのけ》は、畑に囲まれた一軒家《いっけんや》だった。

築五年ほどらしく、建物はまだ新しい。

確かに、母は住みやすい家を見つけてくれたようだ。

残念ながら、いい中学は見つけてくれなかったようだが。

雪季は迷わず学校をサボることにして、春太とともに家に帰ってきた。

母は毎朝、雪季の登校より先に出勤しているようだ。

春太は冬野家のリビングでソファに座り、雪季が持ってきてくれた毛布にくるまっている。

エアコンは暖房《だんぼう》全開で、熱いコーヒーを飲んでいるのに、まるで身体《からだ》があたたまらない。

倉庫では興奮していたせいか、寒さを感じなかっただけだ。

今は、ガタガタと身体《からだ》が震《ふる》えてしまっている。

「本当に寒そうですね。レイゼン号って名前が凄《すご》く気になりますけど……後回しにします」

「助かるよ」

そのレイゼン号は、今は冬野家のガレージに駐輪《ちゅうりん》している。

中古のマシンなのに、ずいぶんと酷使《こくし》してしまった。

あとで、労《いたわ》ってやらなければならないだろう。

「あ、お風呂《ふろ》のお湯、入りました」

「ああ、悪いけど風呂《ふろ》借りるよ」

「早くあったまってきてください」

珍《めずら》しく、雪季《ふゆ》の口調が強めだ。

さっき、セーラー女子たちに反論していたときよりも、困っているように見える。

春太《はるた》は脱衣所《だついじょ》に入って服を脱《ぬ》ぎ、飛び込むようにして風呂場《ふろば》に入り、熱いシャワーを浴びる。

「うおぉ……」

こんなにシャワーが気持ちいいと思ったのは生まれて初めてだ。

部活で汗《あせ》だくになったあとのシャワーとも、比べものにならない。

シャワーで手早く身体《からだ》を洗い流してから、バスタブに浸《つ》かる。

「おおっ……いいなあ……」

湯の温度は、ちょうどいい熱さだった。

温度高めで入れてくれたのだろうが、これは最高だ。

雪季は家事は一通りできるが、春太に関することは絶妙《ぜつみょう》に気が利《き》く。

「これはたまらん……しかし、マジで身体凍《からだこお》りついてたんだな……」

まだ十月だからと油断しすぎていたようだ。

一晩バイクで夜風を突っ切《つき》って走った上に、このあたりは冬の訪《おとず》れが早い。

レイゼン号にまたがったまま、一時間も寝落《ねお》ちしていたのもまずかった。

これは、人生最大の長風呂《ながぶろ》になるかもしれない……。


「お兄ちゃん」


「…………」

ガラッと浴室のドアが開き——真っ白な肌《はだ》が目に入った。

雪季は、長い黒髪《くろかみ》を後ろでまとめ、タオルを身体《からだ》の前に当てている。

「ちょっと待っててくださいね」

それだけ言うと、雪季はシャワーを浴び始めた。

つるりとした白い背中と、小ぶりな尻《しり》を見せつけつつ、浴び終えると——

「お兄ちゃん、ちょっと後ろを空けてください」

「……雪季」

雪季は戸惑《とまど》う春太の後ろから湯船に浸《つ》かり——ぎゅっと抱《だ》きついてくる。

二つのふくらみの感触《かんしょく》が押しつけられる。

ほどよいボリュームと、ぷるんとした弾力《だんりょく》が春太の背中に伝わって——

「後ろ、見ないでくださいね。久しぶりで……なんだか恥《は》ずかしい……」

「さっき、普通《ふつう》に見えてたけど。おっぱいも乳首《ちくび》も」

「ちく……い、言わないでくださいっ……」

ぎゅううっ、と雪季《ふゆ》はさらに強く抱《だ》きついてくる。

「お兄ちゃんの身体《からだ》をあっために来ただけです。私のために、無茶してくれたんですから、せめてこれくらいは……」

「無茶をしたのは松風《まつかぜ》だな。普通《ふつう》、こんな遠くまで追いかけてこないだろ。あいつがいたから、あの女子たちも引き下がったんだろうし。美味《おい》しいトコ持って行かれたな」

「いいえ、お兄ちゃんのほうがかっこよかったです」

きっぱりと言い切る雪季。

「……松風には言うなよ？」

「松風さんには、ちゃんとお礼を言います。でも、お兄ちゃんが一番なのは変わりません」

雪季からは肌《はだ》の柔《やわ》らかさだけでなく、あたたかい体温も伝わってくる。

芯《しん》まで凍《こお》りついた身体《からだ》を溶《と》かすかのようだ――

「さっき…… 〝雪季ちゃん〟って呼びましたね」

「え？」

「私、昔は自分を雪季ちゃんって呼んでましたけど……小さい頃《ころ》、お兄ちゃんも私をちゃん付けで呼んでましたよ。忘れました？」

「……いや」

言われてみれば、そんな呼び方をしていた。

いつからか、恥《は》ずかしくて呼び捨てにするようになったのだろう。

「そもそも私が自分を雪季ちゃん呼びしてたのも、お兄ちゃんがそう呼んでたからでは？」

「そんな気もする……」

父と母に離婚《りこん》を告げられたあの朝。

無意識に、雪季は昔の一人称《いちにんしょう》に戻《もど》っていた。

夜の公園でそれを指摘《してき》したときに、雪季は「お兄ちゃんも昔は――」と言いかけていた。

雪季のほうは、あのとき兄からの呼び方を思い出していたのだろう。

「懐《なつ》かしくて、ちょっと嬉《うれ》しかったです」

「恥《は》ずかしい。できれば忘れてくれ」

「でも……来てくれたことは、忘れられませんよ？　たぶん、一生」

雪季は、ちゅっと春太《はるた》の背中に唇《くちびる》をつけてきた。

その唇《くちびる》の感触《かんしょく》は柔《やわ》らかくて、くすぐったい。

「お兄ちゃん。どうして、急に……来てくれたんですか？」

「ああ、それは……」

毎日のＬＩＮＥで気づいた違和感《いわかん》。

冷泉《れいぜん》と氷川《ひかわ》が遊びに行ったときのネット回線の状況《じょうきょう》。

春太《はるた》は、雪季《ふゆ》の身になにかが起きてると気づいた経緯《けいい》を説明する。

「す、鋭《するど》いですね……でも、確証もないのに、一晩バイクを飛ばしてくるなんて……」

「違和感《いわかん》に気づいたのもあるが……それを口実に雪季に会いたかったんだろうな、俺は」

まずは母にでも電話して、状況《じょうきょう》を確認《かくにん》してもよかったのだ。

それをせずに飛び出してしまったのは——もう雪季の顔を見られない時間に耐《た》えられなくなっていたのだろう。

「でもな、正直なことを言うと……」

「正直なことを言うと？」

雪季は春太の背中に頬《ほお》をつけながら、言外《げんがい》に「話して」と促《うなが》してくる。

「もっと詳《くわ》しく想像してた。雪季が転校先で孤立《こりつ》してるんじゃないか……ってな」

「あの人たちの言うとおりですよ」

「え？」

「男子たちにはチヤホヤされてたので……孤立《こりつ》、ではないですね。いえ、私は男の子からも逃《に》げていたので、やっぱり孤立《こりつ》していたんでしょうか？」

「雪季は男をあしらうのは上手《うま》いからな」

「あはは、そうですね。男の子たちにお願いすれば、女子たちから守ってもらえたかもしれません。まだまだ、修行《しゅぎょう》が足りません」

「雪季には、そんな器用な立ち回りは無理だな」

確かに、雪季の美貌《びぼう》に魅了《みりょう》されていたであろう男子たちを利用するのは有効な手だ。

だが、雪季はそこまでズル賢《がしこ》くなれないのだろう。

「ああ、でも」

「なんだ？」

「ひょっとすると私も……お兄ちゃんが違和感《いわかん》を持つようなＬＩＮＥとか送り続けて、気づいてくれるのを待っていたのかも……」

「雪季はそこまで賢《かしこ》くもないだろ」

「ひどいです！」

ぎゅうっと締《し》め上《あ》げる勢いで、強く抱《だ》きついてくる雪季。

「悪い、悪い。けど、来てよかった。雪季、倉庫のあいつらは……」

「あの人たち、転校してすぐ私に話しかけてくれた人たちなんです。優《やさ》しくて親切で……向こうの学校の話とかも楽しそうに聞いてくれて……」

「えらく豹変《ひょうへん》したもんだな、あいつら」

「みんな親切だったのに、私は引《ひ》っ越《こ》しに納得《なっとく》できなくて、馴染《なじ》めなくて……私の態度がみんなをイラつかせたのかもしれません」

雪季《ふゆ》は、額を春太《はるた》の背中に押しつけてくる。

「どうしてお兄ちゃんと離《はな》れて、こんな田舎《いなか》に――って態度に出ていたのかもしれません。黒い髪《かみ》も制服もジャージも嫌《いや》で、そんなに嫌《いや》がってたら、この街に住んでるみんながいい気がしなくて当然ですよね。霜月《しもつき》さんたちが怒《おこ》ってもおかしくないです……」

雪季は、自分にも問題があったと本気で反省しているらしい。

「そうだな、雪季にも悪いところがあったなら反省しないとな」

「は、はい……本当にそのとおりです」

春太は、ここは雪季を甘やかすばかりではなかった。

確かに、雪季はあのポニテ女子たちを怒《おこ》らせるようなことをしたのだろう。

ただ――

「だからって、雪季を吊《つ》るし上《あ》げたり、盗撮《とうさつ》していいってことにはならねぇけどな」

春太は後ろに手を回して、雪季の手に触《ふ》れる。

「おまえが本気で反省してるのもわかってる。けど、俺の前では、本当に思ってることを言っていい。いや、言ってくれ」

「言ってもいいんですか……？」

「ああ」

「イジメ……の被害者《ひがいしゃ》に自分がなるなんて思いもしませんでした」

「…………」

イジメ、とはっきり言われると春太も辛《つら》い。だが、受け止めなければならない。

小賢《こざか》しく、セーラー女子たちの所業の〝証拠《しょうこ》〟を握《にぎ》ろうと録音などしていたのが悔《く》やまれる。

そんなことより、一秒でも早く雪季をかばうべきだった。

ほんの少しでも雪季の傷を浅くするべきだった。

「学校では男の子たちの目もあったので、あの人たちもなにもしてこなくて……学校の行き帰りに、あの倉庫とかに連れて行かれて、さっきみたいに……」

「そうか……」

やはり、あの倉庫がポニテの霜月たちの溜《た》まり場《ば》になっていたらしい。

「いつからか、写真撮《と》られるようになって……や、やめてくださいって言っても、聞いてくれなくて……」

「なんで俺に――」

言わなかったのか、と言いかけて春太は口をつぐんだ。

雪季の気持ちは、察しがつく。

春太にこそ絶対に言えなかったのだろう。

雪季は春太に心配をかけたくなくて、言ってしまえば今のように駆《か》けつけてくるのがわかっていて。

だからこそ――雪季《ふゆ》は黙《だま》って耐《た》えてしまった。

無意識にSOSを発信するのが、雪季の精一杯《せいいっぱい》だったのだ。

「……お兄ちゃんが来たら、甘えてしまうってわかってましたから。私、お兄ちゃんがいなくても……一人で頑張《がんば》らなきゃいけないのに……」

雪季は、春太《はるた》がなにを言いかけたのか正確に察したようだ。

証拠《しょうこ》を摑《つか》もうと小賢《こざか》しいマネをしたり、今日の春太は失敗続きだ。

「よく話してくれた。よく頑張《がんば》った。でもな、あんなのは……耐《た》えなくていいことだ。助けを求めてもよかったんだよ、雪季」

「ダメなんです、お兄ちゃん……弱いままの私で……お、お兄ちゃんのところに帰りたくなかったから」

「帰る……？」

「いつか、必ずお兄ちゃんのところに帰るつもりでした。高校を出てからになるかもしれませんけど……いつか、絶対に」

「……奇遇《きぐう》だな。俺も、雪季を連《つ》れ戻《もど》すつもりだった。いつか、必ず、絶対に」

「血が繫《つな》がってなくても……同じこと考えちゃうみたいですね、私たち」

「血が繫《つな》がってなくても、兄貴だからな。俺のほうから迎《むか》えに来《こ》ないと」

「ええ、来てくれました……まだお兄ちゃんに会えるのはずっと先だと思ってましたけど……来てくれて、本当に……」

雪季は後ろから春太に抱《だ》きついたまま、言葉を詰《つ》まらせた。

春太は振《ふ》り向《む》きたかったが、その誘惑《ゆうわく》に必死に抗《あらが》う。

たぶん、雪季は泣いているだろう。

春太が来たことで安堵《あんど》したか、それともイジメに耐《た》えてきた感情が溢《あふ》れたか。

あるいは、その両方か。

今は、雪季は泣き顔は見られたくないだろうと——だから、春太は振《ふ》り向《む》かなかった。

ただ、さっきから触《ふ》れたままの手をしっかりと握《にぎ》り、背中で雪季の体温を感じていた。

凍《こご》えていた身体《からだ》は、もうすっかりあたたまっていた。


春太は着替《きが》えなど用意していなかったので、着ていた服をまた着るしかないと思っていたら。

予想に反して、着替《きが》えは用意されていた。

パーカーにジャージのズボン、下着までしっかりあった。

「あいつ、いつの間に……」

どれも見覚えのある服だった。

雪季《ふゆ》たちの引《ひ》っ越《こ》しの際に、兄妹《きょうだい》共用のクローゼットも整理された。

春太《はるた》はいくつか服が見当たらないことには気づいていたが、どさくさでゴミに出してしまったと思っていた。

雪季がこっそり持ち去っていたらしい。

なんのために持っていったのかは、考えないことにする。

春太はリビングに移動して、ソファに座り、とりあえずスマホを確認《かくにん》する。

セーラー女子たちを連れ去った松風《まつかぜ》からの連絡《れんらく》はない。

だが、あの友人に任せておけば大丈夫《だいじょうぶ》だろう。

春太は、いろいろな意味で松風のことをよく知っている。

「雪季ー！　ちょっと飲み物もらうぞ！」

「どうぞー！」

風呂《ふろ》を出ると自室に戻《もど》っていった雪季の声が聞こえてきた。

以前なら、そんなことを雪季に断る必要はなかった。

しかし、ここは桜羽家《さくらばけ》ではなく、冬野家《とうのけ》なのだ。

春太は冷蔵庫からオレンジジュースを取り出す。

雪季の好きな飲み物で、桜羽家でも常備していた。

熱いくらいにあたたまった身体《からだ》に、冷たいオレンジジュースが心地《ここち》よい。

コップを丁寧《ていねい》に洗って、振《ふ》り向《む》くと――

「ん？」

音もなく、雪季がリビングに現れていた。

「……って、なんだその格好は？」

「夏の少女です」

「秋だよ」

十月とはいえ、このあたりは既《すで》にかなり冷え込んでいる。

おかげで、危《あや》うく凍死《とうし》しかけたばかりだ。

にもかかわらず、雪季は涼《すず》しそうな白いワンピース姿だった。

ノースリーブで、丈《たけ》も短く、華奢《きゃしゃ》な肩《かた》や二《に》の腕《うで》、白い太ももあらわだ。

「寒く……はないか。暖房《だんぼう》全開だもんな。でも、なんでそんな服なんだ？」

「中三の夏の私を、お兄ちゃんに見てほしいんです」

「…………」

雪季は、イキイキとした表情で片手を広げてポーズをキメてみせた。

写真では、こちらの中学の制服やジャージ姿を何度も見ている。

だが確かに、春太は夏の雪季を一度も自分の目で見ていない。

「しかし、その白ワンピはずいぶん狙《ねら》ってるな」

「ここ、高原ですから。避暑地《ひしょ》で白ワンピの少女って、ポイント高くありませんか？」

「高い。しかも、黒髪《くろかみ》だもんな」

「うっ……か、髪《かみ》の色のことは言わないでください」

雪季《ふゆ》は、あうあうと唸《うな》りつつ髪《かみ》を撫《な》でる。その黒髪は涼しげな三つ編みにしている。

「うー、今時、髪《かみ》を染めるのもダメなんて厳しすぎますよね」

「そういう学校、多いだろうがな」

偏見《へんけん》かもしれないが、田舎《いなか》の学校ほど厳しいと春太《はるた》は思っている。

「髪《かみ》が黒くても、雪季は可愛《かわい》い。その白ワンピも最高に似合ってる。自分の目で見られてよかった」

「お兄ちゃんに褒《ほ》められるのが一番嬉《うれ》しいです。いいですよね、お嬢様《じょうさま》ワンピ」

雪季はにっこり笑って、くるりと一回転する。

短い裾《すそ》がふわっと舞《ま》って、その下の白いパンツがちらりと見える。

「……パンチラには気をつけろよ」

「私のパンツ見るの、久しぶりですよね。どうですか？」

「可愛《かわい》い。やっぱ、白が一番似合うな、雪季は」

「ありがとうございます。どんどん褒《ほ》めてください、お兄ちゃん」

「パンツを褒《ほ》められるのもどうか——って、パンツとか言わないほうがよかったよな」

「いえ、もう大丈夫《だいじょうぶ》です。お兄ちゃんがいれば、なにも気になりません」

どうやら、雪季は盗撮《とうさつ》されていたことは気にしていない——

そんなわけはない。

セーラー女子たちの口ぶりでは、何度もスカートの中を撮《と》られていたようだ。

中学生の女子が、同性にとはいえそんなところを撮《と》られて傷つかないはずがない。

「雪季。無理はすんな。ずっと気づいてやれなくて——本当に悪かった」

「……いえ、本当に無理はしてません。だって……」

雪季は、すすっと滑《すべ》るようにして春太に近づいて——抱《だ》きついてきた。

薄《うす》いワンピースの布地越《ご》しに、雪季の柔《やわ》らかな肌《はだ》の感触《かんしょく》が伝わってくる。

「雪季……？」

「だって、だって……んっ」

「…………っ！」

雪季は軽く背伸《せの》びをすると、春太と唇《くちびる》を重ねてきた。

ちゅうっと強く春太の唇《くちびる》を吸い上げるようにしてくる。

「ふ、雪季、おまえ……」

「だって、お兄ちゃんに会えたら……もう他のことなんてどうでもいいです。言葉だっていらないくらいです。ただ、私は、私は……」

雪季《ふゆ》は、もう一度キスすると春太《はるた》の首筋に腕《うで》を回して上目遣《うわめづか》いに見つめてくる。

その大きな瞳《ひとみ》はうっとりとしていて——

「お兄ちゃん、お兄ちゃんお兄ちゃんお兄ちゃんお兄ちゃんお兄ちゃんお兄ちゃんお兄ちゃんっ♡　お兄ちゃんお兄ちゃんお兄ちゃんっ、お兄ちゃん、お兄ちゃんお兄ちゃんお兄ちゃんお兄ちゃんっ♡、お兄ちゃんお兄ちゃんお兄ちゃんお兄ちゃんお兄ちゃんお兄ちゃんお兄ちゃんお兄ちゃんお兄ちゃんお兄ちゃんお兄ちゃんお兄ちゃんお兄ちゃんお兄ちゃん♡お兄ちゃん♡お兄ちゃん♡お兄ちゃん♡お兄ちゃん♡お兄ちゃん♡お兄ちゃん♡、お兄ちゃんお兄ちゃんお兄ちゃんお兄ちゃんお兄ちゃんお兄ちゃんお兄ちゃんお兄ちゃんお兄ちゃんお兄ちゃんお兄ちゃんお兄ちゃんっ、お兄ちゃんっ、お兄ちゃんっ………♡♡♡」

雪季は甘えた声で春太を何度も何度も呼びながら、顔を寄せて抱《だ》きつき、すりすりと頬《ほお》ずりし、春太の胸に額をつけ——ちゅっとキスしてくる。

「ふ、雪季……」

「お兄ちゃん、好きっ……私、やっぱりお兄ちゃんのそばにいたい……！」

春太は、今まで見たことがないほど猛烈《もうれつ》に甘えてくる雪季に——

もう、たまらなくなってしまう。

「雪季っ……」

「お兄ちゃんっ……！」

春太は雪季の華奢《きゃしゃ》な身体《からだ》を抱《だ》き寄《よ》せ、唇《くちびる》を重ねる。

あの夜の公園でたった一度だけ味わった、甘い唇《くちびる》。

一度だけで終わるはずだったのに――

雪季のほうからすがるように抱《だ》きつかれ、キスされたら――あのときの感触《かんしょく》がよみがえってしまった。

春太は夢中になって、とろけそうに柔《やわ》らかい唇《くちびる》をむさぼる。

小さくて薄《うす》い唇《くちびる》を自分の口の中に含《ふく》むようにして味わい、音を立てて吸う。

求め合う気持ちが溢《あふ》れすぎて、止まらない。

春太は目の前で唇《くちびる》を重ねている相手が、ほんの数ヶ月前まで実の妹だと信じて疑うことすらなかった。

間違《まちが》いなく、雪季のほうも同じだろう。

血の繋《つな》がりがなかったとはいえ、実の兄妹《きょうだい》だと信じて育った時間が消えたわけではない。

それでも――

これは禁断の行為《こうい》だという意識を、雪季への気持ちがねじ伏《ふ》せ、叩《たた》き伏《ふ》せ、心の奥底まで押し伏《ふ》せて、激しく唇《くちびる》を求めてしまう。

「ふぁっ……お、お兄ちゃぁん……♡」

苦しくなって、唇《くちびる》が離《はな》れると、雪季《ふゆ》はとろけきった声でつぶやいた。

その声が可愛《かわい》すぎて、春太《はるた》は雪季の華奢《きやしや》な身体《からだ》をさらに強く抱《だ》きしめる。

雪季も同じく春太の背中に腕《うで》を回してくる。

「お兄ちゃ……んっ……！」

「…………っ！」

先に舌を差し込んできたのは、雪季のほうだった。

小さく柔《やわ》らかな舌が春太の唇《くちびる》を押し開き、ねじ込むようにして口内に入ってくる。

妹が――あんなに小さかった妹が、こんなキスができるようになっていたのか。

その相手が自分であることが嬉《うれ》しく、同時にどこか切ない。

兄妹《きようだい》だったことなど、もうどうでもいい――

それでも、妹が変わったこと、妹を変えたのが自分であることが、なぜか苦しい。

兄妹《きようだい》としての時間が、今度こそ終わってしまうからかもしれない――

春太は切なさを感じながらも舌を絡《から》め合《あ》ってしまう。

互《たが》いに唇《くちびる》をむさぼり、舌を絡《から》め、吸い合い、じゅるっと音を立てながら唇《くちびる》が離《はな》れ――どちらかの、あるいは両方の唾液《だえき》が糸を引いた。

「はっ、ああっ……お兄ちゃん……」

「……あ、わ、悪い……苦しかったよな」

春太は、ふと雪季が息を荒《あら》げていることに気づいた。

一度、雪季の身体《からだ》から手を放そうとして——

「ダメ……です。んっ……んむっ！」

雪季は、さらに強くしがみつくように抱《だ》きついて、唇《くちびる》を重ねてきた。

「息なんかできなくていいから、もっとお兄ちゃんとキスしたいです……」

「ああ……！」

そうだ、呼吸ができないからなんだというんだ。

心臓が張《は》り裂《さ》けたってかまわない。

雪季を求める気持ちが、その程度のことで抑《おさ》えられるはずがない。

今ここで、雪季を離《はな》してしまうほうが、よっぽど苦しい。

春太は雪季を抱《だ》きしめ、むさぼるように唇《くちびる》を重ねていく。

「んんっ、んっ、んんーっ……んっ、お兄ちゃ……んっ、んむ……！」

「雪季っ……！」

いったいどれほどキスしていたのか——

気がついたときには、雪季はリビングのソファに倒《たお》れ込《こ》むようにして寝転《ねころ》んでいた。

「はっ、はぁっ、はぁっ……お兄ちゃん……♡」

白いワンピースの肩紐《かたひも》はズレて、華奢《きゃしゃ》な肩《かた》が剝《む》き出《だ》しになり、白のブラ紐《ひも》もあらわになっている。

裾《すそ》も激しく乱れ、めくれて、白のパンツもほとんど見えてしまっている。

「お兄ちゃん、私……ずっとお兄ちゃんに会いたかったです。たった何ヶ月かですけど、それでも……もう、会いたくて……」

「俺だって、そうだ。雪季《ふゆ》にずっと会いたかった……」

春太《はるた》は雪季にのしかかるような体勢になって、今度は軽く口づけた。

身体《からだ》を起こし、雪季の身体《からだ》をあらためて眺《なが》める。

真っ白な肌《はだ》は羞恥《しゅうち》で赤くなり、三つ編みにした髪も乱れ、妖《あや》しいほどの色香が溢《あふ》れている。

「んっ……お兄ちゃん……私、いい、いいですよ……？」

「…………」

「いえ、お兄ちゃんに……し、してほしい……です……」

雪季は顔を真っ赤にして言うと、起き上がって――するりとワンピースを脱《ぬ》ぎ捨《す》てた。

白の上下の下着だけという格好になり、恥《は》ずかしそうに自分の身体《からだ》をぎゅっと抱《だ》きしめている。

中三女子としては長身とはいえ、やはり女の子だ。

同じく背の高い春太《はるた》から見れば、充分《じゅうぶん》に小柄《こがら》で——可愛《かわい》らしい。

雪季《ふゆ》はまたソファに寝転《ねころ》がり、春太を上目遣《うわめづか》いで見つめてくる。

おまえは誰《だれ》だ——？

不意に、春太はそんなことを思ってしまう。

可愛《かわい》かった妹が、こんなにも綺麗《きれい》な一人の女になってしまっている。

俺が、雪季を女にしてしまっている……？

春太は頭を鈍器《どんき》でぶん殴《なぐ》られたようなショックを受けるとともに、身体《からだ》の奥底からさらなる衝動《しょうどう》が突《つ》き上《あ》げてくるのを感じた。

「雪季ちゃんは……私は、ずっとお兄ちゃんが好きでした……今でも……いいえ、今はもっと好きです……」

「ああ、俺も……きっと雪季のことが好きだった……今また、好きになった……」

「はい……」

春太はソファに乗っかり、雪季の身体《からだ》を優《やさ》しく抱《だ》きしめ——

ゆっくりと唇《くちびる》を近づけていった。

第10話　妹はもう可愛《かわい》いだけではいられない

暖房《だんぼう》でよどんだ空気が、開け放った窓から吹き込んでくる風と入《い》れ替《か》わっていく。

カーテンがひらひらと揺《ゆ》れ、差し込んでくる太陽の光が室内をあたためてくれる。

どこからか、かすかに鳥の鳴き声も聞こえてくる。

穏《おだ》やかで、しーんと静まりかえった時間が流れていく——

「……おかわり！」

「は、はい」

春太は、冬野家《とうのけ》のダイニングテーブルで食事の真っ最中だ。

ひたすら黙《だま》って食事をかき込んでいる。

「……お待たせしました」

「サンキュー」

春太は、雪季が置いたカレー皿に向かい、再び一心不乱にかき込んでいく。

「すみません……お兄ちゃんの食欲に圧倒《あっとう》されて、黙《だま》り込《こ》んでしまいました」

「ん？　ああ、悪い。こっちもついメシに夢中になってた」

と言ったときには、カレー皿の中身は半分ほどに減っていた。

「このカレー、昨日つくりすぎてママに叱《しか》られたんですよ。ウチじゃ、三日かかっても食べきれないって」

「あー……前の分量でつくったとか？」

「そのとおりです。たまに、ぼーっとしてて四人前つくっちゃうんですよね」

「つくりすぎてて助かったよ。マジでもう腹減って腹減って」

こちらに向かう途中《とちゅう》で何度かコンビニで水分補給はしたが、なにも食べていなかった。

「久しぶりに食ったけど、雪季《ふゆ》のカレーは世界一美味《うま》いな」

「ほ、褒《ほ》めすぎですよ……」

照れながらも、雪季はまんざらでもなさそうだ。

春太《はるた》は、お世辞を言ったつもりはない。

元々カレーは好物だが、辛《から》さといいコクといい、雪季のカレーが世界で一番春太の口に合う。

春太は立て続けにおかわりして、カレーをかきこみ——

「ふあーっ、美味《うま》かった！　ごちそうさまでした！」

「お、お鍋《なべ》にたっぷりあったのに全部平らげるなんて……お兄ちゃん、太っちゃいますよ？」

「久しぶりの雪季のカレーだからな。残すなんてもったいなさすぎる」

以前は、月に一回は食べていた雪季のカレーだ。

久しぶりに心ゆくまで食べられて、春太は満足する。

リビングに移動して、しばしくつろぐと——

「あの、お兄ちゃん、全然寝《ね》てないんですよね？　私のベッド、使っていいですから、まずは寝《ね》てください」

「いや、ちょっと寝《ね》たぞ。バイクにまたがったままだったが」

「それは眠《ねむ》ったとは言いません」

残念ながら、雪季の言ってることは正論だ。

「本当に寝《ね》てください。こっちです」

雪季は春太の手を取ってリビングを出て、廊下《ろうか》を進み、ドアを開けた。

ふわっ、と懐《なつ》かしい匂《にお》いがする。

「雪季の匂《にお》いがするな……」

「え？　当たり前じゃないですか」

これは、春太の部屋から失われた匂《にお》いなのだ。

泣きたくなるほど懐《なつ》かしい匂《にお》いだった。

「つーか、物少なっ……！」

「す、すみません」

「いや、謝らないでいいが……殺風景すぎるだろ、これ」

フローリングで八畳《じょう》ほどの部屋だ。

シンプルな白いカーペット、一〇〇円ショップで買ったのかと疑うほど安そうな木製の机。

ベッドはなく、カーペットの上にマットレスを置いただけの寝床《ねどこ》。

あとはクローゼットと、自宅でも使っていたドレッサー。

20インチ程度のTVとゲーム機。

必要な物は揃《そろ》っているが――最低限の家具しかない、という印象だ。

「あ、これ、正確にはベッドじゃないですね。でも、寝心地《ねごこち》は悪くないですよ」

「なんだ？　母さんは、おまえに家具を買ってくれなかったのか？」

「ち、違《ちが》いますよ。私が厳選に厳選を重ねたんですよ」

「厳選しすぎだろ」

春太《はるた》は、思わず舌打ちしそうになった。

冷泉《れいぜん》め、この部屋のことは黙《だま》ってやがったな。

彼女も夏に遊びに来た際に、雪季《ふゆ》の部屋には間違《まちが》いなく入っただろうが、春太には言えなかったようだ。

「お兄ちゃんのところへ帰るつもりでしたから。引《ひ》っ越《こ》すときのために、物は少なめにしてあるんです」

「ああ……そうか……」

春太がバイトを始めたように、雪季も実際に行動に移していた。

この部屋では不便なことも多かっただろうに。

雪季が春太のもとに帰ろうとしていたというのも、ただの妄想《もうそう》ではないのだ。

「私のお部屋はあとで好きなだけ見ていいですから。とにかく、寝《ね》てください」

「そうだな、そう言われたら眠《ねむ》くなってきた……」

春太は、どさりとマットレス——雪季本人が言うベッドに横になる。

部屋に入ったときよりも濃厚《のうこう》に、甘ったるい雪季の匂《にお》いがする。

「なあ、雪季も一緒に寝ないか？」

「えっ……」

雪季はびくっと身体《からだ》を震《ふる》わせ、かぁーっと耳まで赤くなってしまう。

「や、やっぱりさっきの続きを……ということですか？」

「え？　あっ、違《ちが》う違《ちが》う！　朝から疲れただろうから、隣《となり》で寝《ね》たらどうだって話だよ！」

そう——


春太と雪季は、一線を越《こ》えられなかった。

春太は、〝妹だった少女〟との行為《こうい》に踏《ふ》み込《こ》めず。

雪季は、〝兄だった少年〟を積極的に受け入れようとしている自分が怖《こわ》くなってしまった。

兄妹《きょうだい》だったという事実を振《ふ》り切《き》ったつもりだったが、最後の最後でブレーキがかかったのだ。

なにか一つ——もう少し勢いが働いていたら、最後の一線を越《こ》えていたのは間違《まちが》いない。

だが、二人は踏《ふ》み止《とど》まってしまった。

雪季《ふゆ》がなにを考えていたのか正確にはわからないが、春太《はるた》のほうは——

単なる〝兄妹《きょうだい》のスキンシップ〟ではなく、手や口で触《ふ》れた妹の身体《からだ》の柔《やわ》らかさと、雪季が
漏《も》らした甘い声に昂《たか》ぶると同時に、ためらいも感じてしまった。

雪季の身体《からだ》にも、今まで一度も触《ふ》れたことのないところもあった。

春太の手がそこに触《さわ》ったときの、雪季の声はまだ頭に残っている。

その聞いたこともない妹の甲高《かんだか》く甘い声が、逆に春太を思《おも》い止《とど》まらせた——

「そ、そうですよね、寝るだけですよね。じゃ、じゃあ、ちょっとだけ失礼して……」

ぽふっ、と雪季がベッドに横になった。

シングルのマットレスなので、さすがに狭《せま》い。

ぴったりとくっつくようにしなければ、はみ出してしまう。

白ワンピース姿の雪季が、春太に身体《からだ》を押しつけている。

「眠《ねむ》いのにな……気が昂《たか》ぶっててすぐには寝《ね》られないかもな」

「……なにかお話でもしますか？」

「そういえば、雪季の話を聞くばかりだったな」

「ええ、お兄ちゃんのことも――訊《き》いていいですか？」

「ああ」

「晶穂《あきほ》さんとお付き合いしてるんですよね？」

「……ああ」

いきなりの豪速球《ごうそっきゅう》だった。

芯《しん》で捉《とら》えてもバットをへし折るほどの猛《もう》スピードで来た。

「俺にカノジョができても殺さないって言ったよな？」

「ええ、殺しません。その気なら、とっくに私がそっちに行ってますよ」

「それ、仮定だけで怖《こえ》ぇな……」

雪季はおとなしい性格なのだが、なぜか時々怖《こわ》い。

春太は、付き合いが長いだけにそれをよく知っていた。

そういえば、冷泉《れいぜん》も雪季のＬＩＮＥでの一面を語っていたな、と思い出す。

「晶穂から聞いたのか……？」

「いえ、晶穂さんともＬＩＮＥのやり取りはしてますけど、ちゃんとは聞いてないです。でも、なんとなく……私、そういうことではカンがいいんですよ」

「……俺より雪季《ふゆ》のほうがずっと鋭《するど》いな」

春太《はるた》は、雪季の転校先での状況《じょうきょう》にずっと気づけないでいたというのに。

雪季のほうは、LINEでのやり取りだけで感づいていたとは。

「別に……お兄ちゃんにカノジョができたっていいんですよ、私は」

ちゅっ、と雪季が春太に軽くキスしてくる。

「……カノジョができてもいい相手に、こんなことするか？」

「だって、私は妹ですから。私は、まだ妹のままでいたいです。だから、カノジョができたっていいんです」

「妹、か……」

ずいぶんと春太に都合のいい話ではある。

晶穂《あきほ》と付き合っている上に、一線は越《こ》えなかったとはいえ、雪季ともあんなことを――

今もベッドに並んで横になり、キスしてしまっている。

それでも、雪季は許してくれるという。

俺は雪季の兄でいたいんだろうか？　それとも――？

情けないが、そう簡単に答えが出せる問いではなかった。

「ええ、パパやママがなんと言おうが、知ったことじゃありません。遺伝子なんて目に見えないものはどうでもいいです」

「雪季……だいぶ開き直ったな」

「ふふ、メンタルは妹でありながら、ボディは血が繋《つな》がってないって最強ですよね」

雪季はぎゅっと抱《だ》きつきながら、またキスしてくる。

「もう、ちゅーしたって倫理的《りんりてき》には問題ないですから。パパママが気にしない限りは」

「父さんたちのことは気にしなくていい。長いこと騙《だま》してくれたんだから、こっちも騙《だま》したって文句を言われる筋合いはないな」

「お兄ちゃんにそう言ってもらえれば、私ももう気にしません」

ぎゅううっと、雪季はしがみつくように抱《だ》きついてくる。

「晶穂さんのことも、気にしません」

「それは……本当に気にならないのか？」

「気にしたほうがいいですか？　嫉妬《しっと》して、晶穂さんの靴《くつ》に画鋲《がびょう》でも仕込《しこ》んだほうがいいですか？」

「古典的すぎて新しいな、そのイヤガラセ」

もちろん、雪季は冗談《じょうだん》で言っているのだろう。

雪季は、間違《まちが》っても暴力的な手段を使う性格ではない。

「真面目な話をしますと――自分でもちょっと不思議ではあるのですけどね。晶穂さんなら、あまり嫌《いや》な気がしなくて」

「ああ……あいつはなに考えてるかわからんが、悪いヤツじゃないからな」

「私、決してあの人が好きなわけじゃないんですけど」

「ちょいちょい怖《こわ》い発言を挟《はさ》んでくるよな、おまえ」

雪季《ふゆ》は文句があるのかないのか、どうにもはっきりしない。

「本当の本当のことを言うと、ちょっと怒《おこ》ってます。私がいない間に晶穂《あきほ》さんと――って」

「だよな……」

むしろ、なんとも思われないほうが春太《はるた》にはショックだっただろう。

春太も責められたほうが楽――いや、楽になろうとしてはいけないのだが。

「でも……でも、お兄ちゃんが私のところに来てくれたから、全部チャラにします。公園でも言いましたよね。お兄ちゃんは……私のヒーローですから」

ちゅ……と、雪季は春太の上に乗っかるようにして、キスしてくる。

春太は雪季の頭を撫《な》で、胸に押しつけるようにする。

「遅《おく》れて現れるところまでヒーローらしかったな」

「ピンチになるのも、悪いことばかりじゃありませんね……」

雪季の身体《からだ》の重みが、春太には心地《ここち》よい。

柔《やわ》らかな髪《かみ》の感触《かんしょく》、甘酸《あまず》っぱい香り、二つの胸のふくらみのボリューム、耳をくすぐるような優《やさ》しい声。

ああ、雪季が俺の腕《うで》の中にいる――

もう、それ以外のことはすべてどうでもよくなってしまった。

春太は、雪季の――妹の身体《からだ》を抱《だ》きながら、その心地《ここち》よさに溶《と》けてしまいそうだった。


あまりにも深い眠《ねむ》りだった。

夢も見ず、眠《ねむ》りが浅くなった一瞬《いっしゅん》に自分は死んでいたのではと思ったほどだった。

そんな錯覚《さっかく》もまた一瞬《いっしゅん》で、再び眠《ねむ》りに落ち――

「う……ん……」

春太は、いつもと違《ちが》う感触《かんしょく》のベッドに戸惑《とまど》いを感じて。

そうか、雪季のベッドを使わせてもらったんだと思い出す。

「あ……お兄ちゃん、起きたんですね。ちょうどよかったです」

「雪季……」

ベッドの横に、雪季のすらりと長い脚《あし》があった。

カメラを振《ふ》るようにして視線を上にズラすと――下着姿の妹がいた。

フロントにリボンがついた白いパンツ。

真っ白なお腹《なか》にへそ、レースで縁取《ふちど》られたブラジャー。

大きな瞳《ひとみ》に、わずかに微笑《ほほえ》んだ唇《くちびる》。

ストレートの長い茶色の髪《かみ》、編み込みに赤いヘアピン——

「……って、ちょっと待て！」

「お兄ちゃん、寝起《ねお》きいいですね」

「熟睡《じゅくすい》できたから——って、だからそうじゃなくて！　雪季《ふゆ》、その髪《かみ》どうした!?」

寝《ね》る前は黒髪《くろかみ》だったのに、起きたら茶髪《ちゃぱつ》になっている。

「染めました」

「染めましたって……」

「はい」

雪季は戸惑《とまど》う春太《はるた》ににっこり笑いかけて、白ブラウスを着る。

「三時間くらい寝《ね》てましたね。もっと眠《ねむ》ってもよかったですけど。髪《かみ》を染めるのは一時間もあれば余裕《よゆう》です。慣れてますしね」

「いや……こっちの学校、髪《かみ》染め禁止なんだろ？」

「学校は関係ありません」

「雪季、田舎《いなか》に馴染《なじ》めないのも悪い——みたいなこと言ってなかったか？」

「お兄ちゃんがいるんですから、可愛《かわい》くない黒髪《くろかみ》ではいられません」

冷泉《れいぜん》も言っていたように、雪季は黒髪《くろかみ》でも清楚《せいそ》で可愛《かわい》い。

だが本人はお気に召《め》さないようだ。

「んー……あれ、このスカート、ちょっとゆるいです。少し痩《や》せたんでしょうか」

「うん？」

雪季がはいているのは、春太には見慣れた紺色《こんいろ》のミニスカートだった。

「それ、前の中学の制服かよ。持ってきてたのか」

「はい、当然です」

雪季は、ソックスの位置を調整しながら振《ふ》り向《む》いた。

「毎日、お兄ちゃんに見せてた制服ですからね。茶髪《ちゃぱつ》と、この制服でいたいんです」

「そうか……うん、俺にもそのほうがしっくりくるな」

春太はベッドから下りて、雪季の前に立つ。

「ネクタイ、締《し》めようか」

「お願いします、お兄ちゃん」

雪季の言葉に頷《うなず》き、春太は受け取ったネクタイをきゅっと結んでやった。

「……やっぱ、ちょっと歪《ゆが》んでるな」

「これがいいんです」

雪季は頬《ほお》をわずかに染めて、ネクタイの結び目を愛《いと》しそうに撫《な》でた。

「つーか、雪季《ふゆ》は俺のやることならなんでも受け入れすぎじゃないか？」

「お兄ちゃんが、私が受け入れることしかしない、という説もあります」

「……俺たち、実の兄妹《きょうだい》として育ったのに、ろくにケンカもしたことなかったな」

「実の兄妹《きょうだい》じゃなくても……ケンカはしたくないです」

「そうだな、俺たちがケンカしてる場合じゃない。問題は山積《やまづ》みだからな……」

「あの、こんなの役に立ちますか？」

「ん？」

雪季は、ベッドの枕元《まくらもと》に放置していた自分のスマホを手に取った。

なにやら操作を始めて——

『あんたが教室にいると、ギスギスすんの。わかるでしょ？』

『いっつもつまんなそうな顔してさ。こっちだって、あんたの顔見てるとイライラすんの』

『転校生で目立ってるのに、そんなヤツがずっとふて腐《くさ》れてると、周りが迷惑《めいわく》なのよ』

「……あれ？　それって、さっきの……？」

「あの人たちは私からの反撃《はんげき》を想定してなかったみたいで。スマホも取り上げないし、チェックもしてなかったんですよね。お兄ちゃんなんて、真っ先にスマホを標的にしたのに」

「雪季も録音してたのか……」

「ええ、今日の分だけじゃなくて他にもいろいろと……」

雪季は、机の上にあるノートＰＣをちらりと見た。

データのバックアップも抜《ぬ》かりなく済ませているらしい。

「その音声、使っていいのか？　雪季が人に聞かれたくない会話もあるだろ？」

「お兄ちゃんが使いたいなら、かまいません」

「そうか……」

春太《はるた》は、こくりと頷《うなず》く。

雪季がただ黙《だま》ってやられるだけでなく、春太の助けを待つだけでなく、自力で事態を解決するために動いていたのだ。

雪季の成長が、春太には嬉《うれ》しかった。

手口が自分に似ているのは、少し気になるところではあるが。

「でもお兄ちゃん、私のことはいいんですけど――」

「ああ、わかってる。大丈夫《だいじょうぶ》だ」

できるだけ穏便《おんびん》に――雪季は、あのセーラー女子たちを傷つけたくないのだろう。

さすがに少しばかり甘いとは思うが、雪季はそういう女の子だ。

「あ、こういうのもあります。役には立たないと思いますけど。お兄ちゃんに送ろうか迷って、送らなかった写真です」

「……なるほどな」

雪季《ふゆ》のスマホに表示されているのは、夏休みに行われた、全国模試の結果——

決して上位ではないが、以前の雪季からは想像もできない得点と順位だ。

相当に勉強を頑張《がんば》ったのだろう。

「いや、充分《じゆうぶん》だ。これも役に立つよ」

さっきの音声データと、模試の結果。

これらがあれば、春太《はるた》が企《たくら》んでいた以上の選択肢《せんたくし》が浮《う》かんでくる。

「髪《かみ》とか制服とかじゃなくて、こんなことを企《たくら》んじゃうのが一番可愛《かわい》くないですよね……」

「そんなことない……なあ、雪季」

「お兄ちゃん？　きゃっ」

春太は、首を傾《かし》げた雪季を——妹を優《やさ》しく抱《だ》き寄せて。

すっと一度だけ軽く口づけする。

「雪季、おまえを今すぐ連れて行く。どうする、ケンカするか？」

「……私は、お兄ちゃんのやることならなんでも受け入れるんですよ」

雪季はにっこり笑って、彼女のほうからもキスしてきた。

春太は妹の唇《くちびる》を味わい、制服姿の彼女を抱《だ》きしめて——

その柔《やわ》らかくてあたたかくて——可愛《かわい》い妹を、ここから連れ出そうと決めた。

第11話　エピローグ・1

カーテンの隙間《すきま》からこぼれてくる朝陽《あさひ》に、目が覚めた。
春太は布団《ふとん》の中で身震《みぶる》いする。
十一月に入ったばかりなのに、ずいぶんと冷え込む朝だった。
枕元《まくらもと》のスマホを確認《かくにん》すると、まだ七時前だった。
春太が通う悠凜館《ゆうりんかん》高校では、毎年十一月のアタマに文化祭が開催《かいさい》される。
ここしばらくは、その準備に忙殺《ぼうさつ》されていた。
春太のような、部活にも委員会にも入っていない生徒はクラスでこき使われる。
クラスの出し物は、焼きそばの模擬《もぎ》店だった。
特に美味《うま》くもない焼きそばを、女子高生の客引きで買わせるという手口だ。
それに加え、春太には軽音楽部の手伝いもあった。
軽音楽部は、晶穂《あきほ》以外のメンバーは三年生で、既《すで》に引退済み。
文化祭では晶穂一人で出演することになった。
『ハル、派手に演《や》るよ！』
意外に晶穂はやる気満々でこう叫《さけ》んだものだ。軽音楽部はヘルプだったはずなのだが。

どうも、U Cube《ユーキユーブ》の登録者数が一向に伸《の》びない鬱憤《うつぷん》をぶつける場所を探していたらしい。

当たり前のように、春太《はるた》は晶穂《あきほ》の練習に付き合わされ、当日の機材の準備や撮影《さつえい》まで手伝うことになった。

『はぁー、彼氏《かれし》があたしを捨てて妹のところに逃《に》げていった。あー、捨てられたー』

などと、晶穂はわざとらしく落ち込んだフリをしていた。

これが本心なのかどうか、春太には判断しかねたが……。

実際、晶穂を置き去りにして雪季《ふゆ》のもとへ駆《か》けつけた引け目があったので、文化祭の手伝いを断れるわけもなかった。

晶穂の本心を探《さぐ》る暇《ひま》もないほど忙《いそが》しかったのも、ある意味では助かった。

もっとも、晶穂の単独での出演には不安があったが、それで正解だったのかもしれない。

晶穂はギター一本だけ抱《かか》えて体育館のステージに上がり、三曲を熱唱した。

メンバーが一人な分、晶穂に注目が集まり、ステージは信じられないほど盛り上がった。

最初の二曲は制服姿で、最後の一曲の前にステージ上でその制服を脱《ぬ》ぎ捨《す》て、キャミソールと太もも丸出しのホットパンツに着替《きが》える大サービス付きだった。

露出《ろしゆつ》の高い衣装《いしよう》で狭《せま》いステージを走り回りながらギターを弾《ひ》き、歌う晶穂の姿には春太も感動してしまった。

これだけ歌えて、なぜU Cubeの登録者数はようやく八〇〇人程度なのか？

不思議に思いつつ、晶穂のステージは無事に終わった。

文化祭出し物の人気投票では、驚《おどろ》きの二位に食い込む快挙だった。

そして、そんな文化祭も終わり、今日は振替《ふりかえ》休日——

「んー……」

寒くて、布団《ふとん》の外に出る気がしない。

シングルベッド、一つだけの机、一人で全部使えるクローゼットのドア。

ほんの数ヶ月前に、まるで別物に変わった目覚めの景色もさすがに見慣れた。

「おふぁようございまふー……」

「…………」

ガチャリ、といきなりドアが開いて少女が入ってきた。

もこもこしたパジャマ姿で、明らかに寝《ね》ぼけまなこだ。

「ふぁ……眠《ねむ》……」

入ってきた少女——もちろん、雪季だ。

雪季はモタモタとパジャマを脱《ぬ》ぎ捨《す》て、その下のタンクトップも脱《ぬ》ぎ捨《す》てる。

ぷるん、と弾《はず》むようにして中三らしくない大きな二つのふくらみが現れる。

「あふ……」

まだ寝《ね》ぼけながら、雪季はピンクのブラジャーを着け、丁寧《ていねい》に胸の形を整えながら、ぱちんと後ろのホックを留めた。

白いブラウスを羽織ってボタンを留め、紺色《こんいろ》のミニスカートをはく。

春太《はるた》のベッドのほうに背中を向け、軽く屈《かが》みながらハイソックスもはいていく。

屈《かが》んだときに、ピンクのパンツが当然のようにちらりと見えた。

「んー……ネクタイは、お兄ちゃんが起きたらでいいですか……」

「……おはよう、雪季《ふゆ》」

「あれ？　お兄ちゃん、もう起きてたんですか？　今日はもっとゆっくりかなって。起こしちゃいましたか？」

「いや、雪季が入ってくる前に目が覚めてた」

「もうー、起きてるなら言ってくださいよ」

雪季は、あははと苦笑《くしょう》してベッドに近づいてくる。

「おはようございます、お兄ちゃん♡」

雪季は屈《かが》んで春太に顔を近づけ、ちゅっと唇《くちびる》にキスした。

「起きてるなら、ちゃんと朝のご挨拶《あいさつ》をしないと。んっ、もう一回♡」

ちゅっ、ちゅっ、ちゅっと一回と言いながら二回キスしてくる。

「……なんか、これだとキリがないな」

「なくてもいいですけど、パパが出かける前に朝ご飯をつくらないと」

「そうだな。着替《きが》えたら、俺も下に行くよ」

「もう少し寝《ね》ていてもいいんですよ？　お疲《つか》れでしょう？」

「せっかくの雪季のメシが冷めたら困るからな」

「お兄ちゃんの分だけあとでつくってもいいですけど……お待ちしてますね」

「ああ」

朝起きると、雪季の——妹の顔がある。キスだってできる。

これ以上、なにを望むことがあるだろうか？


冬野雪季《とうのふゆ》は、桜羽家《さくらばけ》に戻《もど》ってきた。

もちろん、一度引《ひ》っ越《こ》して転校しているからには簡単な話ではなかった。

だが、雪季が録音していた、イジメのシーンの生々しい音声。

春太が遭遇《そうぐう》した雪季の同級生たちの様子の証言。

それらを聞かされた、桜羽の父と冬野の母は、迷わず問題解決に向けて協力してくれた。

雪季の希望どおり、事を荒立《あらだ》てない——同級生たちを糾弾《きゅうだん》しないという方針も決まった。

なにより雪季の意思が最優先されたものの、すぐに桜羽家に戻《もど》すという方向で話がまとまったわけではない。

父と母は、雪季《ふゆ》が家族や友人の前では明るいが、人見知りでコミュニケーション能力に欠けることも知っている。

ならば、転校先の同級生たちとも打ち解けられるように努力すればいい。

親としては、娘を甘やかしてばかりはいられないが——今の学校では、もうそれは難しいこともわかっている。

なにしろ、受験を間近に控《ひか》えた中学三年生でもある。

イジメの解決になど時間を使っている場合でもない。

幸い、雪季は成績が急激に上がっている。

出席日数、それに素行も特に問題はない。

両親はそれらの状況《じょうきょう》と、春太《はるた》からの熱心な説得を受けて——

雪季を桜羽家《さくらばけ》に戻《もど》すことに同意した。

春太が学校を休んで冬野家《とうのけ》に滞在《たいざい》し、父親も来て、一週間に亘《わた》る話し合いの末の結論だった。

ただし、いくつか条件があった。

雪季は現在の中学に籍《せき》を置いたままにする。

中三の十月に元の中学に戻《もど》るというのも、余計な騒《さわ》ぎを起こしかねないからだ。

これから一度も登校しなくても、卒業は問題なくできることも確認《かくにん》した。

学校側どころか、クラスメイトも雪季が浮《う》いていることは知っていても、イジメのことにはまるで気づいていなかったらしい。

雪季は、ポニーテールの霜月《しもつき》たちが責められずに済んでほっとしたようだった。

そんなお人好《ひとよ》しな雪季は、桜羽家で受験勉強に励《はげ》む。

調べたところ、雪季のような特殊《とくしゅ》な状況《じょうきょう》でも受験できる私立女子高があった。

ランク的にはごく普通《ふつう》だが、入試の成績さえ良ければ合格できるらしい。

雪季は塾《じゅく》などには通わず、自宅学習で受験勉強を進めることになった。

当然、春太も雪季の勉強を見るわけだ。

なんとか、話はまとまり――こうして雪季は無事に桜羽家に帰ってきた。

その雪季は毎日、朝起きるとこちらの中学の制服に着替《きが》えている。

登校しないので着替《きが》える必要はないが、〝スイッチを入れるため〟に制服を着ているらしい。

それと、以前とは異なることがもう一つ。

春太と雪季にとっては、こちらのほうが重要かもしれない。

雪季が桜羽家に戻《もど》るとしても、実の兄妹《きょうだい》でないことが明らかになった今、元通りというわけにはいかない。

部屋は別々にする、ということで話が決まった。

正直、春太は両親から条件の話を持ち出されたとき、なにが来るかと身構えたが――

「え？　それだけ？」と拍子抜《ひょうしぬ》けしたし、雪季も同じだっただろう。

だが、両親の気持ちもわかる。

突然《とつぜん》の離婚《りこん》に加えて、二人が実の兄妹《きょうだい》ではないとずっと隠《かく》していた。

さらに、強引《ごういん》に春太《はるた》と雪季《ふゆ》を引《ひ》き離《はな》したら、引《ひ》っ越《こ》し先で雪季がイジメに遭《あ》ってしまった。

親たちからすれば、春太と雪季に後ろめたいのだろう。

結局は、春太と雪季を引《ひ》き離《はな》そうとしたことも、世間体《せけんてい》を気にした両親の都合でしかない。

だからこそ、その程度の条件で引き下がってくれたのだろう。

春太と雪季も同じ家で暮らせるなら、部屋が別々になるくらいは受け入れられた。

「あれ、父さんは？」

「あ、ちょうど出たところです。今日は、朝から会議だとか」

春太が着替《きが》えてリビングに下りると、もう父親の姿はなかった。

制服にエプロン姿の雪季が、父の分の食器を片付けているところだった。

「ずいぶん慌《あわ》ただしいな。また忙《いそが》しくなってきたのか」

「朝早く行って、帰りを早くしたいみたいですね」

「そんなに上手《うま》くいかんだろ。仕事なんて、ヨソの都合もあるだろうし」

「私のことで苦労させてしまいましたし、働きすぎは心配ですね……」

「雪季は本当にお人好《ひとよ》しだな……」

春太は、ぼそりとつぶやく。

自分が親に振《ふ》り回《まわ》されて被害《ひがい》を受けたのだから、少しは恨《うら》みに思ってもいいだろうに。

父親のほうは、要するに血の繋《つな》がらない娘《むすめ》を育てることになったわけだ。

その父は「雪季は俺の娘《むすめ》だ」と断言、自分の責任で雪季を育てると決めてくれた。

「さっき、ママからも電話ありましたよ。出勤前だったので、すぐ切っちゃいましたけど」

「母さんもマメだな」

「心配してるんですよ。私のことも、お兄ちゃんのことも」

母親のほうは、とりあえず雪季の養育費を出すことになった。

向こうで母は一人になってしまったわけで――雪季はそれも気にしているようだ。

もっとも、母は前から月に一度は仕事でこちらに来ていたらしい。

雪季に悪いので、母は春太には会いにこなかったようだが、これからは兄妹《きょうだい》と会うことになっている。

「そうか、雪季の心配性《しんぱいしょう》は母さん譲《ゆず》りかもな」

「あー……実はママ、お兄ちゃんがバイト始めたって聞いてすっごくオロオロしてました。ちゃんと働けるのか、過労で倒《たお》れないかって」

「バイトが過労って、ブラックすぎんな。まあ、俺も母さんにマメに連絡《れんらく》するようにしよう」

ルシータがブラックからほど遠いことを、母は知らなかったらしい。

雪季はルシータの客の少なさを知っていたので、あまり心配していなかったようだ。

「そうしてください。あ、朝ご飯食べますよね。すぐに食べられますよ」

雪季《ふゆ》が並べてくれた朝食を、二人で食べ始める。

ご飯と味噌汁《みそしる》、鮭《さけ》のバター焼き、玉子焼きに昨日の残り物の野菜の煮物《にもの》だ。

「うん、美味《うま》い……やっぱ、朝から雪季のメシが食えるのは最高だな」

「私も、朝からお兄ちゃんにご飯を食べてもらえるのは最高です」

「……なんか、雪季のほうが損してる気がするが」

「幸せは人それぞれなんですよ、お兄ちゃん」

負うた子に教えられてというやつか、と春太《はるた》はしみじみする。

「朝から可愛《かわい》い雪季の生着替《きが》えもまた見られるようになったしな」

「生って……お兄ちゃんのそばで朝の準備をしないと調子が出ないんですよね、私」

「すげぇクセがついたもんだな」

部屋は別々になったが、雪季は毎朝着替《きが》えのために春太の部屋にやってくる。

父親も察しているようだが、特に文句は言ってこない。

毎朝、キスしていることまでは気づいていないようだが。

「朝飯食ったら、さっそく勉強を始めるか。今日は休みだから、一日みっちり見てやれるな」

「そ、そう来ると思ってました。でも、せっかくの振替休日《ふりかえ》なのに、いいんですか？」

「別に予定もねぇし。松風《まつかぜ》は今日も部活だしな」

その松風は、雪季を吊《つ》るし上《あ》げていたセーラー女子たちを軽くシメたらしい。

ポニーテールの霜月《しもつき》も夏までバスケ部で、しかも自宅にバスケットゴールがあるというので、そこで遊んでやったそうだ。

セーラー女子たちは体力モンスターの松風の相手で、ボロボロに精根尽《つ》き果《は》てたらしい。

お仕置きとしては軽すぎるが――雪季も戻《もど》ってきたので、春太はもう忘れることにしている。

「えーと……晶穂《あきほ》さんは？」

「あいつは、今日は死んでるよ。昨日、ステージでハジけまくってたからな」

昨夜は、春太が晶穂を家まで送ったが、その時点でもう半分寝《ね》ていた。

「昨日のステージは俺が動画撮《と》ったんだよ。それ、ウチで編集することになってる」

「ＵＣｕｂｅ《ユーキューブ》に投稿《とうこう》するんですか？」

「どうかな。顔を全部モザイクにしても誰《だれ》だかバレるよなあ。あいつは身バレは気にしないっつーけど、さすがにな」

ただ、編集した動画は四月の新入生の勧誘《かんゆう》に使うのは確実らしい。

部員一名の軽音楽部はこのままだと廃部《はいぶ》の危機なので、いろいろやってみるようだ。

晶穂の家のＰＣはスペックが低いので、桜羽家《さくらばけ》のＰＣで編集することになったのだ。

「いいから、雪季は勉強に集中しろ。おまえ、専願なんだし落ちたら高校浪人《ろうにん》だぞ」

「あのー、繊細《せんさい》な受験生に落ちるとか浪人《ろうにん》とかはやめません？」

雪季《ふゆ》は苦笑《くしょう》している。

春太《はるた》が話を強引《ごういん》に変えたことに気づいているだろう。

妹は、兄と晶穂《あきほ》の関係を気にしているのだ。

一方で晶穂は――雪季が桜羽家《さくらばけ》に戻《もど》っても、これまでと特に様子は変わらない。

もちろん、晶穂のほうは春太と雪季の血が繋《つな》がっていないことを知らないのだが――


『別に、妹とイチャついたっていいんじゃない。誰《だれ》が困るもんでもないし』


などと、春太と雪季が家でなにをしているのか、感づいているフシもある。

強がっている風でもなく、本気でそう言っているらしい。

だが、春太の行動は常軌《じょうき》を逸《いっ》しているし、この兄妹《きょうだい》の関係が普通《ふつう》ではないことも晶穂はわかっているだろう。

それでいて、春太と雪季の関係を気にしていないのは、どうあっても兄妹《きょうだい》ということで安心しているのか、それとも……。

春太は、雪季がいなかった間に、晶穂がどれだけ大きな存在になったかよく理解している。

そうでなければ、いくら春太が弱っていたといっても、付き合うことも深い関係になることもなかった――

雪季を連《つ》れ戻《もど》したとはいえ、問題が山積みなことに変わりはない。

ただ、まず重要なのは雪季の受験。

人生にすら関わってくることなので、最優先なのは当然だ。

だが、春太には晶穂との関係をどうしていくのか──

雪季も晶穂も現状維持《いじ》を選んだようだが、春太がそれに甘んじていいはずがない。

誰《だれ》も傷つかずに、この問題を解決することはかなわないだろう。

答えを出すべきときは、先延ばしにはできない。


「よし、ここで一区切りにしよう」

「ふぇ～っ……」

べしゃっ、とリビングのテーブルに突《つ》っ伏《ぷ》す雪季。

ちょうど時刻は午後三時。

雪季が数学の問題を一ページ解き終えたところで、春太は妹を休ませることにした。

妹が受験する女子高の受験科目は、英・国・数の三科目。

雪季は得意科目はないが、逆に苦手な科目もないのが救いだ。

受験校の過去問を解かせてみたところ、思っていた以上の高得点だった。

引《ひ》っ越《こ》し先で勉強を頑張《がんば》っていたのが効いているらしい。

「雪季《ふゆ》、よくできてるぞ。このまま頑張《がんば》っていけば、ちゃんと受かるからな」

「は、はい、お兄ちゃん。私、頑張《がんば》ります」

春太《はるた》は、ただ勉強を教えるだけでなく、雪季のメンタル面を重視している。

雪季は、褒《ほ》められて伸《の》びるタイプ——かどうかはわからないが、春太が頑張《がんば》れと言えば頑張《がんば》ってくれる。
・
良くも悪くも、春太の言葉を鵜呑《うの》みにしてしまう。

ならば、不安を煽《あお》らず、褒《ほ》めて安心させたほうが良《い》い結果に繋《つな》がるだろう。

春太としても、可愛《かわい》い妹は褒《ほ》めてやりたい。

「もう少しやりましょうか？　私、まだ頑張《がんば》れます。まだ舞《ま》えます」

「舞《ま》わなくていい。ゲーム実況《じっきょう》じゃねぇんだから……ん？　スマホ、鳴ったぞ」

「あ、ちょっとすみません……ん？　れーちゃんからです」

「冷泉《れいぜん》から？」

LINEのメッセージが届いたようだ。

雪季はスマホをしばし操作して——

「れーちゃんの家で、ひーちゃんと一緒《いっしょ》に勉強しないかって」

「今からか？　ああ、あいつらはちょうど学校が終わったとこか。でも、雪季は午前中から目《め》

「一杯《いっぱい》勉強したんだしなあ……」

「せっかくのお誘《さそ》いですし、行ってきます」

「そうか？　まあ、志望校は違《ちが》うが、二人と勉強するのもいいかもな」

「はい」

結局、雪季は春太と同じ悠凜館《ゆうりんかん》の受験は叶《かな》わないわけだが――

何事もなくても、おそらく雪季は悠凜館《ゆうりんかん》に合格はできなかっただろう。

悠凜館《ゆうりんかん》を受験する氷川《ひかわ》と冷泉に思うところはありそうだが、雪季は気にしないようにしているようだ。

「レイゼン号って名前と、ペアシートでのお勉強についてもそろそろ問《と》い詰《つ》めたいですし」

「…………!?」

「冗談《じょうだん》です。あ、晩ご飯も一緒《いっしょ》にってお話なんですけど」

「……ああ、こっちの晩飯はどうとでもするよ。帰りは迎《むか》えに行くから」

「ありがとうございます、お兄ちゃん」

雪季は、にこっと笑ってノートや問題集を抱《かか》えてリビングを出て、すぐに戻《もど》ってきた。

制服の上にコートを羽織り、リュックを背負っている。

「雪季、気をつけて行ってこいよ」

「はぁい、行ってきます」

雪季《ふゆ》は弾《はず》むような足取りで、リビングを出て行った。
気心の知れた親友たちと勉強をするのは、いい気晴らしになるだろう。
引《ひ》っ越《こ》し先であんなことがあったのだから——
春太《はるた》は、雪季にはこの生まれ育った土地で楽しく生活してほしかった。

第12話　エピローグ・2

春太は、冷泉《れいぜん》たちとの勉強会に出かける雪季を見送り――

リビングのソファに座り込み、ふうっと息をつく。

部屋こそ別々になったが、以前よりも雪季とのスキンシップは濃厚《のうこう》になっている。

いや、スキンシップなどというレベルではない。

雪季が戻《もど》ってきてから、父が早く帰宅することもたまにあるので、一緒《いっしょ》に風呂《ふろ》に入ることこそなくなったが。

キスして抱《だ》き合《あ》い、盛り上がればそれ以上の行為《こうい》に及《およ》ぶこともある。

最後の一線こそ越《こ》えていないが、それも時間の問題かもしれない。

メンタル的には間違《まちが》いなく妹である雪季と、そんな関係になっていいのか。

だが、予感もある。

おそらく、次にそうなる時は倫理《りんり》も道徳も吹《ふ》っ飛《と》ぶだろう――と。

だが、問題はそこではないかもしれない。

春太には――カノジョがいる。

妹が妹でなくなったあの頃《ころ》に、春太は晶穂《あきほ》に救われたとさえ思う。

雪季《ふゆ》も思うところがあっても、晶穂《あきほ》とのことを認めてくれている。

その晶穂のほうは、なにを考えているのか春太《はるた》にもよくわからないが——

「……あいつの動画、軽く編集しとくか」

文化祭の準備でバタバタしていて、晶穂とは軽音楽部のステージのこと以外でほとんど話もできていなかった。

晶穂とは、一度真面目に話し合う必要があるだろう。

春太は自分が身勝手で、流されてしまっている自覚はある。

晶穂も雪季も、この状況《じょうきょう》をなんとも思っていないはずがない。

春太は、自分の意思で雪季に会いに行き、連《つ》れ戻《もど》した。

今度は、晶穂に対しても能動的に向き合わなければならない。

あるいは——文化祭ステージの編集が、晶穂との最後の関わりになるかもしれない。

そうなったとしても、春太に文句を言う資格はないだろう。

いや、晶穂にどれだけ責められ、なじられても仕方がない。

そう覚悟《かくご》する一方で、晶穂と別れたくないという想《おも》いも確かにある。

もう、晶穂の存在もとっくに大きくなりすぎている——

「……っと、今はゴチャゴチャ考えずに作業しよう」

止めどなく悩《なや》んでしまいそうなので、春太は頭を振《ふ》って切《き》り替《か》える。

「こっちのデスクトップでやるか」

春太の部屋にもノートPCが一台あるが、スペックが低い。

リビングには家族共用のデスクトップPCがあり、そちらは父親が「作曲と動画編集に使いたい」と用意したハイスペックなシロモノだ。

とはいえ、仕事で疲《つか》れ果《は》てている父が作曲したり子供たちを撮影《さつえい》した動画を編集するはずもなく、たまに兄妹《きょうだい》がゲームに使う程度だ。

「ゲーミングPCを自作するのもアリだな……」

春太はPCを起動させて、クラウドに上げておいた撮影《さつえい》データを確認《かくにん》しつつ、つぶやく。

春太と雪季は家庭用ゲームがメインだが、猛者《もさ》が多いPCゲームに挑《いど》むのも面白《おもしろ》そうだ。

「っと、またいらんこと考えてるな。ふーん……三曲分となると時間かかりそうだ」

春太は以前にも、晶穂のU Cube《ユーキューブ》動画を編集している。

父親が買った多機能な編集ソフトもあるので、作業環境《かんきょう》は充分《じゅうぶん》だ。

だが、動画の編集作業はとにかく時間を食《く》い潰《つぶ》す。

手軽に済ませるなら一時間もかからないが、こだわり始めれば際限がない。

春太は細かいことが気になるタチなので、つい手間暇《てまひま》をかけてしまう。

文化祭の軽音楽部のステージは、デジタルカメラで春太が撮《と》り、スマホでも定点撮影《さつえい》し、文化祭スタッフも別カメラで撮影《さつえい》してくれた。

文化祭スタッフの撮影《さつえい》データも即座《そくざ》にクラウドに入れてもらっている。

「やべぇ、調子に乗って三つもカメラ使うんじゃなかった……」

素材が多すぎる上に、いつも晶穂《あきほ》の動画は一曲のみなのに今回は三曲もある。

トータルで十五分もないが、三つの動画を組み合わせるなら、無限に選択肢《せんたくし》が出てくる。

まずは三つの動画を粗《あら》く繋《つな》ぎ合《あ》わせてから、晶穂と相談しながら編集していくつもりだ。

そのつもりだったのだが――

「うーん……」

つい、きちんと繋《つな》ごうといろいろ悩《なや》んでしまう。

あーでもないこーでもないと、唸《うな》りながら映像を繋《つな》いでいく。

アップが多いと映像が単調になるが、変にアングルにこだわらず、晶穂の顔がよく見えるように編集するのが一番見栄《みば》えがいい。

春太《はるた》はあらためて、晶穂が雪季《ふゆ》に劣《おと》らない美少女であることを確認《かくにん》する。

それに――

「あの魔女《まじょ》さんに、マジでそっくりだな」

春太は、晶穂の顔のアップを眺《なが》めつつ苦笑《くしょう》してしまう。

映像で客観的に観《み》ると、いつか見た晶穂の母親に瓜二《うりふた》つなのが余計にはっきりする。

母親が若々しいので母子には見えにくいが、姉妹《しまい》と言われて納得《なっとく》しない人間はいないだろう。

晶穂のU Cube《ユーキューブ》に母親も出演してもらったら相当なインパクトがあるのでは？

そんなアイデアをとりとめもなく考えつつ、映像をいじってると——

「ただいま。なんだ、春太。おまえだけか？」

「ああ、父さん。お帰り……って、ずいぶん早いな？」

「父さんだって、たまには早く帰ってくる。今日は朝早かったしな。雪季は？」

「今日は友達と勉強して、晩飯も食ってくるらしい」

説明しながら、春太はいつの間にか三時間ほども経過していることに気づいた。

「悪い、買い物してないや。弁当でも買ってくるか」

「あとで父さんが車出すよ。前から気になってた弁当屋があるんだ。美味《うま》かったら、今度雪季にも買ってこよう」

「俺らは実験台かよ」

「春太はなに食ったって腹壊《こわ》さないだろう。ん？　なんだ、ライブかこれ？」

「ああ、文化祭のステージだよ。友達の演奏を撮影《さつえい》したんだ」

「ほぉー、友達の。いいなあ、こういう手作り感のあるステージ」

父は、少年のように目を輝《かがや》かせてPCのモニターを見つめている。

ロングの映像で一時停止させていて、晶穂の顔はよく見えない。

だが、学校のステージだというのがはっきりわかるカットだ。

「これ、見せてくれないか？　父さんも若い頃《ころ》はよくライブを観《み》に行ったもんだよ。あの頃《ころ》はよかったなあ」
「年寄りくせぇな。雑に繋《つな》いだだけのヤツでいいなら、再生するよ」
春太《はるた》はマウスを操作して、今出来上がったばかりの三曲通した映像を再生する。
ここから、調整を繰《く》り返《かえ》していくわけだが、それが何時間かかることか。
気が遠くなりそうになりつつも、実はワクワクしていると——
「ん？」
ＰＣのキーボードのそばに置いてあったスマホにＬＩＮＥのメッセージが着信した。
スマホを取り上げ、メッセージを確認《かくにん》する。
【ＡＫＩＨＯ】［今から行っていい？］
【春太】［急だな。こんな時間に？］
【ＡＫＩＨＯ】［昨日のステージの映像、早く観《み》たいから。つか、起きたのさっき］
【春太】［どんだけ寝《ね》てたんだよ］
【ＡＫＩＨＯ】［ハルのことだからもう編集してるんでしょ？］
【春太】［まだ適当に繋《つな》いだだけだけど］
【ＡＫＩＨＯ】［さすが、頼《たよ》れる男だね。ていうか、もうハルんちのすぐそば］

【春太】［事後承諾《しょうだく》かよ。まあ、いいけど。もう暗いから迎《むか》えに行くか？］

【ＡＫＩＨＯ】［いいよ、すぐ着くから］

「……ふう」

春太はため息をついた。晶穂《あきほ》はマイペースすぎる。

「ああ、そうだ。父さん、前からここのコンポ聴《き》きにきてるヤツと会いたいって言ってたよな。今から——」

「春太」

「ん？」

モニターに向かっている父が、食い入るような目つきで映像を観《み》ている。

いや、まるで睨《にら》んでいるかのようだ。

春太のほうを見ようともしない。

「この歌ってる子、おまえの友達なんだな……？」

「ああ。同じクラスだよ」

「同じクラス……春太と同い年ってことだな……？」

「当たり前だろ」

友達どころかカノジョなのだが、親に説明するのは気恥《きは》ずかしい。

それに、今の状況《じょうきょう》では、晶穂《あきほ》との関係も今後どうなるか怪《あや》しい。

「この子……まさか、〝月夜見《つくよみ》〟って珍《めずら》しい苗字《みょうじ》だったりするか？」

「あれ？　俺、あいつの名前教えたっけ？」

「……いや、一度も聞いてない」

「は？」

いったい、父親はなにを言っているのだろう。

父は、少し黙《だま》り込《こ》んでいたかと思うと——映像に目を向けたまま口を開いた。

「春太《はるた》、おまえに説明したよな。父さんの前の離婚《りこん》——春太の生みの母親と離婚《りこん》した理由も」

「正直、あんまりよく聞いてなかった。なんか、ふわっとした話だったような」

「そう……だったかもな」

「だいたい、母さんとの離婚《りこん》だけでいっぱいいっぱいなのに、そんな話まで頭に入らねぇよ」

「あ、ああ。それはそうなんだが。まさか、そんなことは……」

「だから、なにが言いたいんだよ？」

「いや……この子とは、音楽の趣味《しゅみ》が合いそうだと思ってな」

「全然話が繋《つな》がってねぇぞ」

春太が首を傾《かし》げていると——ピンポーンとチャイムが鳴った。

「おっと、ちょっと出てくる」

父親の話は気になるが、晶穂を玄関《げんかん》で待たせるわけにもいかない。

春太が玄関《げんかん》ドアを開けると、当然ながら晶穂が立っていた。

厚手のパーカーに、ホットパンツに黒タイツという格好だ。

「パーカーだけかよ。寒そうだな」

「あたし、寒さには強いんだよね。分厚い上着とか嫌《きら》いだし。雪季《ふゆ》ちゃんは？」

「今日は、友達と晩飯食ってる。でも、代わりに親父《おやじ》がいるぞ」

「…………っ」

「おまえが会いたがってた待望の親父《おやじ》——って、なんだ？」

靴《くつ》を脱《ぬ》ごうとしていた晶穂が転びそうになり、春太は慌《あわ》てて彼女を支える。

「あ、危ねー。なにしてるんだ、晶穂？」

「ああ、うん。サンキュー」

「…………？」

春太は、晶穂の肩《かた》と腰《こし》を掴《つか》んだまま首を傾《かし》げる。

晶穂は礼を言いながらも、うつむいたままで顔を上げようとしない。

「どうかしたのか、晶穂？　やっぱ、まだ疲《つか》れてんのか？」

「うん……ちょっと、昨日はハシャぎすぎたかもね」

「それか、寝過《ねす》ぎだな。まだ目が覚めてないんじゃねぇか？」

「大丈夫《だいじょうぶ》、目はバッチリ覚めた……かな」

「……それならいいけどな」

明らかに様子がおかしいが――

とりあえず、春太《はるた》は彼女をリビングへ連れて行く。

「ん？」

廊下《ろうか》の途中《とちゅう》で、晶穂《あきほ》がくいっと春太の袖《そで》を摑《つか》んでくる。

「どうした、晶穂？」

「ごめんね、ハル。本当は――こ、こんなつ、つもりじゃ、な、なかった」

「今日はずいぶん殊勝《しゅしょう》だな。まあ、早く映像確認《かくにん》したいのはわかるが、来るときは連絡《れんらく》しろよ。小学生じゃねぇんだから」

「……だよね」

晶穂は袖《そで》を放すと、おとなしくついてきて、二人でリビングに入った。

「父さん、そのステージの子だよ。月夜見晶穂《つくよみあきほ》って言って――」

「…………っ⁉」

父親が、驚《おどろ》くような素早《すばや》さで振《ふ》り向《む》いた。

それから、晶穂の顔をじっと凝視《ぎょうし》して――凍《こお》りついたようになる。

「はじめまして、月夜見晶穂です――桜羽真太郎さん」

「………っ！　き、君はまさか本当に……でも、その顔は……！」

「……晶穂？　おまえ、なんで父さんの名前を……？」

「そりゃ知ってるよ」

晶穂はなぜか目を閉じてうつむいてから——ぱっと顔を上げ、にっこり笑う。

春太でも見たことがない、満面の笑《え》みだった。

「そちらも、月夜見秋葉《つくよみあきは》——母の名前をよくご存じですよね」

「ほ、本当に彼女の……あ、秋葉《あきは》の……!?」

晶穂と父がなにを話しているのか——春太には理解できない。

いや、少ない情報量でもおぼろげに察しがつくが——理解することを感情が止めている。

「そっちにも、あらためて挨拶《あいさつ》しとくよ。ハル——ううん」

晶穂は、一瞬《いっしゅん》だけ寂《さび》しそうに眉《まゆ》をしかめて。

やはり、にっこりと笑い、唇《くちびる》を動かした——

「はじめまして、お兄ちゃん」

妹はカノジョにできないのに

IMOUTO HA KANOJO NI
DEKINAI NONI

Yukagami Presents
Illust by sankuro

To Be Continued

第2巻に続く

あとがき

どうも、鏡遊《かがみゆう》と申します。電撃《でんげき》文庫さんではお初です。

こちらの作品は、ネット小説投稿《とうこう》サイト『カクヨム』さんに掲載《けいさい》させていただいたものがベースになっております。

当初のタイトルは『妹はカノジョにできない』でした。残念ながら、なかなかPV数などが伸《の》びなかったため、若干《じゃっかん》クレイジーな長文タイトルに変更《へんこう》してみたら、少しずつ読んでいただけるようになり、ランキングでも上位に食《く》い込《こ》めるようになりました。やったね！

まあ、そうなったら「元のタイトルのほうが良かった」というご意見もいただくようになったんですけどね（笑）。ままならないものです。

この書籍《しょせき》版で、さらにタイトルが変更《へんこう》になりました。最初のタイトルを少しイジったものですが、たった二文字付け加えるだけで変わるものです。思わせぶりな印象が強まって、良《い》いタイトルになりました。今後はもう、タイトルが変更《へんこう》されることはないでしょう。

内容については、ご覧のとおり可愛《かわい》い妹とイチャイチャするお話――と見せかけて、ドガッと崖《がけ》の下に蹴《け》り落とすような展開です。

普通《ふつう》に商業で企画《きかく》を出したら通るかどうか、かなり怪《あや》しい路線ですね。こんなやべぇ作品を拾っていただけた電撃《でんげき》文庫さんには感謝しかありません！

基本、カクヨム版そのまま——にするつもりだったのですが、出版にあたってかなり書き直しています。別にヤバいところを削《けず》ったわけでは全然なく、晶穂《あきほ》絡《がら》みの加筆が多かったかも。

初見の方はもちろん、カクヨム版既読《きどく》の方にも楽しんでいただけると思います！

というか、カクヨム版から際《きわ》どい描写《びょうしゃ》も多々あったのですが、それらも書籍《しょせき》版にそのまま通せたのもありがたかったですね。

イラストの三九呂《さんくろ》先生、可愛《かわい》い雪季《ふゆ》や晶穂、ヒロインたちをありがとうございます！　まったくビジュアルイメージがなかった世界が、一気に広がりました！

この作品を拾ってくださった担当さん、だいぶ業界ズレした自分にはまぶしいやる気の持ち主で、本当に感謝しております。

この本の制作・出版・販売《はんばい》などに関わってくださった皆様《みなさま》、ありがとうございます。

なにより、カクヨムの読者さま、そしてこの本の読者の皆様《みなさま》に最大限の感謝を。

最後に唐突《とうとつ》ですが、実はこの作品、なんと二ヶ月連続刊行予定です！

また来月、お会いできたら嬉《うれ》しいです！

２０２２年春　鏡遊

二ケ月連続刊行！

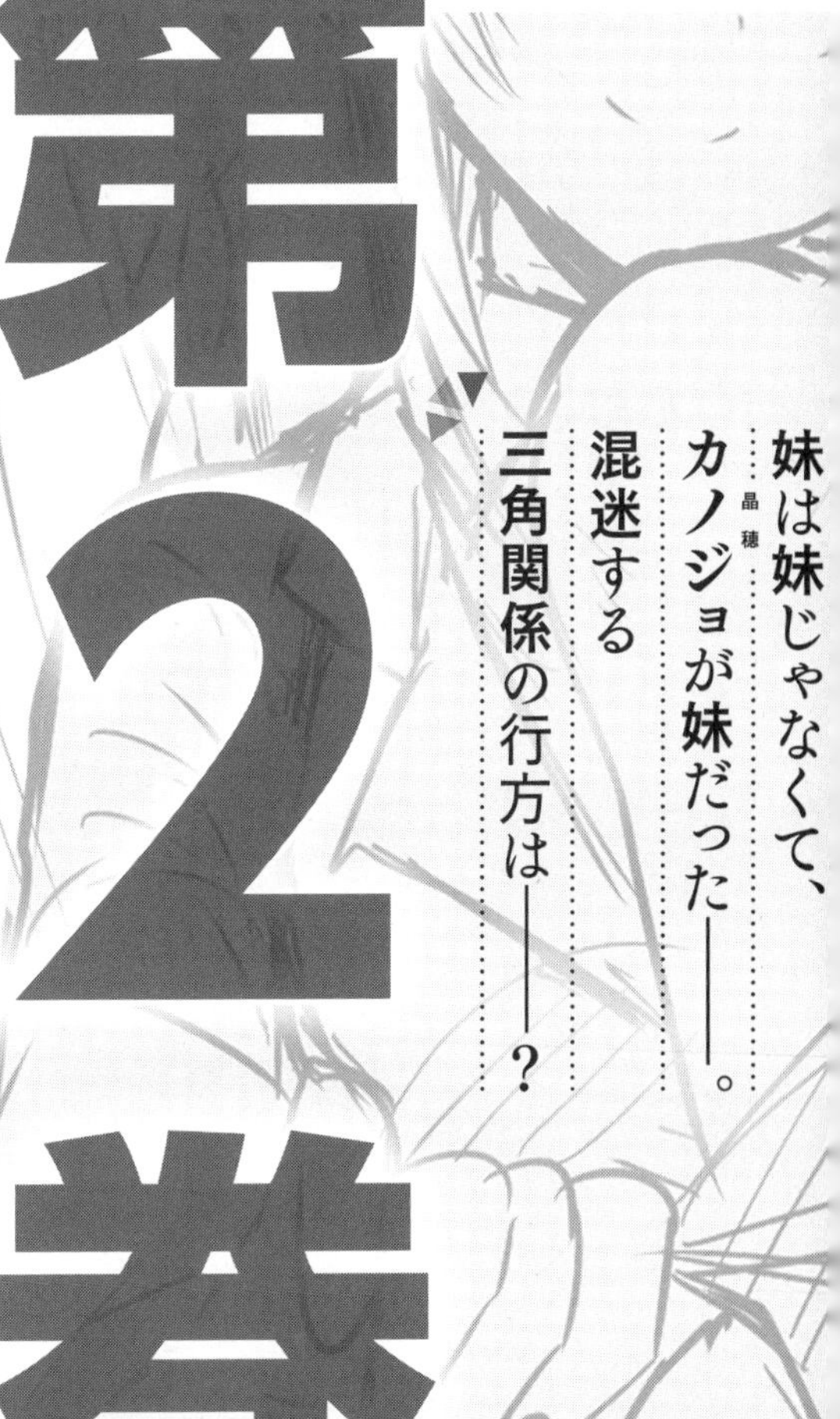

◉鏡　遊著作リスト

「妹はカノジョにできないのに」（電撃文庫）

本書に対するご意見、ご感想をお寄せください。

ファンレターあて先
〒 102-8177　東京都千代田区富士見 2-13-3
電撃文庫編集部
「鏡 遊先生」係
「三九呂先生」係

本書はカクヨム掲載『妹はカノジョにできない』を改題・加筆修正したものです。

電撃文庫

妹《いもうと》はカノジョにできないのに

鏡《かがみ》 遊《ゆう》

2022年５月10日　初版発行

発行者　青柳昌行
発行　株式会社KADOKAWA
〒102-8177　東京都千代田区富士見2-13-3
0570-002-301（ナビダイヤル）
装丁者　荻窪裕司（META＋MANIERA）
印刷　株式会社暁印刷
製本　株式会社暁印刷

●お問い合わせ
https://www.kadokawa.co.jp/（「お問い合わせ」へお進みください）
※内容によっては、お答えできない場合があります。
※サポートは日本国内のみとさせていただきます。
※ Japanese text only

※定価はカバーに表示してあります。

ISBN978-4-04-914225-9　C0193　Printed in Japan

電撃文庫　https://dengekibunko.jp/

電撃文庫創刊に際して

文庫は、我が国にとどまらず、世界の書籍の流れのなかで〝小さな巨人〟としての地位を築いてきた。古今東西の名著を、廉価で手に入りやすい形で提供してきたからこそ、人は文庫を自分の師として、また青春の想い出として、語りついできたのである。

その源を、文化的にはドイツのレクラム文庫に求めるにせよ、規模の上でイギリスのペンギンブックスに求めるにせよ、いま文庫は知識人の層の多様化に従って、ますますその意義を大きくしていると言ってよい。

文庫出版の意味するものは、激動の現代のみならず将来にわたって、大きくなることはあっても、小さくなることはないだろう。

「電撃文庫」は、そのように多様化した対象に応え、歴史に耐えうる作品を収録するのはもちろん、新しい世紀を迎えるにあたって、既成の枠をこえる新鮮で強烈なアイ・オープナーたりたい。

その特異さ故に、この存在は、かつて文庫がはじめて出版世界に登場したときと、同じ戸惑いを読書人に与えるかもしれない。

しかし、〈Changing Times,Changing Publishing〉時代は変わって、出版も変わる。時を重ねるなかで、精神の糧として、心の一隅を占めるものとして、次なる文化の担い手の若者たちに確かな評価を得られると信じて、ここに「電撃文庫」を出版する。

1993年6月10日
角川歴彦